天狼星书系
SIRIUS SERIES

自然的灵异，悬疑的惊悚；
逻辑的力量，理性的光芒。

天狼星书系
SIRIUS SERIES

面目全非

大熊座——著

Lose
one's
beyond
recognition

法律出版社 | LAW PRESS · CHINA

目录

第一章　某位不愿透露姓名的受害者

“吃饭的时候就不要看书了吧。”

坐在餐桌另一端的中年妇女说道，她起身走到客厅，将电视打开，“看看新闻也好，记得有几次高考作文就是跟时事有关的。”

少年点了点头，将题集放在一旁，微微侧身，将视线移到电视屏幕上。

傍晚时分，天还没有完全暗下来，离新闻联播播出的时间还差些，中年妇女拿着遥控连换了好几台，最终停在了一个本地频道。

都是一些无关紧要的新闻，邻里纷争、黑心餐馆曝光之类的，这些事情更适合归类成老生常谈而不是新闻。

少年名叫李志强，是附近重点高中红光高中的高三学生，而那位中年妇女是他的母亲张红，这间二居室是张红为了陪读而租的房子。

李志强从小学开始便过着寄宿制的生活，那时候父母正在闹离婚，将孩子送到寄宿制小学可能是个正确的选择，之后也因为抚养权的问题，一直过着寄宿制的生活，直到高三这年，张红突然产生了这个陪读的想法。

二人独处，屋内只有电视里的声音，张红想要和孩子聊聊天，却不知从何说起，于是随口问道："这几天学习怎么样？"

"还行。"李志强并没有看向张红，眼神有些空洞，不知道在想些什么。

"那就好，这一年坚持过去就好了。"张红欣慰地点点头，也不知道该接着说些什么了。

母子二人的交流便到此为止。李志强的成绩一直名列前茅，即便是在全市重点的红光高中也能排到前十名，这样的成绩，张红在学习上的确没有什么更多需要询问的，唯一能做的就是照顾好他的饮食起居，还有就是时不时地去孔庙祈祈福。

新闻主播的语气突然凝重了稍许，母子二人的视线也被吸引过去。

"今早江北区红光小区某出租屋内发现一名男性尸体，身份不明，年龄在 20 岁左右，目前警方正在调查中，如有知情人请拨打本台热线。"

听完新闻后张红有些吃惊，"红光小区？不就是我们小区吗？"

李志强的表情没有太多变化，他推了推圆圆的眼镜，不紧不慢地用筷子夹菜。

"怪不得。"张红打开窗户，一阵冷风吹入，她不禁打了个哆嗦。入秋还没有几天，但天气却是阴沉潮湿不已，从窗口向外看去，整个小区昏沉沉的，没有一丝生机，昏暗中只有几束红蓝光格外显眼。

“这几辆警车就是因为这件事吧，志强你这几天上下学小心点，最好和同学一起。”

张红关切地看了看李志强，只觉得对方似乎越来越陌生，想起这几年几乎没有和一直住校的儿子有什么交谈，心中生出一丝愧疚。

“嗯，我会小心的，妈妈你出门时也小心点，虽然现在都是警察，但是那个犯人也有可能还在附近。”

接着屋内又如同之前那样，二人不再言语。过了一会儿，玄关传来了一阵轻微的敲门声。

门外，一名身穿刑警制服的高大男子正在敲门，男子体格健硕，剃着干练的板寸头，脸的轮廓如同被刀刻出来的，冷峻坚毅。

高大男子身后的便装女子有些不满地拍打着他的背部，女子虽然比高大男子矮了不止一个头，但是气势上却完全压着对方。

“哎哎，你能不能卖点力，你这么敲，里面的人能听见吗？”说着，年轻女子推开男子，正作势要敲门，门便被打开了，张红探出半个身子。

年轻女子立刻换了副面孔，微笑地说道：“你好，我们是警察，想询问一些事情，请问现在方便吗？”

她一边说，一边用手肘顶了一下高大男子，男子会意，立刻拿出证件，“希望你能配合。”

男子叫陶子航，女子叫刘畅，二人皆是A市刑警。

一个月前，陶子航刚上调加入A市刑警一队，带他的任务自然而然地落在了同一所警校毕业的刘畅。陶子航跟随她的一个月里，大部分时间就是跟着刘畅跑腿、记笔记而已。

虽然在警校的时候，陶子航便对刘畅有所耳闻，成绩优异，长相清秀，但是现在陶子航只觉得对方是个腹黑的上司而已。

当然，这些他也只敢在心里想想。

"当然配合。"张红连连点头，不敢怠慢，立刻将门大开，"请进，警察同志。"

两位警察登门，张红不禁联想到刚才的新闻，大概也明白了二人的来意。

张红不经意地打量了二人一番，男子大概二十五六岁，微微隆起的胸肌让她不禁多看了一眼。女子看着和他差不多大小，齐耳短发，英姿飒爽，是个出落得很水灵的漂亮姑娘。

她上下打量二人时，二人也在看着她，眼神不小心和刘畅相对，张红立刻将视线收了回去，尴尬地笑了笑，"请进请进，不用换拖鞋了。"

二人一进屋，一股有别于饭菜气息的香味便扑鼻而来。

"熏香？"刘畅问道。

"是的，我儿子说这能提神醒脑，便买来在家中点着。"

将二人领到客厅坐下，张红便去厨房准备拿些茶水。

见状，陶子航连忙喊道："阿姨，不用了，我们了解一些情况就走。"

想到之前的走访工作都没有什么收获，陶子航不禁有些着急，现在可不是能够喝着茶悠闲聊天的时候。

刘畅白了一眼陶子航，对陶子航轻声说道："我渴。"然后她微微一愣，余光中看到不远处饭桌边的李志强正直直地看着二人，刘畅心中莫名有一丝不适。

不过李志强立刻就收回了视线，低下了头。虽然只有一瞬间，但是刘畅感觉到那绝对不是单纯的好奇散发出来的视线。

张红端着茶水来到客厅，刘畅还在回想着刚才少年的眼神。她见过形形色色的人，这种感觉还是头一次，这让她不禁想起一句话：“当你凝视深渊的时候，深渊也在凝视你。”

张红本不想让警察的到访影响到儿子，但是看气氛有些怪异，便招呼李志强过来，“那是我儿子，李志强。志强，警察同志想找我们询问点情况，你吃完了就过来吧。”

“知道了。”说罢，李志强便收拾好碗筷来到客厅，坐在张红身旁，微微颔首，像是不敢与警察对视一般。

刘畅松了口气，仔细地看了看这个少年，斯斯文文，一副怕生的样子，只当刚才那种感觉是错觉。

见李志强入座，刘畅看了陶子航一眼，陶子航默默拿出笔记本，这便是他现在的主要工作之一——记录刘畅和其他人的对话。

“请问一下，最近你们有没有看见 1–1 有人进入？特别是昨天，附近有没有发现一个 20 岁左右的男子？身高 1.75 米，和你儿子差不多的体型。”刘畅看了一眼李志强问道。

陶子航赶紧开始记录起来，只是写了几个字便发现自己的笔写下的字迹有些淡，好像是没有墨水了，还没等陶子航说什么，刘畅便从包里拿出一支笔递给他，只是目光自始至终没有放在他身上，对话也没有中断，他不禁怀疑刘畅有第三只眼睛。

“1–1？是这栋楼的 1–1 吗？”张红惊讶地问道，眼神向地板瞟去，虽然她已经知道就是在这小区内，但是案发现场就在楼下这种事情还是出乎了她的意料，她这辈子连个小偷都没见到过，一想到就在楼下发生了这种事情，不禁有些颤抖。

李志强握住了张红的手，似乎是在安慰她。

“是的，就是 2-1 的正下方。”刘畅点点头，手指了指地板。

“和我儿子差不多体型的 20 岁左右的男子？”张红看见儿子握住了自己的手，有些欣慰，冷静下来，回忆了片刻，继续说道，“这倒是没怎么注意，每天我出门也就是出去买菜，不过 1-1 的事情你们可以直接问房东，直接问他租给谁了不就好了吗？”

说罢张红便拿出手机，屏保似乎是一张全家福，解锁后她打开通讯录，准备拨给房东。

“房东现在不在本地，而且他说了，这栋楼的 1-1 最近并未租给任何人。李志强你呢？有没有见到什么可疑人物？”刘畅阻止了张红的行为。

刘畅对这个戴着圆框眼镜的斯文少年十分感兴趣，那个眼神她记忆犹新。

突然被发问，李志强看起来有些诧异，缓缓抬起头来，“我？”然后回忆片刻后摇摇头，“没有。”

果然是错觉吧，听着李志强有些怯懦的声音，刘畅心里想。

李志强大部分时间在学校里，而张红除了买菜之外也都在家里，看样子二人的回答不像在说谎，刘畅也知道这一点，并不打算在这个问题上追问。

“昨夜二位有没有听见什么奇怪的声音？大概在 1 点左右。”刘畅换了个问题继续发问。

“1 点的时候我已经睡着了，平时我们都是在 11 点半洗漱完准备睡觉了。”说着张红询问般地看了一眼李志强，李志强随即点点头。

“我们能进这个房间看看吗？”刘畅随手指了指客厅旁的一个房间。

“这是我儿子的房间，怎么了吗？”张红有些疑惑。

“没什么，只是想看看这个房间视野如何。”说完刘畅便起身向房间走去。

陶子航也不明白刘畅是什么意思，只是觉得刘畅的做法总是有她的道理的，便留在客厅里继续向二人提问。

房间内没有什么装饰品，除了元素周期表和一张“为者常成，行者常至”的小型横幅。屋内窗户大开着，风扇对着窗户吹着风，家具只有一张摆满卷子、书本的书桌，一张单人床再加一个衣柜，朴素的房间被收拾得整整齐齐。

标准的学生房间，这是刘畅的第一印象。

刘畅走到窗前，窗外是一条昏暗的小路，路灯发出微弱的光线，像是要寿终正寝一般。向下看去，正好是 1-1 的阳台，这是一楼特有的超大阳台，与其说是阳台，用小院来形容可能更加贴切。

刘畅环抱着手臂，脑子里开始模拟起从这里跳下去的情景，她得出结论，完全可以。

几分钟后，陶子航走入卧室，站在刘畅身后，顺着刘畅的视线看了看窗外，“能看到 1-1 的阳台。”

“嗯。”刘畅点点头，目光还在窗外，看样子是在想着其他的事情。

“前辈，我问得差不多了，你在干吗呢？”陶子航有些疑惑地看着刘畅，语气委婉，生怕惹到了对方。

刘畅转过身去看着陶子航问道:“问得差不多了?”

“嗯。”陶子航将笔记本递给刘畅,二人走出房间,张红正站在房间门口,表情有些紧张。

“请问,我儿子的房间有什么问题吗?”

“没问题,只是看看而已。你儿子高三?”刘畅看着笔记本不经意地问道。

“嗯,红光高中高三学生。”张红语气中隐隐透露出一丝自豪。

“哦,那要好好加油学习。”刘畅一边翻着陶子航的笔记本一边说道,“我们也不多打扰了,差不多了。”

十分普通的一个家庭,这是刘畅对张红一家的看法。

刘畅将笔记本撕下一角递还给陶子航,“谢谢二位配合,如果有想起些什么与刚才问题相关的事情,打这个电话就行了。”说着她习惯地在包里抓了抓,不过刚才笔已经给陶子航了,刘畅又随手从房间门旁的桌子上拿了支笔在刚撕下的角上写下号码。

张红小心翼翼地接过号码,快速地点着头,“好的,警察同志请慢走。”

送走刘畅二人后,张红有些恐惧地向下看去,一想到昨天晚上在如此之近距离的地方发生了杀人案件,一阵心有余悸之感升上心头,“没想到就在楼下。”

李志强脸上倒是没有什么变化,不知是生了张扑克脸还是对这件事没有兴趣,心无旁骛地在沙发上翻看着一本题集。

“志强,你房间里有什么东西吗?那个警察为什么要看你的房间?”

张红对刚才刘畅的行为还是有些担忧，总觉得有些不对劲。

“不知道，可能是想看看能不能从我房间的窗户跳到楼下去吧。”李志强淡淡地说道，似乎不是在谈论自己的事情一般。

“那不是在怀疑你吗？”张红惊讶得有些说不出话来。

“反正不是我做的，妈，不用担心。我出去散散步，消消食。”李志强放下题集，站起身来。

张红有些担忧地看着李志强，本来想要阻止他，但是不知道该用什么说辞，最终点点头，“去吧，正好缓解缓解情绪。”

“嗯。”李志强换好鞋子，准备出门。

李志强走后，张红看着门的方向，小声地自言自语道：“可千万别影响到学习。”然后焚了香对着小文曲星雕塑拜了拜。

刘畅和陶子航正步行在红星小区之中，时不时有几片落叶从树上飘下，天空灰沉单调。

陶子航正反复地看着自己的笔记，一旁的刘畅显得有些无所事事。

“前辈，感觉这一趟下来没什么收获啊。”陶子航有些失望地看着自己的袖珍笔记本，脑袋里回想着今天的目击者走访工作。

刘畅对这个新来的菜鸟刑警并没有什么好感，虽然对方是自己学校的后辈，但看到他一身腱子肉，她总是能想起一句话来：四肢发达，头脑简单。不过他工作态度还算认真，这跟班做得也算合格。

“唉。”刘畅叹了口气。

“前辈，别泄气，等进一步尸检报告出来，我们肯定能有新的突破。”陶子航宽慰刘畅道。

“我是叹气你，我们今天可不是为了让你把这个小本本写满才来的。”刘畅踮起脚拍了拍陶子航的脑袋，“算了算了，受害者信息，说出来听听。”

陶子航摸摸脑袋，也不知道自己哪里做错了，刘畅的性子他琢磨了大半个月也没琢磨明白，只好照着刘畅的要求开始说起受害者信息，那些都是早已写在报告书上的了，他只说了些大概。

20 岁左右，男性，遭受绳索绞勒颈部，窒息而死，面部严重烧伤，无法辨认身份，发现时尸体呈裸体，身高 1.75 米，体重估计为 65 公斤，无文身、胎记、疤痕，有鼠标手，能够确定是一个长期上网的人。

现场无明显打斗痕迹，在客厅和厨房之间有明显的拖拽尸体的痕迹，第一案发现场可以确定为红光小区第三单元 2 幢 1–1 室的客厅，然后拖行至厨房进行脸部焚毁。由于屋子为出租屋，其中包括的指纹不下 10 个人的。

听完后，刘畅还算满意，至少对方还是下了功夫的，随即又问道：“你给我说说你的想法。”

“大门钥匙孔内有明显划痕，我猜测死者是个小偷，然而他正在行窃途中，另一个小偷来了，二人都以为对方是房主人，然后其中一个就把另一个勒死了，因为两个小偷都比较专业，所以没有目击者看到他们出入。”陶子航一边说着自己的看法一边观察着刘畅的反应，做好了随时被打断的准备。

显然这次陶子航应该是仔细考虑过，不至于每说几个字刘畅都会皱眉头。

“如果死者是小偷的话，现场会留下他的指纹吗？”刘畅提问道。

二人你一问我一答，脚步渐渐放缓。

“可能是凶手在被害人死后用他的手碰的。”

“凶手不是认为他是房主吗，那这样做不是没有意义吗？还有，把死者的脸烧毁隐藏身份也是多此一举吧。”

的确如刘畅所说，就算把房主的脸烧了，他的身份还是会很快被查明的，多此一举。

“可能是他翻看死者身上物品的时候，发现了和自己一样的开锁工具吧，他明白了对方也是和自己一样的小偷。”陶子航立刻回答道，看样子是料到了对方会这样问。

“但现场没有打斗和翻找的痕迹。”

“可能是之后复原的，如果打斗不是很激烈的话还是有可能的。”

刘畅思索片刻后说道：“你这么说听起来好像还有些可能，不过陶子航，你之前没有抓过小偷吗？小偷可没这么笨，他们会调查好房屋情况，而且最关键的是，他们会做下标记提醒同行。”

“标记？”

“在行动之前就会在门旁写暗号，所以你的假设不成立。”刘畅摆了摆手。“像是家门口一些奇怪的小广告，或是图形标记，都有可能是小偷留下的标记，有些还会包含一些其他信息，比如家中有狗，或是主人多外出。”

“哦。”陶子航有些失落。

“你给我当了一个月的手下，还是有点长进的，至少这次没有什么致命的漏洞了。不过经验还是太少了，被别人跟踪了这么久都没发现吗？”刘畅说着，停下脚步，往身后看去。

刘畅的话让陶子航吃了一惊，他连忙转身，却发现身后不远处站着的是刚才那个少年，李志强。

一阵秋风卷起落叶，这样的凉秋里，用弱不禁风来形容这位少年是最恰当不过的了。

“对不起。”二人的视线聚集在李志强身上，他显得有些不知所措，立刻解释道，“我，我不是有意的，只是看你们说得很起劲，所以不敢打断。”

“所以，这位同学你有什么事呢？”刘畅饶有兴趣地问道，那时李志强的眼神给她留下了深刻的印象，此时他又是为何而来呢？

“其实有件事我不敢当着我妈的面说。”李志强低着头走到二人跟前，摸了摸自己的鼻子，神色有些紧张地说道。

“我们不会告诉你妈的，保护好知情者的隐私也是我们该做的。陶子航，还不递根烟给这位同学。你不用这么紧张。”刘畅亲切地说道。

听了刘畅的话，二人皆是一愣。

“我，我不抽烟。”李志强支支吾吾地说道。

“别装了，你房间里窗户大开，人不在，风扇还在对着窗户吹而不是座位，就算是忘记关了也说不过去吧，还有那个熏香，也是做掩护的，对吧？”

刘畅在李志强房间里的时候，就觉得有些蹊跷了。

见李志强说不出话来，刘畅笑着说道：“开玩笑的，同学你看起来就是一副优等生的样子，违反校规的事情是肯定不会做的。说吧，到底有什么事？”

李志强表情稍微缓和了些，“是这样的，刚才我没说实话，其实昨天晚上 1 点左右，我没有在睡觉。”

“在熬夜学习？”

刘畅想了想自己高中时候，除了睡觉便是学习。

“也不是。”李志强有些犹豫地说道，“其实我那个时候在和另一个人在外面吃夜宵。”

“这么晚了出去吃夜宵？”刘畅微微一愣，接着问道，“你在途中发现了什么可疑人物？”

“也不是，就是在聊天的时候龚峰说的一件事让我有些在意。”

陶子航下意识地拿出了笔记本开始记录起来。

“龚峰？”

这个名字刘畅和陶子航还是第一次听见。

“我的一个同学，就是和我一起吃夜宵的人。”李志强解释道。

“嗯，你接着说吧。”刘畅点了点头。

“他说经过我家的时候，发现楼下的灯是亮着的。”

“1-1 的灯？”

刘畅和陶子航皆是一惊，心想这个叫龚峰的人可能会成为这个案件的突破口，1-1 的灯还亮着，说明他当时很有可能是在案发的时候经过了案发现场。

“是的。”李志强轻轻点点头。

“这个龚峰住哪里？”陶子航迫不及待地接着问道。

“这个，你现在去他家应该找不着他，他现在应该在网吧，兴达网咖，走路从大门出去然后左拐两次一直走就能看见。”李志强指了指前方，大门离这里还有些远，在这里连个模糊的轮廓都看不见。

二人顺着李志强指的方向看去，相互使了个眼色，决定立刻去这个兴达网咖寻找龚峰。

“同学，谢谢你。”二人对李志强说道。

对一天完全没什么收获的二人来说，这简直是雪中送炭。

“不用谢，我骗我妈说自己是出来散步的，现在差不多要回去了，警察同志再见。”李志强回应道，说罢微微鞠了个躬，转身离开。

看着李志强的背影，陶子航称赞道：“真是个懂礼貌的好孩子。”

“而且还很聪明，我刚想让他带个路，顺便把他们俩的口供对一下，结果就说要打道回府了。”说着刘畅丢下陶子航，快步向大门方向走去，“别发愣了，快点，对了，你先回车上把你这身警服换下来，免得把人吓跑了。”

陶子航在不远处的车中换好便服，看了一眼大门方向，刘畅已经没了影子，他马上快步跑了起来。

天色渐渐暗淡下来，也不知道是不是因为案件的发生，一路走来，整个小区都没见到几个人，加上老旧的路灯，时不时吹来的萧瑟寒风，让人的心情也跟着阴沉下来。

二人走了大约五分钟，出了小区，视野立刻变得明朗起来，人流熙熙攘攘，各色小摊摆在街边。

按照李志强的说法，他们继续走着，寻找龚峰所在的兴达网咖。二人左顾右盼，行走速度放缓了不少。

“就是那儿了吧。”刘畅向路旁一个装潢复古的门面指去，门楣上发光的招牌上写着兴达网咖。

刘畅对网咖和网吧的区别还是不太明白，不过最直观的感觉就是看上去舒服多了，没有以前那种阴暗混乱的感觉。

“前辈，我们是不是从后门走要快得多啊。”陶子航向不远处望去，发现后门的一角露了出来。

“可能吧，但是后门可能要绕来绕去，李志强不知道该怎么指路吧，就多走了几分钟，有什么关系。”刘畅并未太在意。

二人推开玻璃门，走入网咖，径直朝前台方向走去。

网咖内灯光敞亮，还有多个换气扇在工作，壁纸装饰也比较有个性，除了时不时传来上网者的大喊大叫之外，也算是个环境不错的上网地点。

“你好，上机？”前台的年轻女子头也不抬地问道，一手拿着手机像是在和谁聊天，一只手伸出，索要身份证和网费。

网咖前台只有她一个人，其他的工作人员也就只有一个时不时进网咖打扫卫生收走饮料瓶子的大妈。

“请问一下，龚峰现在在你们网咖上网吗？”刘畅敲了敲桌子，想要引起对方的注意。

听到这句话，年轻女子抬起头来缓缓地打量了二人一眼，问道：“你们是龚峰的父母还是老师？”

红光高中离这里并不远，学生上网被父母或者老师抓走也不是什么稀奇的事情，年轻女子并没有什么多余的反应。

“我们是警察。”陶子航将自己的证件亮出。

“小点声。”刘畅用胳膊肘顶了一下陶子航。

年轻女子看了一眼陶子航的证件后，神色有些惊讶，立刻看了眼前台的电脑，然后点点头说道："龚峰是在这里上网，才上机没多久。"

"多少号？"

"55。"年轻女子用指甲涂着鲜艳颜色的手指了指网咖的一个角落。

"谢谢。"说罢刘畅朝那个角落走去，陶子航收起证件立刻跟上。

看到二人走后，年轻女子稍微看了一下二人去的方向，松了口气，然后又继续看起了手机。

"龚峰吗？"

刘畅身前的是一位戴着黑色帽子、黑色口罩，身穿黑色衬衫的少年，远处看起来就像一团蜷缩在椅子里的黑色阴影。

他此时正目不转睛地看着屏幕，眼珠子一转，快速地瞥了刘畅一眼后又马上将注意力放在眼前的屏幕上，显然是不想理睬她。

刘畅干咳一声，接着说道："找你了解点事。"

"我不认识你，有事等我打完这把再说。"龚峰有些不耐烦地说道，口罩让他的声音变得瓮声瓮气。

以刘畅的脾气，这样的态度她哪里能忍。不过还不等刘畅发作，龚峰便抢先大喊起来，口罩丝毫没有降低他的音量。"冰魂你能不能去拉野！在线上也不知道点人，别分老子经验，不会辅助还瞎选！"气势汹涌，让二人为之一愣。

"哎哎哎。"刘畅拍了拍龚峰的肩膀，手上的力道加大了几分。

"烦不烦！"龚峰把耳机摘下，神色有些气愤，似乎脑中的某个开关被打开了一般，无论谁靠近都会被无差别攻击，他猛地转过身对着二人喊道："你们谁啊？说了等一下了，听不懂人话？"

"警察。"见对方是如此态度，刘畅也不废话，直接亮出身份。

还不等证件放在龚峰眼前，他立刻推开椅子，撒腿就往网咖门口跑去。二人见状立刻下意识地追了过去。

还不等他跑远，陶子航立即两步追上，一把就把他摁倒在地。龚峰结结实实地朝地上一摔，疼得龇牙咧嘴。

网咖里一阵骚乱，所有人的视线一下集中在三人身上，一些人开始七嘴八舌地议论，前台的那名年轻女子也走了过来。

"不做亏心事，不怕鬼敲门。"刘畅蹲在龚峰面前，敲了敲他的脑袋，看到年轻女子有些困扰的表情，便对陶子航说道，"带出去说话。"

二人押着龚峰，在众人的注视下走出了网咖，在门口一处没人的地方停下，刘畅叉着腰站在被押着的龚峰身前。

"我，我什么都没做，你们凭什么抓我？"龚峰挣扎两下，有些不服气地说道。

"你什么都没做你跑什么？"刘畅笑着说道，旁边的陶子航也笑了起来，心想这种不打自招的笨贼除了在电视剧里，还有哪里能有呢？

不过现在刘畅二人最关心的事情还是关于他在 1-1 旁的目击线索。

"直接押回局子里再审吗？你去开车，我就在这里等着。"陶子航问道，当然他这只是吓吓对方而已。

“别，我什么都没做，我是有那个想法，但是我没做啊。”龚峰听了陶子航的话急忙喊道。

“那个想法？什么想法？”刘畅对龚峰的话有些感兴趣，很有可能是和目击线索有关系，她凑近了些，盯着龚峰问道。

“就是，溜门撬锁什么的。”龚峰支支吾吾地回答道。

“溜门撬锁？难道不是杀人之类的吗？”刘畅皱着眉头，露出疑惑的表情打趣道，歪着头在龚峰身前转了转。她没想到眼前这小子还真是犯过事儿的，刘畅联想起 1-1 的那具无面尸体，隐隐约约地感觉之间有些关系。

“啊？杀人？误会，肯定是误会，我怎么敢啊！”龚峰震惊地喊道。

“今天凌晨 1 点，你在做什么？”刘畅也不再想和对方打哑谜浪费时间，直截了当地问道。

“1 点？”龚峰思索片刻后回答道，“我和一个同学在吃烧烤，我真没杀人，误会啊。”

和李志强说的一样，刘畅和陶子航对视一眼后继续问道：“红光小区第三单元 2 幢 1-1 室去过没？”

听到刘畅报出的地址龚峰愣了一下，“你们说的是那里啊？”

“别装傻。”陶子航将力道增大了几分。

“就是李志强他家楼下。”刘畅提醒道。

“你们知道李志强？果然是那小子出卖我。”龚峰恶狠狠地说道。

“别废话，去了还是没去。”陶子航又加大了几分力道。

“疼疼疼，我没去啊，那里发生什么了吗？”龚峰一阵吃痛，立刻喊道。

“有人死里面了。”刘畅淡淡地说道，一边观察对方的表情，不过龚峰脸上的口罩挡住了大半张脸，露在外面的只有两个眼睛而已。

“什么？！”龚峰听到这话之后立刻夸张地喊道。

三人的举动吸引了不少行人的目光，路过时不少人用怪异的眼神看着他们。

刘畅也不想过于引人注目，撇了撇嘴，叉腰的双手放下，随意地看了看周围，想要寻找一个能够坐下的地方。

“正好我也饿了，咱们去那儿慢慢说。”刘畅指了指不远处的一个露天小摊。

陶子航押着龚峰跟着刘畅走到小摊前坐下，老板是个和善的中年男人，穿着围裙，手臂粗壮结实。

小摊生意还算不错，用煤气罐烧火的小灶台旁，老板和老板娘正在忙碌着。陶子航押着龚峰也并没有引来太多瞩目，可能是周围食客都太专注于眼前的食物了，淡淡的食物香气立刻勾起了刘畅的食欲。

“老板，来碗砂锅，三鲜的。”刘畅对老板说道，然后看了其余二人一眼，“你们俩也别站着，坐吧。”

“三两。”刘畅朝着老板又补了一句。

说罢她便就近找了个空桌坐下，矮矮的木桌上，上一个客人留下的用餐痕迹还没被擦掉。

“擦擦。”刘畅对陶子航说道。

陶子航点了点头，看了一眼还被押着的龚峰，比起刚才，他老实多了。

“小子，再跑你就洗不清楚了懂吗？”陶子航放开龚峰，瞪了他一眼警告道。

龚峰赶紧点点头，揉了揉自己的胳膊，然后二人也坐了下来。

“老板，再来碗砂锅。”陶子航喊道。

“哎哎哎，你吃啥，你得看着他，别让他跑了，顺便用你的小本本记好他说的话。”刘畅打断道。

“什么砂锅，也要三鲜吗？”老板走近问道。

“不，不要了。”听了刘畅的话陶子航有些委屈，可怜巴巴地回答道，默默地拿出笔记本。

“说吧，不过在这之前……”刘畅转向龚峰，快速伸出手，将他的口罩摘掉。

龚峰还没反应过来，口罩便已经在刘畅手上了。口罩摘下之后，只见他脸上两边分别贴着一块巨大的纱布，整张脸还是看不清楚。

刘畅打量一番，总觉得龚峰的眉宇之间透露出一种熟悉的感觉，却又想不起来到底在哪里见过这个小子。

“那个，我有感冒，传染给二位就不好了。”说着龚峰还咳嗽了几声，只是不知道是真是假。

“这又是怎么回事？”刘畅问道，她没想到这口罩居然是为了隐藏这两块大纱布而戴的。

“摔的，摔的。”龚峰有些不好意思地说道，将头稍稍向下，目光和刘畅错开。

“技术不错，怎么摔才能给你摔这么平均啊？被人揍得就被人揍得，有啥不好意思的。”刘畅将口罩递还给龚峰。

龚峰苦笑着摸了摸头，也不否认，从刘畅手里拿回口罩戴上。

陶子航也在一旁轻轻笑了几声，一时间没有了刚才那般紧张的气氛。

“你在 1–1 附近都看到了什么？对了，然后再给我们讲讲你想做又没做成的事儿呗。”刘畅敲了敲桌子。

“1–1 我就是看到灯开着，就这样了。”龚峰回答道。

“就这样？时间？”

“大概 1 点左右吧。”龚峰想了想回答道。

1 点左右，正好是案发的时间，刘畅更加确认，龚峰当时看到的，正好是凶手在作案。

“其他的细节呢？你再好好想想。”

“其他细节？”龚峰闭上眼睛，努力地思索了几秒，“没有。”

“啧。”刘畅有些不悦，龚峰现在算是唯一的一个目击者，现在这条线索又断了，“那你说说你想做又没做成的事儿吧。”

陶子航有些沮丧地合上了笔记本，看样子今天的工作是没什么收获了。

“嗯，几天前，我和李志强聊天的时候知道了他家楼下租户搬走了的事，就是 1–1。”龚峰眼珠稍稍向上，又进入了回忆之中，正说着，老板拿着砂锅放到了刘畅面前。

“您的三鲜砂锅，请慢用。”

刚沸腾没多久的砂锅汁液吸足了各个配菜的味道，香气四溢。

“没事儿，你继续说，陶子航你好好记着。”刘畅夹起米线，开始吹气。

香味飘到陶子航面前，他和刘畅一样，也是从早上一直忙到现在，只草草地吃了几个面包，他咽了口唾沫，强忍着食欲说道："这个还要记啊，不是和案情没关系吗？"

"先记着，总不能让你在这里干看着我吃东西吧。"

陶子航叹了口气，有些无奈地把已经合上的笔记本又打开。

"然后我就想着下面就是个空房子，没人住，再加上之前在别人那里学了点手艺。"龚峰摆了摆手，把眼前米线散发出来的雾气打散。

"手艺？"刘畅停下筷子，有些疑惑。

"就是撬锁。"龚峰缩了缩肩，音量减低了许多，不好意思地回答道。

把撬锁说成手艺，二人大概还是第一次听到，不禁嗤笑一声。

"你不是知道里面没住人吗？一间空房子你有啥好偷的？你还去撬这锁干吗？"

"对啊，所以我不是想偷，我就是想练练手艺。"龚峰眨了眨眼睛。

"说得还挺好听，别跟我贫，撬锁到底是想干吗？"刘畅放下筷子，声音稍微严肃了些。

"就是，想，想省点房钱。"龚峰声音变得有些微弱，"外面宾馆最便宜的钟点房都得四五十，而且在那种地方干，想想就刺激。"

听了这话，刘畅差点把嘴里的米线吐出来。

见状，摊子的老板赶紧走了过来询问情况。

"没什么。"刘畅摆摆手。

抽了几张桌上的纸巾，擦了擦嘴，刘畅半天憋出一句话来：“服了，你这怂样，还能有女朋友？”

“其实我还是挺帅的。”龚峰低着头不好意思地挠了挠头。

“呵呵，他还挺帅。”刘畅指着龚峰笑着对陶子航说道，几秒后笑容立刻消失，拍了拍龚峰的脸颊。

“痛，痛，痛痛。”龚峰立刻捂着脸，夸张地号叫道。

“我们俩是警察，不是你单口相声的听众，严肃点，懂吗？我吃完这碗砂锅之前把事情说清楚，否则我们回局子过夜。”刘畅拉下脸来，看着龚峰说道。

“懂懂懂，您慢点吃。昨天夜里我去李志强家楼下本来是想试试的，我看四处没人，就准备上了，结果还没走进去，发现灯突然亮起来了，那你说我肯定只能放弃了啊，我一想李志强这货谎报军情，我有点气不过，就找李志强出来说这事儿，让他请我吃顿夜宵当作补偿。”龚峰的语速变快了许多，眼睛盯着刘畅的砂锅，生怕她把东西吃完。

“你和李志强的关系……”刘畅有些意味深长地看了龚峰一眼。

“同学关系，普通朋友。”龚峰随口回答道。

“朋友？”刘畅似乎对这个回答不太满意，李志强给她的印象就是一个斯斯文文的优等生样子，而面前这家伙完全相反，油嘴滑舌，还学着溜门撬锁，这样的两个人怎么想都不会是什么朋友关系。

“我们是好朋友，在学校里我罩着他。”龚峰有些底气不足地说道。

“我怎么觉着你有点欺负他呢？”刘畅看着龚峰的眼睛。

“哪，哪有，我就是和他闹着玩，我们是好哥们儿。”龚峰支支吾吾地说道，目光闪闪躲躲。

刘畅也没在这个问题上太过纠结，不过她觉得自己猜得八九不离十。

“算了，最后问你一遍，当时有看到里面的人吗？1-1的房间里。”

“没有，当时我还挺好奇的，我想看看是哪个家伙把我的计划给打乱了，就往里面看了一眼，但是窗帘是拉着的，什么也没看到。”

刘畅拿起勺子喝下一口汤，擦了擦嘴，招呼道：“老板结账。”

“8块。”老板在围裙上擦了擦手。

刘畅看了看龚峰。

“我结？”龚峰有些疑惑地问道。

“你结？”刘畅反问道。

“我结我结。”龚峰赶紧从钱包里掏出钱来。

“开玩笑的。”刘畅摆了摆手，拿出张钞票递给老板。

“我能走了吗？”龚峰小心翼翼地问道，整张脸只露出一双充满乞求的双眼，可怜巴巴地看着二人。

“你先给我们展示展示你的手艺，否则我们怎么知道你说的是真是假呢？”刘畅拍了拍他的肩，然后用力抓住，像是怕他跑了一样。

陶子航在一旁用有些怜悯的眼光看着龚峰。

不过这也不算是刘畅使坏，她只是想带他去现场，看看对方能不能想起些什么。

“啊？！我说的是真的啊，实话，大实话。”

听完刘畅的话，龚峰立刻慌张起来。刘畅身子矮龚峰半个头，现在却像老鹰捉小鸡一样提着龚峰，对方没有一点脾气。

“少啰唆，别婆婆妈妈的。”刘畅不耐烦地说道，说着把他向前推去。

“知道了。”龚峰认命般地垂下了头，虽然戴着口罩，但是他苦瓜一般的表情可想而知。

“工具带了没？”刘畅问道。

“兜里呢。”龚峰摸了摸裤兜。

“手艺人就是讲究，家伙都是随时准备着。”二人笑了笑。

三人开始朝红光小区走去，几分钟后，来到小区前，大门口的保安有些疑惑地看了一眼三人。

“对了，您有没有见过这小子？”刘畅拎着龚峰走到保安面前。

陶子航立刻把证件展示给保安。保安知晓对方身份之后凑近龚峰打量了一会儿。

“没见过，你把他口罩摘下来我看看，我可能能想起来。”

摘下口罩还有两块大纱布，没什么区别，刘畅摆了摆手，“算了，以后防着点这小子。”

几分钟之后，三人原路返回来到 1-1 门前。

“你真的想不起来其他的了？”刘畅带着龚峰在 1-1 门前转悠了一圈。

“真的想不起来了。”龚峰摇摇头。

“那就开始吧。”刘畅指了指门锁。

“开始什么？”

“开锁。”

“真的要？”龚峰挠着头。

“废话。”

龚峰有些不情愿地点点头，“但我不确定能打开。”说罢他从兜里拿出个巴掌大的盒子，打开后，只见其中摆满了各种精细的小工具，皆是撬锁之用。

龚峰蹲下身去，闭上一只眼睛凑到锁前，朝锁眼看去，仔细观察了十几秒后便开始了。他聚精会神，认真程度不亚于天桥贴膜的小贩，眉头紧皱，不一会儿额头上开始出现细细的汗珠，手中各种工具轮番上阵。

二人就站在他身后，静静看着。

随着一阵清脆的声响，龚峰的眉头舒展开来，有些骄傲地转过身去，“锁开了。”然后轻轻一拉门，露出一道缝隙，不过被警方的封条挡住，没有被直接拉开。

“人证、物证齐全。”刘畅拍了拍龚峰的肩膀。

还不等龚峰多说什么，刘畅便把他手上的工具统统收走。

“入室偷窃现行犯。”陶子航接了一句。

“啥？开玩笑的吧！”龚峰才意识到发生了什么，有些气急败坏地喊了起来。

“别嚷嚷。”刘畅没好气地说道，“工具我没收了，你把手机号留给我，明天下午 6 点带着 8000 字检讨来公安局报道，还有，最重要的一点。”

“最重要的一点？”龚峰问道。

“别找李志强麻烦，懂了吗？”刘畅指着楼上说道。

“懂了，懂了。”似乎被看穿了心思一般，龚峰回答得有气无力，耷拉着肩膀，像是霜打的茄子。

“懂了还不回去写你的检讨？难道还有什么手艺要展示？还是说已经迫不及待地想和我们一起回局里？”刘畅挪了挪自己的位置，让出条离开的道来。

刘畅话音刚落，龚峰便走得没了人影。

“又瞎忙了一场。”陶子航有些沮丧地说道，“咱们就这样放走他了？”

“昨天晚上案发的时候他有不在场证明。”刘畅把被龚峰打开的门关上。

“有没有伪证的可能？受害者年龄和李志强、龚峰相差不大，我觉得之间可能会有联系。”陶子航有些不死心。

“明天周末，让他们俩对个质就清楚了，两个高中生，和这事儿应该没什么关系。”刘畅满不在乎地回答道。

不过她很快就会对她的这项决定后悔。

“也对，那咱们先回去吧。”陶子航想了想，点点头。

“走吧。”刘畅回答道。

刚出那栋楼没一会儿，突然下起瓢泼大雨，二人立刻退了回来。

刘畅想起之前在手机上看的天气预报，明明写着小雨，但是眼前这阵势，怎么也不像是小雨。离停车的地方还有些距离，虽然跑过去用不了多久，但是淋湿肯定是避免不了了。

“前辈，要不我们上李志强他们家借把伞吧？”陶子航看着倾泻而下的大雨提议道。

“也好，明天也要见李志强，到时候还给他就是了。”刘畅把外套上的雨水抖了抖。

二人顺着楼梯向上走，来到二楼李志强家门前，刘畅刚想敲门，像上次一样，门又在被敲响之前打开了。

“二位？……”张红拿着雨伞，像是要出门的样子，看到二人有些疑惑。

“这个，我们俩想借把伞，你这是要出门吗？”刘畅说道。

“是啊，我儿子去散步，现在下着雨还没回来，我有点不放心，伞的话……”张红转身从鞋柜上又拿来一把伞递给了刘畅。

“谢谢。”

刘畅想起刚才李志强已经说要回去了，看样子他对自己说了谎。这个年纪的男孩有些秘密不想让家长知道也是很正常的，可能是在外面抽烟或者和小女朋友约会。

“没事。”说完张红急忙走出屋子，自言自语道，“可千万别感冒了。”

风雨中，二人同撑一把伞，陶子航拿着伞，伞的位置太高，不少雨水飘到刘畅身上。

“你打伞能不能把我给打着。”说着，刘畅用手擦了擦脸上的雨水，声音有些不悦。

“那前辈，要不给你拿着吧。”陶子航也有些愧疚，把伞递给刘畅。

但是刘畅打着伞，陶子航得把脑袋低下，弓着背，即使这样还有半个肩露在外面。等回到车上，虽然打着伞，但是二人衣服都被淋湿了。

“说下雨就下雨。”坐在副驾驶的刘畅脱下外套扔在后座，将车上的照明灯打开，拿着面巾纸开始擦拭自己的头发。

“前辈，我先送你回去？我还想再去趟警局。”陶子航一边启动着汽车，一边说道。

“嗯，你也不用回警局了，今天你也直接回家吧，报告明天再交吧。”刘畅看了一眼时间。

“我想再回警局看看资料。”

“行吧，别太晚，明天还有工作。”刘畅靠在座位上开始闭目养神。

“和前辈比起来我还有太多要学的了。”说着陶子航将车驶出了小区。

“已经学会拍上司马屁了？夸奖我也不会有好处的。”

“就算是这样吧。”陶子航笑着说道。

“不和你扯这些了，我得早点休息，有你这样派不上用场的手下真的很累。”刘畅把脸侧到一旁。

陶子航见刘畅像是真的累了，也不再继续说下去了。

二人不再言语，大概过了十分钟，车到了刘畅家附近，趁着红灯，刘畅下了车。

“前辈，伞。”陶子航将后座的伞交给刘畅。

刘畅接过伞，“慢点开，明天见吧。”说罢打开雨伞，挥手离开。

刘畅刚走几步，陶子航发现副驾驶座上的外套，打开车窗向她喊道："前辈，衣服。"

此时红灯转绿，车流开始恢复，刘畅已经到了另一边，不好再回车上，她对陶子航喊道："口袋里的东西送去技术科查下指纹，看有没有和 1-1 里的指纹重合的，衣服放我办公桌上就行了。"

陶子航点点头，随着车流离开。

回到警局刑警科，整个科室只剩下几个人，陶子航回到自己的位置上，将刘畅之前嘱咐的衣服中的东西一一拿出。

除了从龚峰那里收缴的开锁工具之外，还有一支笔，陶子航疑惑了一会儿，本想打电话确认一下，看了看时间，想起刘畅劳累的神情便放弃了。

一名年轻刑警走到陶子航身边，看他有些犹豫的表情问道："怎么了陶子航？畅姐呢？"

"张哥，前辈让我把她兜里的东西给技术科查下指纹，但是这支笔，我不知道该不该拿去。"

虽然二人年纪看上去差不多，甚至陶子航看起来更年长一些，不过陶子航好像习惯了把局里的其他人都当作前辈。

"这支笔？哪儿拿的？"被唤作张哥的刑警凑近观察了一下桌上的东西。

"不知道前辈在哪里拿的。"

"畅姐拿的？那还不简单，都给送技术科呗，又不是你鉴定指纹，你还怕把技术科的人给累着？"张姓刑警理所当然地说道。

"好吧。"陶子航点点头。

第二天，警局刑警科室中。

刘畅放下了手中的尸检报告，然后看了看手表，6 点半了，她神色有些不悦，离昨天和龚峰说好的时间已经过了半小时了。

“龚峰还没来？”陶子航走到刘畅办公桌旁问道。

“不然呢？检讨没到，人也没到，手机关机，学校和家里都说不知道人在哪儿，这小崽子够可以，我的鸽子都敢放。”刘畅的身旁似乎散发出一团黑气。

看着刘畅的神情，陶子航心里替龚峰捏了把汗，刑警科室里即使不认识龚峰的人，看到刘畅的样子也不禁为这位叫龚峰的少年默哀几秒。

“前辈，我们先出去把晚饭吃了吧。”陶子航想要分散一下刘畅的注意力，提议道。

整个刑警科里没几个人，不是出外勤，就是吃饭去了。

“那行，你让派出所的人去找一下他，他可是案子的重要目击者，找到了让他们给我打电话，你交代完咱们出去把晚饭解决了。”刘畅皱着眉头吩咐道。

离开警局，沿途的积水似乎在诉说着昨天那场突如其来的暴雨，灰沉沉的天空看起来像随时要爆发一般。

二人随便找了家常吃的馆子，将菜点好，开始聊起了案情。

今天早上，法医有了新的发现，在那名无脸男子的体内，发现了未消化的安眠药成分。

“有什么想法吗？”刘畅拿起手机，随手点开个消磨时间的游戏。

“这次事件几乎可以确定是场谋杀，凶手是受害人熟悉的人，而且关系肯定很恶劣，烧毁面部的目的大概也是为了不被马上怀疑。”陶子航摸了摸下巴，认真地分析起来。

听了陶子航的说法，刘畅看了他一眼，赞许地点点头。

“也就是说，我们如果能查明被害者的身份，凶手是谁大概就很快能查明了。”陶子航得出了结论。

“就是这个，难啊。”刘畅放下手机，摇了摇头，叹口气说道，“这几天的失踪人口，没一个符合条件，现场除了他那副赤裸裸的身子，什么都没剩下。”

“那我们现在还能从哪里突破？”陶子航也有些沮丧，“昨天那个龚峰的线索也断了，现在只能先挂着信息，等人来认领受害者了。”

提到龚峰，刘畅眼里似乎闪烁过一道凌厉的光。

“我现在有点怀疑，这个龚峰可能没对我们说实话。”

“嗯？”陶子航有些疑惑。

“如果有这个安眠药的话，受害者在 1-1 先是被迷昏，龚峰只需要在去找李志强之前杀掉他，也就是说，他有可能犯案。”

刘畅的怀疑不无道理，杀死一个没有反抗能力的人，只需要几分钟，焚烧脸部的工作可以在之后再做，龚峰先是让受害人服下安眠药，然后在找李志强之前作案，理论上是可行的。

听了刘畅的话，陶子航陷入了沉思。起先他以为刘畅只是气不过龚峰放她鸽子才这么说，但是仔细想了想，刘畅的想法不无道理，现在龚峰莫名失踪，看起来就像畏罪潜逃。

“您的大份烤肉饭。”服务员端上一个大碗摆在陶子航面前。

陶子航推到了刘畅面前，“她的，我的是小份。”

“对不起。”服务员用怪异的眼神看了刘畅一眼。

看到美食，刘畅的心情舒缓了不少，将那些让自己心烦的事情抛到脑后，立刻拿起筷子，眼中只有烤得外焦里嫩的大片肉块。

李志强的家中也到了吃晚饭的时间。

“志强，饿了吗？饿了就出来吃饭吧。”张红朝着李志强的房间喊道，餐桌上已经摆满了各色菜肴，一看就是张红精心准备的。

“妈，看到我那支笔没有？”李志强在房间里翻找了半天。

“哪支笔？妈妈没进你房间啊。”

“哦，那可能是我放学校忘拿了吧。”听起来，李志强像是要放弃寻找了。

“什么笔啊，很重要吗？”张红站在房间门口，随口问了一句。

“没什么，只是墨还是满的，感觉不见了挺可惜的。”

三番五次地寻找后，李志强终于放弃了，只是和他话语中的轻松有些不同，他的脸色变得有些凝重，不过稍纵即逝。他来到饭桌旁，见母亲已经为他盛好了饭，拿起筷子便开始用餐。

“那些警察最近好像都撤走了，也不知道凶手抓着了没有。”张红看了看窗外，已经没了昨天的那些警车。

“不知道，可能抓到了吧。”李志强漫不经心地回答道。

“希望抓着了，不过这房东也是倒霉，这下子他这间屋子算是租不出去了。”

李志强点点头，并没有把话接下去，屋子里又安静了下来。

接下去的几天，这具尸体依旧没有人来认领，仿佛他是凭空出现一般，无人知晓他的身份。

第二章　某位光明正大的嫌疑人

7 点整，正是早读时间，红光高中高三(十)班的教室内充斥着各种参差不齐的杂乱朗读声，晨间的早读是完全自由的，学生可以选择自己不擅长的科目进行朗读。

“COSCOS、SINSIN 符号相反。”一名男生快速地朗读着数学公式，眼神快速地在书本上飞掠而过，桌上堆满了各科的书籍和卷子，像一座堡垒一般。

“长太息以掩涕兮。”男生身旁的另一名学生一边背着，一边快速地在草稿纸上默写，嘴巴还吸一口桌上的牛奶，眼睛时不时瞟一眼牛奶旁那块只咬了一口的面包。

学生有条不紊而又流利的语速，加上各处可见的横幅口号，让教室的气氛变得紧张而充实。

坐在讲台上的中年秃顶大叔胡楂凌乱，神色疲惫，鼻梁上的铁框眼镜的镜片也像是很久没有擦拭过了，看这样子是没有休息好。

此人是十班的数学老师兼班主任，胡晨。

虽然十班是一个尖子班，但在他的带领下其水平却远弱于其他尖子班，和普通平行班没啥区别，用他常说的一句话便是：这一届是他带过最烂的一届。不过事实如何，无人知晓。

胡晨在讲台上环视一眼教室，看学生大概都到齐了，打了个哈欠。

"停一下，停一下。"胡晨拍了拍手，所有人的注意力被吸引过去。

众学生停下手中的事，看向讲台，胡晨站起身来，"有没有人看到林彤？"

胡晨昨天一夜未眠，只在上班前稍微合了会儿眼，原因就是这个叫林彤的女学生。

众人一阵沉默，无人作声，先是所有人都看向林彤的位置，然后视线都聚集到了教室最后排角落的一个空位置，但那并不是林彤的位置，坐在那里的是一个叫龚峰的学生。

"驻网吧大使也没来上课吗？这小子不来也没啥，来了还破坏气氛，听说他不是想成为电竞选手吗，我们得支持他。"胡晨撇撇嘴说道，语气中透露着不屑，"我问的是林彤，有人知道吗？"

晨光通过胡晨的铁框眼镜反射出的光芒扫过每一个人的脸上，见所有人都一副事不关己的样子，他摆了摆手说道："算了算了，有知道林彤去哪儿了的，下了自习到我办公室私聊。"

几秒过后，教室又恢复了之前的气氛，所有人又开始了自己的学习。

胡晨摘下眼镜，揉着自己的太阳穴，嘴里喃喃自语道："这俩哪儿是学生，学习不行还净添麻烦。"

在吵闹的教室中，他的抱怨如同泥牛入海。

他对眼前这群学生好像有着一种不满，而且不加掩饰，有种怨妇的感觉，可以说是由爱生恨了。

讲台下最靠前的位置上，有两人在关注着胡晨的一举一动，两双眼睛时不时地瞟向他。

李志强朝他身旁的一个女生使了使眼色，女生会意，点点头，起身悄悄地溜出了教室，确定胡晨没有发现之后，李志强也悄悄跟了出去。

教室在教学楼七层，再往上就是楼顶天台了。

因为每隔几年就会有学生在教学楼的楼顶轻生，虽然在边缘架起了保护设施，但也没有效果，之后就索性把通往楼顶的门直接封锁了。

微风轻抚过二人的脸颊，少女的齐肩短发被一缕轻柔的风吹得摇摆起来，飘逸洒脱，在晨光的照耀下，乌黑的短发格外漂亮。

"真棒，从来没想到过，学校还有这么好的地方。"少女闭上双眼，享受地大口呼吸着此时凉爽的清新空气，一旁的少年则是默默看着少女的侧颜入迷。

少女睁开眼睛，似乎想起了些什么，眼神变得惆怅起来。

虽然不过七楼，但却是附近的制高点，从楼顶看下去，这所老旧却久负盛名的高中尽收眼底，不远处，一个个小黑点如同蚂蚁一般在街道上移动着，在车站前聚集着，走上缓缓驶来的公交车，然后又聚集起来，周而复始。

"那是七班吗？"少女突然像是看到了什么感兴趣的东西，指着不远处操场的一角向少年问道。

少年愣了一下，似乎是觉得自己刚才入迷的样子太丢人了，别过脸去连忙假装寻找，掩饰道："哪儿？"

"那儿。"少女又指了指。

少女指的方向是操场的一角，四五十人聚集着，捧着书，一边慢跑一边大声朗读着，只是有几个学生在队伍最后拖拖拉拉的，一脸不情愿，看到身后拿着长棍骑着单车的中年男人正在靠近之后，又立刻放大了音量。

看到操场上的情景，少年心中暗暗想，自以为是的家伙。

"听说他们班的班主任以前是教体育的，教育方式特别斯巴达，没想到是真的。"少女笑着说道，"哈哈哈，他自己还骑着自行车。"

少女笑靥如花，声如银铃，让少年有些失神。

笑声消失后，二人陷入了一阵沉默，神色都有些惆怅。在这天台之上，他们似乎想起了什么不快的往事，少女犹豫了一会儿，有些胆怯地向少年问道："他们两个……"

"欺负我们的人，已经自己消失了，那个家伙也快了。"少年摸了摸少女的头，淡淡地说道。

"你能告诉我，你都做了些什么吗？"少女眼神向上，有些怯懦地看着少年问道。

"没什么，我只是向天祈祷，让正义降临而已。"少年别过头去，好像是在躲避少女的眼神。

"你说谎。"

"我没说谎。"

“你从小就是这样，说谎的时候喜欢摸自己的鼻子。”

教室中，胡晨打了个哈欠，即使是在如此嘈杂的环境里，仍然阻止不了他的困意。昨天夜里，他本来可以久违地在凌晨之前上床睡觉，这样的机会不多，胡晨本想和妻子大行夫妻之事。

不过很遗憾，他班上一名叫林彤的学生失踪了。她父母的一通电话，让他只得和他们一同寻找，除了出于老师的责任和义务之外，更多的是惧怕他们家的势力——林彤的父亲是当地有名的地头蛇，这是学校里其他老师反复提醒过他的。

他余光微微一瞟，注意到前排的两个空位置，不过并没有什么特别的反应，取下眼镜揉了揉山根。

“他俩都出去十分钟了。”前排另一名学生向胡晨打着小报告。

“关你什么事？他俩出去十分钟你还给计时了？”胡晨不耐烦地回答道，“这个时候了你还有空关心他们俩的事情？去关心两个少考一科都比你分高的人有什么意义？”

“我……”学生想要辩解什么，但立刻被胡晨打断了。

“你什么你，罗昊，你给我背背圆锥曲线点差法的化简式。”

见对方答不上来，支支吾吾说出几个字还是错的，胡晨叹了口气，“多放点心思在自己身上，你要是能有李志强和林慧珍那成绩，就是上天，老师也不管你，不但不管你，还给你双击 666。”

“我知道错了。”说罢，这个叫罗昊的学生就开始低头看着书，不过书后面的表情则是一脸不服，他清晰地听见了几声笑声，这让他更加不爽。

随着一阵紧促的铃声掩盖过所有的读书声，下课了。

“林彤的事，知道的人到我办公室私聊，还有，数学课代表把卷子拿下去发了，大家找空做了。”说完胡晨便离开了教室。

“又是卷子？”也不知道是谁的抱怨。

胡晨还没走远，也不知道有没有听见，他打着哈欠，无精打采地回到了自己的办公室。

教室突然开始了一阵又一阵地讨论，学生们拿着面包牛奶三五成群地聚在一起。

“八成是俩都不想上学了，然后私奔了？”

“一个网瘾少年，一个社会姐，般配，实在是般配。”

你一言我一语，随之又是一阵哄笑。

有股说不出的阴郁负面之感从教室渗出，但是这就如同他们理所当然的娱乐项目一样，每个人都开心地参与着，脸上洋溢着快乐。

李志强和林慧珍一前一后返回，听见教室中传来的声音，站在教室门前停了半秒，脸上露出一丝厌恶，然后又若无其事地走进了教室。

“哎哎，李志强，我们正讨论龚峰在哪儿呢，你不是有他电话吗，帮忙打个电话打听打听呗。”

李志强和龚峰的关系，所有人是知道的，见他回来，立刻有人提议道。

“哦。”李志强点点头，拿出手机，准备拨打。

突然有一双手伸出，将李志强的手机夺走。

“李志强，你怎么能在这个时间在学校拿出手机呢？”

罗昊挑衅般地将手机在李志强眼前晃来晃去，似乎把刚才胡晨对他的嘲讽归咎到了李志强头上，此时他只想捉弄捉弄他出出气。

“你今年几岁？快点还我。”李志强冷漠地说道。

“你学声狗叫我就还你。”

“罗昊，你把手机还给李志强。”一旁的林慧珍也有些生气地说道。

二人之间气氛越发紧张，有些僵持不下的感觉。

突然，似乎是李志强心中的某个开关被打开了，他双手紧紧攥住，接着飞快的一拳打在了罗昊的腹部，罗昊的背不自觉地弯下，紧接着李志强抄起手边一个板凳，毫不犹豫地就要狠狠地砸在罗昊的头上。

众人先是一愣，立刻将两个人拉开。罗昊一阵吃痛，气得张牙舞爪，不过心中咯噔一下，他看见李志强圆圆的眼镜之后冷酷凌厉的眼神，恍惚之中如同看到了一个陌生人，不自觉地向后退了半步。

看热闹的人慢慢聚集起来，二人僵持不下。

“学霸打人了？”坐在位置上的一名学生脖子伸得老长，和他身后的同学说道。

“不知道，看起来好凶啊。”身后的学生反坐着椅子，趴在椅背上。

“你觉得谁能赢？”他旁边的一个学生摸了摸下巴。

“不好说，半个毛毛虫面包，压罗昊。”身后的学生猛吸了一口牛奶，牛奶盒子发出空瘪的声音。

如同早餐时的娱乐节目。

过了几分钟，站出来一个人将罗昊手中的手机拿走，罗昊也没反抗，不如说这是他所期望的，他心里暗暗松了口气。

“班长。”所有人都看了那人一眼。

“有这个时间不如好好学习，都散了吧。”班长将手机交还给李志强并对他说道，“别在意。”

“学霸生气原来这么可怕。”散开的人群中也不知道谁喃喃了一句。

“第一次见，好吓人。”

李志强慢慢松开自己的拳头，接过手机，对班长说了声谢谢便坐回了自己的位置。旁边的林慧珍露出了担心的神色，似乎眼前的李志强自己从不认识一般。

“里面怎么了？里面怎么了？”一个提着菜篮的微胖大妈语速飞快地向旁边一个围观群众问道。

惠民宾馆窄窄的楼梯入口前挤满了人，即使拉了警戒线，还是有人不停地向里探头。

正午的阳光给这座阴沉的城市添加了不少生机，不过对这些看热闹的人却施加不了多少压力，寒冷秋日的温暖阳光下，人们脱下外套，在这里聚集着，只是想给自己的饭后谈资加点料。

“死人了里面，啧啧，现在这些年轻人。”另一个大妈摇摇头，脖子伸长，目光还在往里探着。

“哎哎，这店有人吗？收钱！”宾馆旁的一家小商店里传来大喊声。

看热闹的人群中一个中年男子立刻回答道：“来了来了。”然后恋恋不舍地朝宾馆里看了几眼，返回了商店，看样子他就是小商店的老板。

人群将这个狭窄的出入口围得水泄不通。

“让一下，让一下。”陶子航费力地将人群分开，挤出一条道来，宛如摩西开海。

高大的身子挡在身前，刘畅跟在身后，眉头紧皱，双手环抱，虽然这种场景她早就见怪不怪了，但是这次可能是由于久阴后的晴朗，吃饱了晒太阳的闲人特别多。

二人费力地走进宾馆，小小的宾馆内人来人往，都是忙碌的警务人员。

“畅姐。”一个穿着制服的年轻男子看见刘畅便走到跟前。

“小胡，情况怎么样？”刘畅一边说着，一边观察着四周。这是一个普通的宾馆，总共三层，装潢十分普通，实在没有可圈可点之处，硬要说特点，便是过于普通。

小胡是局里勘察队的领队，每次命案现场都能看到他的身影，这位看起来充满活力的阳光青年，让人很难和“死亡”二字产生联想。

小胡点点头，一边跟二人说着情况，一边朝着宾馆里走去。

半个小时前，也就是 12 点左右，第一发现人——宾馆的清洁人员，敲了 203 的房门却多次未应，而且感应灯也没亮，就准备入房做清洁，谁知进入房间后却发现了一具躺在血泊中的女尸，便立刻报了警。

宾馆二楼，203 号房。

一具女尸静静地躺在被血染红的地毯上，血腥味四溢，旁边还有个警务人员正在拍照，见到刘畅和小胡便停了下来。

“刚才法医简单地看了一下，死因为腹部的开创性伤口所导致的失血过多。”小胡继续说道，三人换上鞋套走入房间内。

“张栩吗？他人呢？”

张栩是队里的法医，不过经常会客串一下侦探的角色，提一些十分有建设性的意见，不过这次应该是不需要了，在宾馆这种地方犯案，侦查难度一般是极低的。

“在楼下呢，要叫他来吗？”

“不用不用，你继续说吧。”刘畅摆摆手，将塑胶手套戴上，缓缓蹲下，近距离地观察着尸体。

“凶器初步确定为死者身旁的这把小刀。”

那是一把在普通人家中厨房里都能见到的尖头小菜刀，此时却沾满鲜血，静静地摆在死者身旁。

“死者身份知道了吗？”刘畅看了看死者的脸，初步估计二十岁不到，抹着淡妆，身上穿的白裙已经被血染红了，如同一朵绽放的死亡之花，美丽永远凝固在了这一瞬间。

“从她的钱包中找到了身份证，她的身份已经确认了，死者名叫林彤，女性，18岁。畅姐，尸体可以运回局里做进一步检查了吗？”小胡向刘畅确认道。

“可以了。”刘畅点点头，站起身来环视了一下整个房间，没有什么特别之处。

“把尸体抬回去，通知受害者家属来局里确认一下。”小胡朝着门外喊道。

两位警务人员拿着担架进入房间，先是将尸体的轮廓标在地毯上，正当二人小心翼翼地抬起尸体时，一个遥控器从染血的裙摆一侧的口袋中掉落了出来。

众人的视线一下子集中在了遥控器上，凑了过来。

“宾馆的电视遥控器？”

“应该是，你去看看其他屋，看看这个宾馆的电视遥控是不是长这样。”小胡将遥控器拿起，朝门外喊了喊，一名警务人员立刻去确认了。

遥控器表面被血迹浸润，白色按钮被淡淡的血迹染成了红色，其中几个数字键上的特别明显，像是用力按上去的血迹。

“这难道是什么死亡讯息？杀她的人已经很明显了，还用留这些东西吗？”小胡有些不解。

“5、7、9，什么东西，房号？搞不懂。”陶子航把那几个明显的数字记在本子上，开始琢磨起来。

“杀他的人很明显了？”刘畅看向小胡。

“对，哎哎，陶子航，不用想了，嫌犯我们已经确定了，而且这玩意儿说不准就是嫌犯故弄玄虚。”小胡打断了陶子航的思考。

“嫌犯已经确定了？也就是说，不是被害者开的房？”刘畅问道。在宾馆里发生的案件，一般侦破率极高，原因就是开房需要实名制。

“对，是一个叫作龚峰的人开的房，我们已经初步认定他是犯罪嫌疑人了，他和受害者应该是男女朋友关系。”

龚峰？刘畅和陶子航对视一眼，心中同时涌出一丝不安。

“监控有拍到犯罪嫌疑人吗？”刘畅立刻问道，她想确认一下自己的猜想。

“有。”

“快带我去看看。”刘畅催促道。

二人跟着小胡来到宾馆前台后面的一间办公室，桌上的显示器连接着整个宾馆的摄像头。

“给畅姐看看嫌疑人。”小胡拍了拍桌前正在操作的警务人员的背。

警务人员点点头，操作了几下，画面便定格下来，放大了些，画面有些模糊。

“此人就是开房的人，昨晚10点进入宾馆。”警务人员将身子挪开了些，以便身后的人观看，然后向众人介绍道。

“这是前台的监控录像。”

画面虽然模糊，但依稀可以确认大致的外貌，一个男子正站在前台询问，视角只能看到他的背部。

“就是他。”刘畅看着这衣着和背影，那份不安又扩大了些，那副如同黑影一般的装束，她记忆深刻。

“有正面吗？”刘畅询问道。

“有，房间走廊的摄像头拍到了他的正面。”另一个角度的摄像头的录像跳了出来，定格下来，“就是他了。”

画面中，一个戴黑帽子、黑口罩，身穿黑色衬衫的男人正准备进入房间。

画面快进，一个年轻女子来到门前敲门，身穿白裙，便是林彤了，再快进一会儿后，龚峰从房间走出，贼头贼脑地左右确认后离开了监控的范围。

“还戴口罩帽子，有点难确认啊。”小胡挠挠头。

“应该就是他了，宾馆前台有确认过他的脸吗？”刘畅说道，看到刚才画面的那一瞬间，她已经基本确定了，这的确是那个放她鸽子之后便再也找不到的少年，龚峰。

“有，但是前台说，他脸上有两块纱布，所以也没怎么看清。”小胡说道。

“那应该没错了。”刘畅神情有些凝重。

“前几天我们见过，他就是穿的这身，陶子航，是吧？还有脸上的纱布。”刘畅询问般地看向陶子航。

“的确，这个体形、帽子、口罩和衣服，的确是和那天一模一样。”陶子航点点头，“只是他为何如此明目张胆？”

在实名制开房又到处都是监控摄像头的情况下，这简直是一起高调得不能再高调的犯罪。

“管他呢，等抓着他，一切都清楚了。”小胡满不在乎地说道。.

刘畅心里有些难以描述的感觉，那个有些傻气讨喜的少年今天成了杀人嫌犯？虽然从心理上有些难以接受，不过她很快调整了状态。看起来弱不禁风的杀人犯，她见到的也不止是一个两个了。犯人即是犯人，她要做的只是把他缉拿归案而已，刘畅早就明白这个道理。

二人从宾馆走出，钻出人群，回到车上，打算回局里报告情况。

“前辈，真的是那个龚峰吗？”陶子航怀着复杂的情绪问道。

“你自己不是最清楚吗，你又不是没见过，知人知面不知心，你就和他说了几句话，就觉得他是个好人了？”

“好人倒是不至于，只是觉得，不至于坏到这种程度吧。”

“别胡思乱想了，等抓到他不就知道了吗，专心开车。”刘畅靠在座椅上说道。

二人回到警局，刑警科里大部分人都围坐在科室中心的会议桌旁。刑警队长陈宇正对这件案子进行案情分析。

陈宇四十岁左右，下巴上留着像是没剃干净的胡楂。他看见刘畅便问道：“现场有什么发现吗？”

“龚峰应该就是犯罪嫌疑人了，现场的所有证据都指向他，现在小胡还在现场，有什么新发现他会立刻联系我们。”刘畅回答道。

“立刻去龚峰家中采集指纹与现场比对。”陈宇安排道。

此时，林彤的手机也已经破解好了密码，技术科的人员敲门进入科室，将手机放在桌上。

陈宇戴上塑胶手套拿起手机，“先看看她和龚峰的直接联系。”

陈宇操作几下，打开了手机上的微信。

“的确是龚峰把林彤约出来的。”陈宇点点头。

只见屏幕上显示着龚峰和林彤二人的微信聊天记录，昨天晚上10点05分，龚峰给林彤发了条信息，约她在惠民宾馆203见面，说是有重要的事情要和她讲，林彤答应了龚峰。

加上这一条，龚峰就是凶手的事可以说是证据确凿，没有人怀疑了。

“龚峰家里人联系到了吗？”陈宇问道。

“联系到了，他家里只有一个老人，父母都在外打工，老人家说龚峰这几天都没回家。”一个刑警答道。

“大概是畏罪潜逃了，可以确定这个龚峰应该就是犯罪嫌疑人了，对龚峰的抓捕行动，以惠民宾馆为圆心，在3千米之内重点排查，看看有没有目击者，再联系各区派出所协助搜查工作。小张，你带几队人，快去。”陈宇将白板上龚峰的照片重重地画了个圈。

“是。”小张立刻拿上无线通话机，快步走出科室，“一队一队，准备出警。”

“昨晚10点之后大部分公交车都收班了，嫌疑人要逃窜，只能步行或者坐出租车，向出租车公司发布龚峰的照片，问问看昨晚10点后有没有载过类似乘客。”陈宇快速分配着工作，众人都仔细听他派遣。

“刘畅，你和陶子航负责排查龚峰和林彤的社会关系，找出动机和龚峰可能藏匿的地点。剩下的人负责把惠民宾馆附近街道的摄像头全部调出来，找这个龚峰，看他去哪儿了。都动起来，快！”

众人瞬间散开，各司其职，刘畅和陶子航也立刻行动起来。

“咱们去哪儿？”陶子航问道。

“红光高中，受害者的家属，等他们情绪稳定些再去拜访。”刘畅回答道。

受害者和嫌疑人的直接关系就是同学，学校成了二人的第一个走访目标。

陶子航启动引擎，驶向目的地。

“你还记得之前那个无面男吗？”刘畅问道。

“嗯，还没人来认领呢。”

“如果龚峰就是那起案子的凶手，抓到他就是两案并破了。”

刘畅心里有一个猜想：龚峰在杀死无面男后寝食难安，再加上自己让他去局里找自己，他更加觉得已经暴露了，最终他叫来林彤商量这个事情，林彤让他自首，二人起了争执，然后龚峰失手杀掉了对方。不过这一切只是她脑海里随便浮现出的一种可能性罢了。到底是过失杀人，还是谋杀呢？她闭上眼睛陷入思考。

而另一边陶子航却在想着，怎么把对方抓住，用什么姿势把对方抓住，抓住后该说出什么台词，这些莫名其妙的事情在他脑海中回荡着。

“过失杀人的话，那把刀子有点不好解释，拿来防身未免大了点；谋杀的话呢，我还没见过这么光明正大的谋杀呢。还有那个遥控器，总觉得有些奇怪。”刘畅自言自语道。

“不用多想，抓到他一切都知道了。”

“你还是给我多想想吧，小心脑子生锈。”刘畅白了陶子航一眼。

“靠边停，别让警车进学校，你赶紧换身便服，我都说了很多遍了，出勤别老穿这身，你有这么喜欢这身吗？是不是睡觉都不脱的？”刘畅叹了口气。

陶子航刚当上刑警没多久，自然是挺喜欢把制服穿在身上，不过刘畅对此已经吐槽过很多次了。

“知道了，这身不是挺帅的吗。”说着陶子航还做了个姿势。

“3、2。”刘畅毫无征兆地开始了倒数，陶子航赶紧钻进车的后座开始换衣服。

车停在离学校不远处的一块空地，二人下车步行。

“传说中的A市红光高中。”陶子航看着不远处校门上方的隽永大字感叹道。

红光的确算得上是A市最好的高中了，在刘畅和陶子航那个年代，省理科状元差不多都是在红光，只不过现在好像在走下坡路了。忙着修分部新校区、扩招学生，走下坡路也是必然，钱倒是赚得多了不少。

学校位于几座小山之间，校门前除了几家小餐馆和文具店外便没有其他建筑了，校门旁停满了自行车，有些早已生锈。作为A市最出名的一所高中，与其说散发出的是百年名校的历史沧桑感，不如说透露出几丝苍凉荒芜之感。

刚走近校门，就已经有人迎了上来，那是一个微胖的中年秃顶男人，满脸笑容，秃顶的脑袋上发型倒是很讲究，几簇稀疏的毛发油光可鉴，向没有头发的裸露头皮衍生，好像是努力地想把秃顶的事实掩盖住。

“刘警官。”那人走到刘畅跟前说道。

“是我，你是彭主任？”刘畅点点头。

在来学校的路上，刘畅已经联系好了，彭主任是学校德育部的主任。

“是我是我，我们走吧。”彭主任简单地与刘畅握了握手，又和陶子航握了握手，引领着二人进入学校。

刘畅十分讨厌这种事情，当然不是因为对方是个秃顶的中年男人才讨厌的，而是她讨厌这种形式主义的东西，不过德育部主任，主要的工作也就是这样了吧。

而陶子航只是对对方的头发充满兴趣，从他的视角看去，整个秃头一览无余。

“发生这样的事情，我感到十分悲痛。”彭主任一边走着一边说道，“本校的学生居然做出这种事情，龚峰这人，唉。”

穿过一条林荫道，教学楼近在眼前，一座雕塑摆在入口之前，楼体上挂着各种横幅，一种压迫感涌上心头。

“之前也说过让他退学，但是他的奶奶和校长颇有渊源，唉，害群之马。”彭主任自顾自地说着，看这副样子，如果有个十字架，他可能恨不得把龚峰钉死在上面。

“说到底就是个关系户，结果最后还破坏了学校的名誉。”

说着说着，他总是会回头看看二人，像是在询问二人的意见一样，刘畅便会立刻点点头，即使她根本没有听清楚彭主任在说些什么。

而陶子航的注意力都集中在对方的头上，想着自己中年后可千万不能秃顶，然后思绪又不知道飘到哪里去了，听到彭主任说到龚峰二字的时候又立刻回过神来。

龚峰所在的班级，高三（十）班位于7楼，也就是这栋建筑的最高层，刘畅和陶子航对视一眼，露出无奈的表情，二人还要忍受这位彭主任的自言自语一直到7楼。

“破坏了学校名誉不说，要是影响了学生的情绪就麻烦了。7楼到了。”彭主任看着白色墙体上印着的红色数字7说道，7楼向上便是一扇锁上的铁门，通往天台。

沿着单边走廊，各个教室里传出不同老师的声音，教室外贴着些标语，还有学生的合照，给刘畅和陶子航一种熟悉的感觉。没几步，高三（十）班就到了。

彭主任朝里望了一眼，发现是个科任老师，“我们先找他们班主任谈谈吧。”彭主任继续向前走去，二人紧跟其后。

走廊尽头便是老师办公室。

“胡老师？这两位是从公安来的，他们想询问一些情况。”

办公室里只有胡晨一人，整个办公室装饰简单，唯一的装饰品便是桌上的几盆多肉植物。

胡晨点点头，表示配合。虽然他把胡楂剃干净了，脸也洗干净了，看样子彭主任早已经通知过他了，但是那副疲惫的样子还是难以掩盖。

“请坐请坐。”彭主任从旁边拿了两把椅子放在刘畅和陶子航的身后。

“那我们就直切主题了，林彤和龚峰之间有什么特殊的关系吗？”刘畅直接坐下发问。

二人的关系便是这一切的切入点。

“他们俩是男女朋友关系。”胡晨回答道。

“最近二人在学校有没有什么奇怪的行为？”

“龚峰来学校的次数大概一周两次，专门挑有体育课的时间来，所以我不太了解他，最近下雨多，他也没怎么来上课，最近一次应该是上周。林彤倒是每天都按时上下学，学习也还算认真，没什么特殊的行为。”

胡晨似乎已经在心里打好了草稿。

“龚峰有什么比较亲密的朋友吗？”刘畅问道，陶子航在一旁快速地记录着。

“这个，我不太了解。”胡晨挠挠头。

“龚峰是林彤的第一任男朋友吗？”

“应该不是，这个她比较亲近的朋友应该知道，要我去叫吗？”

“嗯。”刘畅点点头。

“好的，我马上去叫。”说罢胡晨起身离开办公室。

过了一分钟不到，一个个子稍矮的女生和胡晨一起回到了办公室，女生神色有些怯懦，低着脑袋。

“她叫刘静仪，跟林彤关系最好。刘静仪，你老老实实回答这两位的问题。”胡晨对着矮个女生说道。

刘静仪点点头。

“坐吧同学，林彤最近有什么异样吗？”

刘静仪坐在刘畅对面，身子往椅子里缩了缩。

“没有。”她摇摇头回答道。刘畅和陶子航的身份不言而喻，在二人面前，她显得有些紧张，不过好像有些过度了。

“她和龚峰之间的关系你知道吗？”刘畅把语气放缓和，希望对方能够稍微自然些。

“知道。”刘静仪点点头，瞟了一眼站在旁边的胡晨和彭主任，好像是有些忌讳二人的存在。

刘畅也注意到了这个细节，大概明白了为什么刘静仪如此紧张，在两个中年男人的注视下谈论别人的恋情，单单在生理上就会有些不适应吧，更别说对方是老师了。

“他们之间最近有发生什么吗？”

“没有，我，我也不清楚。”刘静仪摇摇头。

“你别紧张，好好回忆一下，不要放过任何细节。”刘畅身子前倾一些。

刘静仪皱眉思索了片刻，“硬要说发生了什么的话，二人之间的联系好像变少了，之前龚峰如果不在学校，林彤下课了几乎都会在厕所和他通电话，这几天好像没见她在下课时打电话了。”

“是吵架了吗？”

“不清楚。”刘静仪有些为难地回答道，眼神时不时地向刘畅身后瞟去。

刘畅余光向后瞟去，看见彭主任专心致志的表情，看样子这两位是想要把相关者都找出来秋后算账。

“那个，二位，你们能不能先回避一下？接下来的问题可能会牵涉一些个人隐私。”刘畅转头对彭主任和胡晨说道。

“好，好，同学你要好好回答他们的问题。”彭主任遗憾地点点头，二人便离开了办公室。

见彭主任和胡晨离开，刘静仪的神情稍微缓和了些。

“现在好些了吗，不用紧张。”

“嗯。”

“那我重新问一遍，他们二人之间有发生什么矛盾吗？”

“其实，很早之前他们两个的关系就不怎么好了。”刘静仪不自觉地看了一眼办公室的门。

“原因是……”刘畅和陶子航又凑近了些。

“原因是龚峰对班上另一个女生有好感了。”刘静仪放低音量。

看样子龚峰和林彤的关系有点复杂，但是如何能发展到杀人的？刘畅倒是想不通。

正当刘静仪要接着说下去的时候，她的口袋震动了一下。

“手机响了？”刘畅看了她一眼。

“嗯。”刘静仪有些不好意思。

虽然学校表面上是禁止使用手机的，但是私底下大部分学生都带着，只要不被发现，学校也持着默许的态度。

“没关系，接吧。”刘畅看刘静仪有点为难的神情，颇善解人意地说道。

刘静仪点点头，手机屏幕上显示的是一个未知的号码。

接起手机后，刘静仪的表情从惊讶变成恐惧。

“怎么了？”见刘静仪挂断手机后还是一副魂不守舍的样子，刘畅立刻问道。

“没，没什么。”

刘畅看对方的神情怪异，心中有些疑惑，难不成是家里出事儿了？

“那我们继续？”刘畅看了眼时间。

“对不起，我，我有点不舒服，能不能下次再问？”刘静仪的表情似乎是在央求二人。

“不舒服？”刘畅露出一丝怀疑的神情，打量了对方一番，“行吧，那你先回去休息吧。”

刘静仪如释重负，刚要起身时，刘畅又说道：“能不能留个电话？方便我们联系你。”

“好。”刘静仪从办公桌上随手将便签撕下一张，写上自己的手机号，立刻离开了办公室。

“好好休息。”刘畅对着刘静仪的背影说道。

办公室外，彭主任和胡晨正扶着栏杆，抽着烟。

胡晨吐出一口烟，好像是考虑了很久一般，突然说道：“这届带完我就不干了，去带带小学生算了。”

彭主任看了胡晨一眼，一只手勾住胡晨的肩。

“别啊，你知道现在高中老师多难招吧，特别是带高考生的这种，你们班死人也不是第一次了，别太往心里去。”彭主任劝说道。

“那件事就别提了，我是真累了，现在又出了这种事情，我感觉我真的不适合现在的工作。”胡晨转身摆脱彭主任的胳膊，把烟头丢到不远处的垃圾桶里。

“开个玩笑嘛，你肯定也是在开玩笑对吧，而且这也不是你的错，唉，运气差而已。”彭主任拍拍胡晨的肩膀安慰道。

“我可没开玩笑。”胡晨摇摇头。

办公室的门从里面被打开，二人见刘静仪离开了办公室，“哎，刘静仪，他们问完了？”

“我，身体有点不舒服。”刘静仪低着头，一副想从二人面前逃走的样子。

胡晨和彭主任皱了皱眉头，胡晨走到刘静仪面前，“哦，是很难受吗？问题都答不了了？”他的语气中充斥着怀疑。

“是，是的。”刘静仪支支吾吾地回答道，目光不敢和胡晨交会。

“要是考场上你有点不舒服是不是也要离开考场？”胡晨有些生气地质问道。

刘静仪有些不知所措，说不出话来。

“算了算了，老胡。”彭主任唱起了白脸，走到刘静仪身后拍了拍她的背，“不舒服就先回去休息吧，要不去医务室看看也行。”

胡晨摆了摆手，刘静仪连忙顺着走廊离开了二人的视线。

接着，胡晨又叫了几个班上的人，他们大致分成两种，一种便是一问三不知，另一种就是和之前刘静仪一样以各种借口搪塞，只是对刘畅二人来说，最终结果都差不多。

刘畅和陶子航被这种情况搞得有些莫名其妙，二人想起最开始刘静仪接的电话，感觉问题就出在那里。

“真是对不起，我们这边的学生可能有点太专注于学习了。”胡晨和彭主任抱歉地说道，二人也是一团雾水。

“没事，你们百忙之中还抽空接受我们的调查，已经很配合了，那今天我们先走了。对了，让你们的学生多穿点衣服，天气慢慢变冷了，生病的太多了。”

胡晨和彭主任只觉得刘畅话里有话，不过学生态度为何如此奇怪，他们也不知道。

“是是是。”二人只得充满歉意地点点头。

二人打算离开，这让彭主任和胡晨都松了口气。

在彭主任的陪同下，二人离开了教学楼，彭主任在教学楼外和二人分离。

“有问题，把这个手机号给技术科，让他们查一下通话记录，看下午 2 点 10 分拨进来的人是谁。”刘畅将之前从刘静仪那里要到的电话号码递给了陶子航。

“嗯。”陶子航立刻点点头，拿出手机开始联系局里技术科。

接电话是刘静仪态度的转折点，其中肯定有些猫腻。

二人走在通往学校大门的林荫道上，一旁不远处的乒乓球台前站着一位拿着乒乓球拍的少年，背对着二人，沉默地注视着教学楼，不知道是不是被球友放了鸽子。

“是个用APP拨打的网络电话，好像还查不到。”陶子航挂断电话说道。

刘畅分析道：“那这通电话估计就是让我们这趟无功而返的罪魁祸首，拨打的人肯定和这次案件有着直接关系，很有可能就是来自龚峰本人的威胁。”

用网络电话拨打，大概就是为了隐藏身份和位置，不过在二人看来，隐藏身份这一手便是多此一举。

“那怎么办，我们折回去再去问那几个学生？”陶子航停下脚步。

“不用了，现在动机不是主要的，主要的是要把龚峰找到。”

“有没有藏在学校里的可能？”

“不知道，学校人这么多，要是没人配合肯定是藏不了，你觉得龚峰在这个学校里有这种朋友吗？”刘畅反问道。

根据刚才从胡晨那里了解到的信息，龚峰应该是没有这种朋友，包庇匿藏嫌犯，也是犯法的。

“万一要是真在学校里呢？”陶子航问道，似乎有些不死心。

“小张肯定会来搜查的，放心吧。”

即使是走个过场，这种与嫌犯关系密切的地方也是不可能被放过的。

林荫大道末端，连接学校大门的地方有几面公示牌，上面标榜着学习优秀的学生，最显眼的就是文科最高分和理科的第一名，二人在前面驻足了一会儿。

“李志强？”刘畅看到公示牌上一个熟悉的面孔，理科第一名是一个戴着圆框眼镜的少年。

“对了，李志强，他和龚峰不是有点关系吗？”陶子航立刻反应过来。

二人想起那个文质彬彬的少年，从他身上或许能知道些什么，随即转身再次走向教学楼。

高三（十）班教室内，气氛有些紧张。

“事情就是这样。”刘静仪悄悄地对讲台上的胡晨说道。

“我知道了，但是你们真的觉得这样做是对的吗？”胡晨看了一眼讲台下的学生，心中已经对他们失望透顶。

“反正我们这些情报对案情也没什么帮助，他们把龚峰抓着不就完了嘛。”刘静仪满不在乎地说道。

胡晨刚想说什么，突然余光看到门外站着两个人，愣了一下，立刻走出了教室。

刘畅和陶子航正在看着门口墙上挂着的集体照，所有人都洋溢着笑容，即使是那个一直看起来郁郁寡欢的胡晨，只是二人寻找一番，并没有找到龚峰的身影，仔细找了找，倒是发现了照片中的林彤，而且有一个值得注意的地方——林彤身旁的一个学生脸部被涂黑了。

“刘警官，陶警官。”胡晨顿了顿，有些慌张，搓了搓手说道，“你们怎么回来也不打声招呼，这样不是很容易让你们干等着吗？这照片啊，这照片上龚峰在这儿呢。”

胡晨指了指林彤身旁那个脸被油性笔涂黑的学生，“也不知道是谁的恶作剧。”

“没有，我们只是突然想起点事，也没久等，才到而已。”刘畅回答道。

“是什么事呢？”胡晨小心地观察着二人的表情。

刘畅看胡晨神色有些怪异，顿了顿说道：“你们班上是有个叫李志强的学生吧，有点问题想问问他。”

“你们认识吗？”胡晨向教室里望了一眼，大部分学生正略紧张地张望着门外的情况，李志强正托着腮，翻看着桌子上的书。

“之前有点事情，找他询问过情况，突然想起他来了，能让他出来一下吗？”

胡晨松了口气，朝教室里喊道：“李志强，出来一下。”

李志强看书看得入迷，似乎没听见胡晨的声音。

“对不起，他这个人一旦进了状态，就顾不得外界的事情了。”

不愧是理科第一名，二人心里默默赞叹道，一般的学生现在应该都在讨论着到底发生了什么，毕竟是两个学生都没有来上课，而且连警察都已经出动了。

李志强身旁的一个女生伸手在他眼前晃了晃，他才有了些反应，他朝门口看去，胡晨连忙向他招手，示意他过来，李志强这才起身离开教室。

“刘警官，陶警官。有事吗？”李志强见到二人后问道，他挠了挠头，一脸困惑的表情。

“有点事想向你了解一下，去办公室说吧。”刘畅说道。

三人来到胡晨办公室，而胡晨则继续回到教室上课。

“又见面了。”

李志强尴尬地点了点头，勉强地露出一个微笑。

“你和龚峰关系不错吧。”刘畅问道。

“算是吧。”李志强犹豫了一下，摸了摸鼻子回答道。

“该不会……”刘畅顿了顿，看着李志强试探般地问道，“龚峰就藏在你家吧？”

“啊？龚峰藏在我家？”

看样子李志强还不知道发生了什么，面对刘畅的问题有些摸不着头脑。

“没什么。”刘畅摆摆手。

“龚峰和林彤出什么事儿了吗？”李志强似乎这才想起了些什么，向二人问道。

“这个你就不用关心了，估计很快你也会知道的。那天之后你见过龚峰吗？”

“见过一次，他让我借他身份证。”李志强回忆片刻后回答道。

“借身份证？”刘畅有些疑惑，龚峰今年都十九岁了。

“好像是给他一个未成年的兄弟借的，我给他身份证之后，他在网吧上了机还给我之后我就走了。”李志强看出了刘畅的疑惑，解释道。

“哪个网吧？”刘畅接着问道。

“兴达网咖。”李志强不假思索地回答道。

刘畅想起那个装潢复古的网咖，那天也是在兴达网咖找到的龚峰，看样子这个龚峰很偏爱那里。

“然后就没见过面了吗？”

“没。”李志强摇了摇头。

“微信上有交流吗？”

这时办公室门被敲了两下，不等里面的人回应，门便被打开了，进来的是彭主任，他端着个茶壶。

“二位，我泡了壶茶，要是不介意的话就尝尝，毛尖。”彭主任殷勤地说道，将茶壶放在桌上。

“不打扰了。”看了李志强一眼，彭主任便点头哈腰地离开了。

“我们一般用QQ，有时候他会问我一些题。”李志强接着刚才的话说道。

“问题？”刘畅有些怀疑自己的耳朵，龚峰给她的印象就是一个不学无术的小混混。

“嗯，说出来你们可能不信，但的确是学习上的问题。”说着李志强打开手机，上面是他和龚峰的聊天记录。

龚峰昨天中午曾经发了一张图片，图上是他照下来的一道简单的物理题，然后李志强在草稿纸上写下了解答过程，照下来回复给了龚峰，再往上翻就是找他借身份证的信息了。

“那你知道他经常出没的一些场所和经常和他一起的人吗？”

终于可以得到点有用的线索了，刘畅和陶子航想到。

“兴达网咖、8点酒吧、炮楼和附近的宾馆、叶三修车行，还有一些叫不出来名字的地方。经常和他在一起的人，见是见过，但是大部分叫不出名字，都是什么哥什么哥的。”李志强边回忆边回答。

“因为我经常给他跑腿，所以才知道的。”李志强又连忙解释道，看样子是不想被刘畅和陶子航误会经常出没这些场所。

“他和林彤之间，最近有发生什么冲突吗？”

“不清楚，林彤的事情我不是很清楚。”李志强摇摇头。

“你是不是被龚峰抓住什么把柄了啊？”刘畅冷不防地问道。

“把柄？”

“不然你干吗帮他跑腿？”

“帮助同学而已。”李志强摸了摸鼻子。

不懂拒绝的烂好人，刘畅不禁有些为他的将来担心。

“哦，那行吧，你回去学习吧，记得如果有任何龚峰的消息立刻通知我们。”

李志强点头离开，还不忘随手关门。

“地点都搞清楚了吧。”刘畅看了眼陶子航。

“大部分都知道在哪儿，但那个炮楼是哪儿？”陶子航看着自己的笔记有些疑惑地问道。

“红福正街 3 号，整栋楼都是宾馆，我们就近把他这些地址一个一个走一遍，看看有没有什么线索。”

二人得到了有用的信息，离开学校，回到车上准备启程，此时刘畅的电话突然响了，显示的是一个陌生号码。

刘畅拿起手机，接通电话，“喂？”

“刘畅，刘警官吗？”

声音很有磁性，听起来应该是个中年男子，从语气中判断，来电者似乎认识刘畅，不过一时间刘畅的确是回忆不起来这声音的主人是谁了。

“是我，你是？”

“我是林彤的父亲，能否来我家一趟，我想和你谈谈。”

“现在吗？”

“是的。”

询问完地址之后，对方挂断了电话，刘畅感觉到这个声音有些熟悉，想了一会儿，没有头绪便放弃了。

“先去林彤家里一趟吧，她爸好像有什么事想告诉我们。”刘畅对陶子航说道。

陶子航点点头，改变路线，朝着林彤的家驶去。

林家是位于城市某座小山上气派的独栋别墅，车刚驶入，便有管家模样的人在前院等候。

“恭候多时。”黑马甲、白衬衫、三七分的发型，只有在电视剧里才能见到的标准管家形象。

“嗯。”

管家在前面带路，二人跟在后面。

一路还看到喷泉、雕塑和剪修得体的各类植物，看样子林彤父亲的身份并不一般。

进入别墅内，虽然还是在白天，但屋内灯光全开着，金碧辉煌，把悲伤的气氛冲淡了些，但隐隐约约能听见楼上女人哭泣的声音，还是让人感到凄凉，大概是林彤的母亲还没有走出女儿死亡的悲痛。

别墅中心的客厅内，一位体格壮硕的光头中年男人正坐在沙发上，眉宇之间透露着霸气，不怒自威，只是看上去有些憔悴。

“老爷，人来了。”管家恭敬地向中年男人说道。

“白叔，让夫人声音小点儿，来客人了。”

管家点点头，走向一旁的楼梯。

“刘警官，还有这位兄弟，请坐吧。”声音雄浑有力。

“林虎彪？”刘畅坐下后有些惊讶地问道，面前的男人与她也算是旧相识了，本来她还想了些安慰受害者家属的话，不过现在应该是不需要了，虽然有些失礼，不过这对他来说只能用报应来形容。

“是我。”林虎彪点点头，“好久不见了，刘警官，不过叙旧就免了吧。”

林虎彪脸上有一条贯穿整张脸的横向长疤，狰狞恐怖，一说话便像一条丑陋的大虫在蠕动。

“龚峰这个畜生，我一直有在调查他，就是一个不学无术的浑小子，还做什么冠军的白日梦，要不是我女儿一直护着他，我早找机会废了他了。”林虎彪面露寒光，对龚峰的评价似乎是从牙缝里一个字一个字蹦出来的，让坐在他面前的二人都产生一丝动摇之感。

看来林虎彪对龚峰的印象向来不好。

“废话我就不多说了，这小子常去的地方我都知道，我都写在这张纸上了，一个毛头小子能藏的也就这几个地方了，务必，务必把他捉住。”说着林虎彪交给刘畅一张写满了地址的纸，李志强说过的地方，上面都有记录。

“上面还有些和他走得近的小混混，联系方式上面也都写了。”林虎彪指着桌上的纸说道。

“谢谢你的配合。”

看着那张密密麻麻写满字的纸，二人有些惊讶，刘畅拿过纸大致看了一眼，然后叠起收好。

“一个星期，这一个星期我不会有什么动作，完全相信你们警方的能力，特别是你刘畅的能力，也不想给你们添乱，但是头七过后还没有看到龚峰这个小子归案的话……”林虎彪语气虽然平淡，但其中的力量二人却是很清楚。

“我们会尽力而为的。”刘畅点点头。

“刘警官的话一向可信，但是万一没能成的话，以我的手段，龚峰你们就只能看到一具尸体了。”林虎彪轻描淡写地说着。

“如果你说完了，我们就告辞了。”刘畅十分厌恶对方高高在上的态度，语气也强硬了些。

“别急，这个东西你拿着。”林虎彪从大拇指上取下一枚戒指，戒指上盘着一条目露凶光的龙，做工精致，鳞片清晰可见，摘下后，林虎彪大拇指上原本戴着戒指遮盖的地方露出一条绕指一圈的疤痕，像是砍断后又接上留下的。

“你们警察在那些地方可不讨好，把这个给对方看，他们就知道好好说话了，虽然我早就已经不涉及那些事情了，这点面子应该还是会给我的。好了，你们走吧，白叔，送客。”说完林虎彪也站起身向楼上走去，看样子是要去安慰自己的妻子。

“请等一下。”刘畅突然想起什么似的开口道，“说起 5、7、9 这三个数字，你能想到什么吗？”

“5、7、9？不就是普通的数字吗，难道跟彤彤的案子有什么关系？”

“哦，我就随口问问，告辞。”刘畅未多作解释，转身向大门走去。

二人离开林彤的家，回到车上。

“前辈，你认识他？”陶子航对二人认识有些好奇。

“林虎彪，地头蛇一条，没想到房子还挺豪华。谈不上认识，好几年前，他还没发迹的时候被我抓过好几次，那个时候他还扬言要弄死我呢。”刘畅笑了笑，并没有赘述，不过言语中透露出些许不屑。

“前辈，你说那三个数字到底藏着什么讯息？”

“不知道，也可能什么讯息都没有，先把这个放一边，快点走吧，那天和龚峰一起上网的未成年小兄弟可能会有什么线索。”

过了 20 来分钟，二人抵达兴达网咖，龚峰常去的地方之一，此时因为不是高峰期，上机率并不高。

这次前台的年轻女子识趣了许多，她正在和男朋友聊天，看到二人来了，发了句“麻烦又来了”，然后把手机放在一旁，“警察同志。”

上次没有处理好那场骚动，甚至出现了网吧洗黑钱要被查封了的谣言，导致她被老板狠狠地骂了一顿。

“还是龚峰，把他上机记录调出来看看。”刘畅和陶子航走进前台。

“好的，马上。”女子不敢怠慢，操作几下，龚峰的上网记录便在显示屏上显示了出来，她心想这个龚峰到底干了些什么，警察隔三差五地来找他。

前天晚上 10 点 32 分上机，次日 2 点 9 分下机，这一条便是最近的一次上机记录了。

“是不是还有一个李志强在那个时候上机了？”

当时龚峰借用的是李志强的身份证，应该会留下记录。

女子立刻开始查询，然后回答道：“是的，分别是 33 和 34，是个二人包房。”

和李志强说的一样，刘畅接着让女子把监控录像调出来，不过有些可惜的是，整个网咖只有前台有一个摄像头。

画面上又是那个熟悉的身影，黑帽子、黑口罩、黑色衬衫，龚峰的标志性穿着，总共进出两次网咖，第二次进出应该是去拿李志强送来的身份证，分别用两张身份证进行了登记，但是画面上却并未出现与他同行的人的身影。

“你们网咖可以不用本人身份证的？那个时候是你值班？”刘畅看着年轻女子问道。

不使用本人身份证登记，算是不小的违规操作，最重要的是，这让线索又断了。

“是，是的，这，有，有的时候疏忽，可千万别告诉我们店长。”女子支支吾吾地回答道，用乞求的眼光看着二人，这么轻松的工作，她肯定是不想就这样丢了，因为上次的事情，她已经差点被炒了。

“这明显是一个人用了两张身份证，这都能疏忽？”刘畅脸上严肃起来。

见女子说不出话，刘畅摇摇头叹了口气，“哎，如果龚峰出现，立刻报警。”

女子如同小鸡啄米一般快速地点点头。

刘畅走出了网咖，陶子航赶紧跟上。

本身刘畅是想找到这个和龚峰一起上网的人，那个人是现在已知最后见到龚峰的人，但那个人没用自己的身份证登记，只能找目击者了，不过看那个前台，监控上她一直都在玩手机，能问出东西才怪了，刘畅根本不想再浪费时间，直接准备前往下个地方。

“局里还没消息吗？台子打开听听声。”

回到车上，陶子航将无线装置打开，听了几句便关了，看样子没什么收获。

“啧，看样子这个龚峰还是挺会藏的。”刘畅撇了撇嘴，有些不满地说道。

虽然刘畅没想着小张能够立刻找到对方，但是对方只是个高中生而已，单单考虑钱的问题，他都不可能藏到哪里去，更别说是在闹市即兴杀人后，再怎么也躲不了多久。

“前辈，下个目的地，去8点酒吧吗？离这儿最近。”陶子航问道。

“别，8点酒吧晚上8点才开门，现在没人，先去这个地方吧，我还有点兴趣。”刘畅拿出记满地址的纸，指了指上面的一个地址。

“这儿？”陶子航看到地址后有些疑惑，“是不是林虎彪搞错了啊？”

另一边，正在进行搜捕工作的小张。

“没有任何目击者？”小张皱着眉头。

“暂时没找到，局里看监控的人也没发现任何龚峰的行踪。”

“继续找。”小张有些气愤地说道。

“是。”

小张站在原地，看向人来人往的街头，紧皱着眉头，他不明白，一个高中生怎么能做到这种地步，出了宾馆之后，根本没有留下一丝痕迹。

圣玛利亚教堂是20世纪外来者给这个城市留下的痕迹之一，这座拜占庭风格的东正教堂内部现在被用来作为A市的博物馆使用，外观庄严神圣，站在教堂前有种心灵受到净化的感觉。

A市的旅游业算不上发达，来逛博物馆的大部分都是本地人。

刘畅和陶子航正站在教堂前的广场上，不知道是不是天气阴沉的原因，游客寥寥无几，连平常兜售纪念品的小贩都见不着了，最多的也就是在教堂外拍照的大学生模样的情侣。

看陶子航准备进入博物馆里，刘畅伸手拉住了他的衣角，"还要走一段路。"

"不是这个教堂吗？"陶子航挠了挠脑袋，转过头疑惑地问道。

"不是，是附近一个小教堂。"刘畅摇摇头，"哪有人会天天买门票参观博物馆的？"

二人刚准备走，突然有人从背后拍了一下陶子航。他转过身去，只见一个青年左手拿着一个本子，脖子上挂着一个口哨。

"嗯？"陶子航疑惑地看着对方，"干吗？"

对方并不言语，用手指着自己的嘴巴然后摆摆手，看样子是在告诉陶子航自己不能说话。

聋哑人？陶子航心中一阵生疑，不禁打量起对方。

见陶子航疑惑的神情，对方将一本绿色小册子递到陶子航眼前，是残疾人证明。

陶子航表情变得将信将疑，他看了一眼刘畅，似乎是在询问真假。

聋哑青年一手抓着陶子航的衣角，又将小本子递到陶子航眼前，上面写着爱心捐款，下面的表格里记满了人名和捐款金额。

原来是捐款，不过现在的捐款都这么随意的吗？在大街上随便找个人就让他捐款，和乞讨又有什么区别呢？陶子航心中暗自想道。

“我知道了，捐钱是吧。”陶子航看僵持不下，再加上对方一副可怜兮兮的样子，其他人看见了还以为自己欺负他呢，便掏了掏裤兜，准备捐钱然后离开。

聋哑青年立刻点了点头。

陶子航拿出一张 10 元，聋哑青年神色有些鄙夷，不过还是拿出一支笔，好像是要他写上自己的名字，陶子航摆摆手，转身离开。

“挺有爱心的。”刘畅对陶子航说道，“要是真有爱心，我劝你把他救出来。”

“什么意思？”陶子航有些不明白刘畅的意思。

“你刚才没有看到那些捐款电话的最后 3 位数都是 995 吗？”

“995？救救我？我，刚才没仔细看。”陶子航回过头环顾身后，发现聋哑青年已经不见了。

“大概是被专业的乞讨组织控制住了，你捐的钱估计大部分都流到那个组织的头目手里去了。”

专业的乞讨组织，就是利用扣押聋哑人的身份证、残疾证之类的手段控制他们，每天给他们规定上缴金额。

“前辈，那怎么办？”看样子陶子航是第一次遇见这种事情，对自己刚才的疏忽有些自责。

“打电话给片儿警。”

陶子航跟着刘畅一边打着电话一边走着，沿着广场旁的一条石板小路走了一会儿，二人来到了目的地。

“先别想刚才那件事了，当务之急是龚峰。”

通往小教堂的路边插了一个老旧木制路标，上面写着“礼拜堂与爱之家”。

走近几步，一个小小的礼拜堂的轮廓便出现在二人眼前。眼前的教堂和之前的圣玛利亚教堂比起来小了不止几倍，外观也没有那副气派的样子，在不远处高楼林立的背景下，反而有些落寞的感觉。

四周都是绿化设施，与教堂相连的是一个二层建筑，建筑旁的一片空地被铁丝网圈起，空地上摆了滑梯、秋千之类的儿童游乐设施，其中杂草丛生，看样子这就是爱之家了，大概是个福利院之类的地方。

走入礼拜堂，一排排木制的座椅上空无一人，阳光从顶部镂空的玻璃射入，照在最前方的十字架上，透露出神圣之感，二人环顾一番，只有一位年过半百的老牧师在一个角落靠着窗，一边抽烟一边看着手中厚厚的《圣经》，空荡荡的教堂里时不时传来重重的咳嗽声。

听见二人的脚步声，老牧师抬起头来，看到二人之后，老牧师立刻将烟熄灭丢进烟灰缸中，合上书，露出和蔼的表情，“二位是来祈祷的吗？还是来选址结婚？”

“都不是。”刘畅看了看烟灰缸中才熄灭的烟头，回以微笑，也不知道老牧师的行为有没有违反规定。

老牧师干咳了几声，站起身走到二人跟前，“那就是来忏悔的？”

“是这样的，我们现在正在调查一个叫作龚峰的人，这是我们的证件。”刘畅拿出证件，她观察了一下四周，整个教堂内能容纳二十人左右，木制的地板和连排木椅充满着沧桑之感。

“这样啊。”老牧师露出失望的表情，揉了揉眼睛，仔细看了一眼证件后，他点点头，“我知道了，警察同志。”

“这是照片。”陶子航上前递过照片，是一张没有戴口罩和帽子的龚峰的生活照。

老牧师推了推老花眼镜，端详了一会儿照片，然后抬起头说道：“这个人经常来这里忏悔，接受主的洗礼，因为来这里的人很少，所以我对他还是挺有印象的。”

看来并不是林虎彪搞错了，龚峰的确来过这里，而且看样子频率还不低。

“忏悔？主要是忏悔什么呢？”陶子航问道。

老牧师笑了笑，整张脸布满了皱纹，他转身看了一眼不远处的十字架，“忏悔的内容，要去问上帝。”

刘畅白了陶子航一眼，嘴型像是在告诉陶子航，让他好好记，不要多嘴。

陶子航也因为自己的白痴问题有些不好意思，挠了挠头尴尬地笑了笑。

“请问他一般什么时候来？最近一次是什么时候？”刘畅问道。

“一般什么时候来？”老牧师闭上眼睛回忆起来，“好像没什么规律，至于最后一次是什么时候来的，你们可以去隔壁问问看，每一次他来，都会给隔壁福利院捐点钱，帮忙干点活什么的，现在没有忏悔券这种自欺欺人的东西了，这可能在他心中也算是一种赎罪的手段吧。”

刘畅想起木制标牌上爱之家这个名字，随即问道：“隔壁？隔壁是福利院吗？”

“是的，现在应该只有院长一个人在。”老牧师点点头。

说罢老牧师向礼拜堂外缓缓走去，“跟我来吧。”

“嗯。”

二人跟上老牧师，打开福利院外围锈迹斑斑的铁门，老牧师敲了敲福利院的防盗人门，不一会儿门开了。

“洪牧师。”从门里走出一个穿着围裙的中年女人，干练地将白黑相间的头发扎成一个团子，一只手中还拿着抹布，应该是在做家务。

看到老牧师身后的二人，她露出疑惑的表情，“这两位是来领养的吗？我这里没有接到通知啊。”

“不是，小琪，这两位想要了解一下龚峰，就是经常来帮忙的那个少年，想了解一下好人好事。”老牧师缓慢地说道，好像在慎重地选择着词语，不想把二人的身份说出来。

“哦。”中年女人脸上的狐疑消失，露出笑容，拿出一大一小两双拖鞋，“请进吧，是校领导要表彰他吗？”

“我们……”

陶子航的话还没说到一半就被刘畅打断了，看样子刘畅也不想让对方知道自己的身份。

“是的。”刘畅笑着点点头。

老牧师微笑着说道：“小琪是福利院的院长，你们好好聊，我先回去了。”

说罢，他便又一步一步有些蹒跚地向礼拜堂走去。

换好拖鞋，在玄关里，一双黑色男士皮鞋十分显眼，二人走进屋中，有几个好奇的小脑袋从房间里探了出来，看样子是对外来者十分感兴趣。

“哥哥姐姐好。”其中一名小男孩有礼貌地朝二人喊道，小男孩虎头虎脑，十分可爱。

“来客人了？”一个雄浑的男声从走廊一端传来。

二人朝里望去，一个穿着黑色西装，立着大背油头的挺拔高大的男人从里面走了出来，乍一看有些凶神恶煞。

“啊，好像是龚峰的校领导，要表扬他，来这里取材。”中年女人笑着对他说道。

“哦，那我先走了。”西装男子看了二人一眼，点点头，“龚峰是个好孩子，虽然看起来不怎么像，和我一样。”

西装男子自嘲般地笑了笑，冷峻的三角眼变得柔和了些，打量了二人一番。

“大飞哥，要走了吗？”一个小男孩抱着男人的腿说道，几个小孩也围在他身边，像是不愿意他离开。

“下次再来看你们。”西装男人溺爱地摸了摸孩子们的头，用温柔的语气说道。

“不用在意我们的。”刘畅有些歉意地说。

“没有没有，本身就打算要走了，你们慢慢聊，你们是公事。”西装男子摆了摆手，走出了屋子。

“慢走。”中年女人把他送到门口，然后又回到刘畅身前。

“坐吧。”中年女人带着二人走到餐桌旁。

整个屋内装饰简单朴素，墙上挂着不少儿童们的合照，杂物繁多但摆设整齐，透露出一种居家之感。一楼应该是公共区域，走廊的尽头是一个回旋楼梯，通往二楼。

龚峰会在这里帮忙？二人心中都有这样的疑惑。一个在逃犯之前经常在福利院帮忙，这让人生出一种不协调的感觉。

“龚峰是个好孩子。”中年女人给二人盛上茶水，然后指了指墙上一张龚峰和一群小朋友的合照，“小朋友们都挺喜欢他的。”

照片上龚峰被一群小朋友簇拥在中间，虽然所有人脸上都是一层泥巴，但都洋溢着快乐的笑容，背景便是福利院旁边的空地，不过看衣着像是夏天，植物茂盛。

“有次下了雨，和小孩一起玩起泥巴来了。”中年女子笑了笑。

“嗯，我们想了解一下，龚峰一般来福利院做什么呢？最后一次来是什么时候？”刘畅问道，顺手把桌上的水杯拿起，喝了一口。

“一般龚峰来就是捐钱，帮忙做些家务，小孩子们都很喜欢和他玩，毕竟都是年轻人。最后一次的话……我看看捐钱的记录。”说着，中年女人进入旁边的房间，取出一个本子，“最后一次是……半个月前。”

“二位啊，龚峰是个好孩子，而且很有出息，上次听他说什么电竞比赛得了名次，还带着蛋糕来福利院分给孩子们吃呢。”中年女人脸上洋溢着笑容，看来她对龚峰是真心喜欢。

看到中年女人的样子，刘畅心里默想，刚才没告诉她真相应该是个正确的选择，那对她来说肯定是件残酷的事情。

“嗯。”刘畅若无其事地点点头，“龚峰第一次来是什么时候？”

“第一次来？”中年女人看了看本子，向前翻去，“一年前的6月份。”

“哦，那个，我们能参观一下吗？”

虽然院长的反应像是还不知道龚峰发生了什么，但是以防万一，刘畅还是没有排除龚峰藏匿在此的嫌疑，虽然告诉对方自己的真实身份，事情会简单得多，但刘畅暂时不想院长对龚峰的印象破灭。

“当然。”中年女人站起身，“孩子们，带着这两位哥哥姐姐参观一下我们家。”

“好！”房间里探出的小脑袋齐声说道，五六个小朋友一涌而出。

“姐姐，你好漂亮啊。”一个扎着丸子头的小女孩仰头看着刘畅。

“嘴巴真甜。”刘畅摸了摸她的头，心中暗暗佩服身旁的中年女子，能够把他们养育得这么健康阳光。

“这里是我们吃饭的地方，我带你去我们的房间。”一个小男孩拉着陶子航的手说道。

在一群小孩的簇拥下，二人穿过走廊，来到旋转楼梯，一楼除了客厅和餐厅之外，还有一个类似办公室的地方，里面堆着许多的文件，还有一台老式电脑，应该是没什么能藏人的地方。

来到二楼，整层楼的地板上都铺着拼图软垫，一条长长的走廊上，左右墙壁上贴着各种卡通人物。

“这是我们的房间。”扎着丸子头的小女孩和另外几个女孩把刘畅向一个房间里推去。

“嗯嗯。”刘畅点点头，小孩们的热情让她有些吃不消，“姐姐知道了。”

房间内有张双层床，整个房间都是粉色的，看样子是女生的宿舍，桌子上文具、书本之类的东西整理得井然有序，充满温馨之感。

“这个是我画的。”扎着丸子头的女孩把一幅蜡笔画从抽屉里拿了出来，有些自豪地递给了刘畅。

画纸上有一个稍高点的小人，旁边站着许多小个子，那个小女孩指着画上的小人说道：“这是龚峰哥哥，这是我，这是她。”

看得出来，这些孩子的确挺喜欢龚峰的。

“嗯，画得真好。”刘畅一边夸奖着小女孩，一边观察着整个房间，应该是没有可以藏身的地方。

陶子航在走廊另一边的房间，房间布置得和女生的房间差不多，床边贴着运动明星的海报，只是东西的摆放就差了许多，地上还有一双袜子，也不知道是谁的，角落里还有个脏兮兮的足球。

“哥哥，你肌肉好发达啊。”一个小男孩用羡慕的眼神看着陶子航。

“是吗。”陶子航笑了笑，抬起手来，展示了一下自己的肱二头肌，“只要好好锻炼，这种程度很轻松的。”

“哥哥，你会玩《王者荣耀》吗？”

“手机游戏？没玩过。”陶子航如实回答。在生活上，陶子航的娱乐除了锻炼身体、玩些球类运动之外，游戏之类的玩得最多的就是开心消消乐了。

“那你装一个呗，福利院有 Wi-Fi。”

“你们都有手机玩的？”陶子航有些惊讶，自己小时候能看看电视已经算不错了，电脑是到了高中的时候才接触到的。

陶子航看小男孩们都围了过来，一时不知道怎么应对这种情况，看着孩子们期待的眼神，又不好意思拒绝，只好拿出手机，开始照做。

“不过我们的手机都是每天只能玩两个小时，等我长大了，我要去打工，然后买一台高配置的手机。”小男孩开始展望起自己的未来。

福利院的网速很快，几分钟之后，游戏便下载完了，安装之后，小男孩们都兴奋地聚在陶子航旁边。

“我给你推荐这个英雄。”

“这个不行，玩这个这个。”

几个小孩七嘴八舌地在陶子航身旁说着。

过了几分钟，刘畅从女生的房间出来了，看见陶子航坐在地上被一群小孩众星捧月地围着，有些诧异。

“陶子航，在干吗呢？”

“啊，没什么。”陶子航连忙起身，收起手机。

“哥哥，你也太菜了，怎么打个新手教程都打不过啊。”几个男孩偷偷地笑了起来。

“哥哥姐姐都是客人，就算游戏打不好，你们也不能嘲笑他们。”扎着丸子头的女孩站在刘畅身旁，充满正义感地说道，不过这对陶子航来说简直就是“补刀”。

“没事儿，这是事实。”陶子航挠了挠头，有些不好意思地笑道。

“陶子航，看完了没？”

“啊？哦。”陶子航这才想起自己的目的，赶紧四处张望一番，“应该是没有。”

二人走出房间，向走廊另一端走去，前面的房间是福利院院长的房间，刘畅推开一道小缝，朝里面看了看，摇摇头。简单的摆设，根本没有任何能够藏人的地方。

最后的一个房间便是浴室，面积还挺大，里面还有小隔间，不过一览无余，根本不可能藏人。

这也在二人的预料之内，藏在福利院里，无论如何都太勉强了一点。

从楼上下来，又和院长聊了几句，最后提醒院长见到龚峰一定要通知自己，谎称是想要拍摄一组他在帮忙的照片，然后二人便离开了福利院。

二人走后，院长欣慰地看着客厅中一张龚峰与所有人的合照，似乎想起了自己的某位亲人一般，用布擦了擦相框。

“龚峰哥哥什么时候再来啊，都好久没来了。”一个小男孩问道。

“如果你们乖乖上幼儿园，不惹老师生气，可能龚峰哥哥明天就会来看你们了。”

“我要他教我玩《王者荣耀》，我买了新英雄。”小男孩奶声奶气地说道。

“你这小孩，只知道玩游戏，作业写了没？”院长有些无奈地叹了口气。

第三章　像烟一样消失的少年

叶三修车行前的停车位上空空荡荡，只有几辆银白色的面包车停在车位上，门前有不少落叶，几乎没有什么行人。

这里是个偏僻的地方，处于通往外郊的路上，附近的建筑看起来老旧不已，像是要被拆除的危楼一般。

刘畅和陶子航向修车行的卷帘铁门内走去，内部只有几个修车工模样的人蹲坐在地上玩着扑克。

“对七。”一个皮肤黝黑的壮年男子嘴里叼着根香烟，掷出两张牌。气温低下，此人只穿着一件单薄的T恤。

“炸了。”另一个稍瘦的男子用力地将牌打出，脸上洋溢着兴奋，看局面，他已经赢定了。

“臭小子，你怎么还有炸。”皮肤黝黑的男子一脸不悦。

“斌哥，愿赌服输，哈哈。”稍瘦的男子有些得意地说道。

“输了输了，不想打了。”被叫作斌哥的壮年男子把手中的牌丢了出去，有些不耐烦地说道，“两包软玉，先记着。”

“别啊，斌哥，你也该结下这个烟钱了吧，否则谁还想和你玩牌啊，你们说对不对？”稍瘦的男子看向围观的人。

“就是就是。”围观的人也开始起哄。

“啧，知道了，我去买。”斌哥走出修车行，正好撞见了刘畅和陶子航，对视一眼后擦肩而过。

“嘿嘿，等会儿开包烟分给你们。”稍瘦的男人对刚才起哄的人群说道。

“哎，白狗哥，好像来人了。”一个修车工模样的人向门口指了指。

门外陶子航和刘畅正朝里走来。

“哎哎哎，你们是来干吗的？今天修车行不接客了。”被称作白狗哥的人站起身来，拦在二人身前。

“不接客？”刘畅看了一眼修车行内，各个车位上也是空空如也，不像是忙不过来的样子。

“没事儿的话就走吧。”白狗哥有些不耐烦地说道，空旷的修车厂前厅里，白狗哥的声音格外响亮。其他修车工模样的人也围了过来，神色并不友善。

陶子航稍稍靠前了些，挡在刘畅身前。

“我们打听个人。”刘畅向前一步，拿出一张龚峰的照片，递给白狗哥。

“打听个人？”白狗哥有些犹豫，拿过照片，看了一眼，“哦，这不是……”话刚说到一半，他感到有些不对劲，警惕地问道，“你们是谁？”

气氛一下子变得紧张起来，白狗哥身后的人表情也越发不善。

刘畅看到这阵势，并没有感觉到畏惧，相反，对面如此反应，正说明自己来对了。

“别紧张，我们就打听个人，至于吗？听说龚峰经常来这儿，你们别说不认识。”刘畅平静地说道，目光在白狗哥和他背后的人身上扫过。

“认识是认识，但是你们为什么要打听这个人呢？先说清楚，这个人已经不归我们罩了，有仇有怨，别地儿找他去。”白狗哥摆摆手。

“有点事儿，想找他。”刘畅接着说道。

“我已经说了，他早就不在这儿了，现在也不在这儿，你们快滚吧。”白狗哥向前一步，气势凌人。

“那他现在在哪儿你知道吗？”

“哎，你这个人，是不是来找茬的？这个人早就和我们没关系了，你能不能滚蛋了？”白狗哥嗓门提高了些，身后的人也越聚越多，纷纷抄出些家伙来，一副剑拔弩张之势，“让斌哥快点回来。”他转头悄悄对一个大高个说道，那人听后立刻走出了修车厂。

“别杵着不动啊，走。”白狗哥靠近一步，“听不懂啊？别以为你是女的我就不敢打你！”

说罢，他一只手推向刘畅胸前，陶子航刚想拦住他，没想到刘畅以迅雷不及掩耳之势将男子制伏，一只手将男子的头摁在地上，一只手将男子的手臂锁住，整个人压在男子的背部。

整个修车厂先是一片寂静，然后立刻沸腾起来，众人纷纷冲了上来，陶子航立刻挡在刘畅身前，摆好架势。

“我们是警察，你们是要袭警？”随着刘畅掷地有声地质问，陶子航把证件亮在众人面前，众人的攻势立刻停滞。

“警察？！”众人面面相觑，不知道该不该上。

“我们不就调查个曾经在你们这儿打过工的人吗，怎么有这么大反应。”刘畅眼神犀利，扫过每一个人的脸，像是要把他们记在脑海中一般。

对方的气势顿时全无，围在刘畅和陶子航身旁的人不自觉地向后退去。

“误会，误会。”被压在刘畅身下的男人喘着粗气，“有话好说，有话好说。”

刘畅看了男人一眼，松开他把他向前轻轻推去，男人揉了揉自己刚才被擒住的手臂。

此时，刚才走出去的大高个回来了，与他一同回来的还有那个被称作斌哥的男人，众人的视线立刻聚集向他，看样子他就是这里管事的人了。

“白狗子，怎么了？”斌哥瞟了一眼刘畅和陶子航，向白狗子问道。

“他，他俩问龚峰的事儿。”

“龚峰的事？哦，他就是个临时工，有的时候来帮帮忙，最近已经不来了。”斌哥淡淡地说道，说着还递了一根烟给刘畅。

“我不抽，陶子航，你拿着吧。”

“哦。”陶子航点点头，将烟放进了自己的烟盒。

“其他的我就不知道了，二位从哪儿来就回哪儿去吧，我就不送了。”斌哥音量提了点，摆了摆手。

“斌哥，他俩是，是条子。”白狗子在斌哥耳旁轻轻说道。

斌哥？刘畅想起在林虎彪提供的纸上好像有这个人。

“是警察怎么了，该说的我都说了，龚峰吧，干活认真，肯吃苦，还要了解点其他的吗？”

刘畅打量了一眼斌哥，看样子是经历过大风大浪的，面对警察还能够游刃有余，看样子对付普通混混的办法对他应该是起不了效。

刘畅从包中拿出之前林虎彪的盘龙戒指，即使是在修车厂昏暗的光线下，依旧掩盖不了它的霸气，栩栩如生似有真龙盘于戒指之上。

“这件事不仅仅是我们要查，这个戒指的主人也很想知道结果，你确定龚峰不在这儿，而且没人知道他在哪里？”

斌哥睁大了眼睛，有些吃惊地凑近了观察。

众人议论纷纷，白狗子悄悄地问道：“斌哥，这是啥？看起来很值钱。”

“林哥的戒指。”斌哥回答道，然后对刘畅说道，“虽然我知道林哥对他女儿这个男朋友很不满意，但是也没必要让警察来干这些事情吧。哎，你们现在有人知道这个龚峰在哪里吗？知道的赶紧说。”

众人皆是摇摇头，默不作声。

“没人知道，我们跟他真没什么交情，不熟。”斌哥说道。

“原因是什么你就不用知道了，现在我们在找龚峰，你就把你知道的说出来就行了。”

“龚峰在哪里？我们真不知道。”斌哥露出为难的神色，看样子不像是在演戏。

“那我怎么觉得，你们这儿有事呢，龚峰不在你们这里，你们反应为什么这么大？好像很警惕嘛。”刘畅踮起脚朝修车厂里面望去，对方一系列的反应，让她感觉这里肯定有猫腻。

陶子航在一旁摩拳擦掌，在他看来，眼前的人，除了这个叫斌哥的，没一个是能打的，他觉得终于要到让刘畅刮目相看的时刻了。

“哎，误会误会，你们，快给这两位道个歉。”斌哥朝身后的人喊道。

斌哥一副装孙子的样子，不是因为对方是警察，而是心里惧怕林虎彪。这个修车厂只是个幌子，一旦参与其中的事，就不能轻易脱身，而龚峰是个例外，大部分也是因为这层关系。

“对不起。”斌哥身后响起参差不齐的声音。

“既然人不在你们这儿，那让我查查呗，没关系吧？”刘畅上下打量着斌哥，意味深长地说道。

气氛一时间僵住了，所有人都在看着斌哥。

“好，好吧。”斌哥无奈地点点头，“但是我们这儿的确没什么地方能藏人啊。”

“带路。”刘畅径直朝里走去。

斌哥立刻跟了上去，苦笑着回答道：“好。”

整个修车厂，除了工作区之外，就只有一个办公室和仓库。

“办公室。”斌哥指着办公室的门，给刘畅二人解释道，然后悄悄向白狗子使了个眼神，白狗子悄无声息地和几个人离开了。

“你们好好看看吧，龚峰不在这儿，那个柜子，我给你开开，真没人。”说着斌哥向办公室里的一个柜子走去，把柜子打开，里面只有些杂物。

“有什么好看的。”刘畅根本没有踏入办公室一步，也没往里看，到了门前转头就走，“去仓库吧。”

对方一副求你看的样子，里面能有什么东西才怪了，刘畅心里笑笑。

“好，好。”斌哥脸色有点难看，把脚步放缓了些。

“快点啊。”刘畅看了斌哥一眼，感觉有些猫腻。

“到了，到了。”

从办公室往前向左走去，来到整个修车厂的末端，一扇带锁的铁门便是仓库的大门了。

“没锁？”刘畅看了看铁门上的锁，打开了铁门。

一进仓库，一股机油味扑面而来，刚才的白狗子正在仓库内。

“哎，你在干吗呢？”刘畅穿过杂物来到白狗子跟前。

“没干吗。”白狗子摇摇头，求助般地看向斌哥。

刘畅看了一眼白狗子身前的东西，上面放着一张粗麻布，露出一角红色。

“这是什么？”刘畅将粗麻布掀开。

是一箱又一箱的香烟，看样子牌子很多。

“哦，香烟？”刘畅将箱子里的一条香烟拿出。

“是是是，我们，我们打算扩展点副业，卖卖香烟什么的。”斌哥连忙解释道。

“有执照吗？”刘畅随手把香烟扔回箱子里。

“有，有。”斌哥连忙回答道，“快去拿来。”他对身后一名小弟说道，小弟听后立刻跑出了仓库。

刘畅环顾了一圈仓库，仓库里的确不怎么适合藏人，翻了翻几个箱子，就没什么能容纳一个人的地方了。

很快，小弟拿着烟草专卖许可证来了，“这儿呢，二位看看。”

刘畅拿过许可证草草地看了一眼，递还了回去。

“知道了，既然有证你们慌什么？”

“量，量有点多，是吧，而且一听你们是警察，不是有点紧张吗。”斌哥看了一眼白狗子。

“对，对对，量可能有点超。”白狗子连忙附和道。

“这后面的都是？”刘畅看了一眼背后一摞摞的箱子说道，“这么多烟，不会是非法运输吧？难不成是赃物？”

“肯定不是，不是偷的也不是抢的，这附近也没人报案说烟被偷了吧。”斌哥连忙说道。

看了二人半晌，刘畅舒展眉头，“开个玩笑，既然证件都有了，我就不说什么了，龚峰不在你们这儿是吧。”

“这是真的啊，我们根本没理由藏这个龚峰，龚峰和我们的关系可没那么好。你们，把那些箱子都打开给二位看看。”斌哥转身对身后的小弟说道，小弟立刻将仓库里大大小小的箱子全部打开。

刘畅和陶子航开始一个一个地检查。

“哦，你不是说他干活认真，肯吃苦吗？”刘畅一边检查着箱子，一边说道。

“哎，这倒是真的，但是这个小子老是一副自命不凡的样子，和我们这儿的人处得都不好，上次就是和一个人打架，最后自己就不来了，我们真没理由藏他，而且这林哥要的人，我们怎么可能不给？”

“那行吧，你们要是谁看到龚峰，或者知道他在哪儿，也不用联系我了，直接报警就行了。”刘畅把一条香烟放回箱子内。

“报警？这小子犯什么事儿了？”

“你关心这干吗，不是说和他关系不好吗？”

“好奇，好奇。”白狗子心虚地干笑了几声。

刘畅也不去理会，放下东西说道，“走了陶子航，换地儿找。”

“慢走，慢走。”斌哥松了一口气，“这边，这边。”一路毕恭毕敬地把二人送出了修车厂。

待二人走后，斌哥立刻变了脸，怒目圆瞪，冲着白狗子骂道：“叫你们把货藏好点儿，你们一个个给我懒！还有，白狗子，你有病是吧，看见警察就心虚？你真是够傻缺的，做贼心虚听过没？”

“斌哥，你不是也……”白狗子小声地说道。

“我怎么了，我还不是被你们这帮废物给吓得，还敢跟警察动粗，你是好日子过够了！”斌哥用铁棍用力敲了敲墙，墙上留下几条深痕。

“反正，那些警察也没发现是吧，斌哥你消消气。”

“发现不就全完了吗！这个龚峰到底干了什么，净惹些麻烦，走了还能给咱们惹事，连林哥都在找他。”

刘畅和陶子航回到车上。

“打电话给片儿警，叶三修车厂那批烟都是假烟，让他们带人来查。”

“假烟？前辈，你又没抽过，你怎么知道？”陶子航有些不解，在修车厂里走过一趟，他警惕得很，生怕对方突然袭击，回到车上倒是松了口气。

“你是不是傻，那个斌哥最开始出去是干吗的，你没听见？”刘畅叹了口气，用手指敲了敲陶子航的脑袋。

陶子航摸着脑袋豁然开朗。才进修车厂的时候，他隐约也听到了其中的对话，那个叫斌哥的男人打牌输了，正准备去买烟。

刘畅从陶子航的烟盒中抽出那根从斌哥手里拿来的烟。

“软玉溪，仓库里你没看到那一条一条上面写的什么吗？给片儿警打个电话，把这里查一查。”

仓库里全是等着卖的烟，还用得着出去买烟？只有一种可能，那就是他们仓库里的是假烟。

回忆起仓库里的确是有玉溪牌的香烟，陶子航随即明白了是怎么回事。“那，龚峰真不在修车厂吗，我们不再搜搜？”

“要是你家里放一堆违禁物品，你还会藏个罪犯吗？赶紧的，开车。”

陶子航点点头。

“大概是他们觉得是龚峰把假烟的事情说出去了，所以才会这么警惕，白高兴一场。”刘畅叹了口气。

回到警局，刑警科内众人依旧忙碌着。

“畅姐，有收获没？”正在查看监控的小胡暂停了显示屏上的画面，转过身来面向刘畅。

“关于龚峰的收获没有，其他没用的收获倒是有一点。”刘畅有些无奈地说道。

回来的路上，陶子航接到片儿警的电话，关于圣玛丽亚教堂广场乞讨组织的事情，他们已经开始着手调查了，和刘畅想得差不多，最近的确有好几个聋哑人被报失踪，和这个组织应该脱不了关系。

“陶子航呢？没和你一起回来？”

“第一会议室抽烟呢。”

第一会议室，一个不被用来开会的会议室，不知道从什么时候开始变成了一个吸烟室，据说是唐局长在局里还被称作小唐的时候就已经这样了。

陶子航不敢在刘畅面前抽烟，憋了许久，终于有机会点上一根了。

“龚峰啊龚峰，到底会在哪儿呢？”陶子航一边抽着烟，一边喃喃自语。

“你们呢，有什么收获没？”刘畅问道。

“没，完全没有，这个龚峰，真不知道是聪明还是糊涂，这么明目张胆地杀人，结果藏倒是藏得够好的，居然找这么久，都没找到拍到他的监控。”小胡叹了口气，旁边几个盯着屏幕的同事也纷纷附和，本来以为是个轻松的活，谁也没想到会这样。

“周围的监控录像都看得差不多了，还是没找到龚峰。”

“小张那里也是一样，找了一下午了，连个影子都没有。”小胡摊摊手，“看样子是要费点工夫了。”

陈宇从办公室里出来，拍了拍刘畅的肩膀，“刘畅，你回来了？怎么样，找到点儿线索没？”

“没，一个高中生，还真够悠闲的，一会儿去福利院帮忙，一会儿去修车厂打工，晚点还要去他经常去的酒吧，看看能不能有什么线索。”

陈宇点点头，这个龚峰比想象中的要棘手很多。

“都在呢？”一位身穿制服的中年男子敲了敲门，走入了刑警科室。

中年男子的到来，让整个科室里的气氛变得紧张起来。

“都在呢，小张马上也要收队回来了，唐局你怎么来了？”陈宇笑着迎了上去，对中年男子说道。

中年男人便是公安局局长，生得一副标准的国字脸，神色凌厉如同猎鹰一般，脚步生风，透露着一股威严之感。

“人找到了没？”唐局开门见山地问道。

“还没。”

“线索？”

“没。”陈宇头放低了些。

“搞什么？连个高中生都抓不住？”唐局音量越来越大，科室里所有人都放下了手头的工作，将目光集中在了他的身上。

正如唐局所说，一个高中生都抓不住，的确脸上挂不住，陈宇支支吾吾地回答道：“他好像有很强的反侦察意识，而且……”

“陈宇，理由我不想听。”唐局用愤怒的声音打断了他。

“明白。”陈宇点点头。

“这件事情现在还在保密阶段，但是已经有很多媒体的人往局里打电话了。嫌疑人和被害人的身份比较特殊，都是学生，现在外面对这件事关注度非常高，局里打算这几天召开记者发布会，在这之前，最好有点成果，那个林彤的父亲也不是什么省油的灯。”唐局的眼神在科室内每个人的身上扫过，在刘畅身上多停留了几秒。

对于刑侦工作来说，这些来自社会上的压力，往往是最大的。

说完后唐局长也不多留，直接走出了刑警科室，随着脚步声渐行渐远，众人都松了口气。

“你们先忙，等小张回来，开个会。”陈宇皱着眉头回到了自己的办公室。

“知道了。”众人回答道。

“龚峰，龚峰到底在哪里。”小胡伸展了下身子，继续看起了监控录像。

十几分钟之后，小张回到警局，众人开始了对案情的整合和讨论。

才归队的小张一脸失落之色，看来是没什么收获。

案件虽然发生在闹市区，不过是在凌晨，目击者较少，但是从小张的说法来看，他们一个目击者都没找着，包括龚峰家附近也找过了，还有学校，也都没人见到他回去，像是人间蒸发了。

另一方面，根据一位调查交通方面的警员的说法，出租车公司那边还没回应，不过八成是没戏，而且道路监控也没有找到龚峰的影子，可能藏匿嫌疑人的车大部分都查过了，车主都和龚峰没关系。

在简单的讨论之后，众人陷入一阵短暂的沉默。

“龚峰自己不会开车，再加上没有目击者，所以很大概率，现在还在案发地点附近。对了，刘畅，这个龚峰是不是会撬锁？”陈宇问道。

“是的。”刘畅点点头。

“附近民居未出租的出租房，查过了吗？”

“附近民居未出租的出租房？还没。”说着小张立刻拿出对讲机，“对附近民居未出租的出租房和无人居住的房屋进行排查。”

“不排除龚峰现在已经离开了我们搜查范围的可能性，加强各交通枢纽的监控力度，绝对不能让他离开 A 市。”

随着时间推移，一旦龚峰出了 A 市，那么搜捕工作可以说是难上数倍，更可能的是案件将被转交给其他市的公安局，这可以说是丢人丢到其他市去了。

“明白。”众人齐声喊道。

“刘畅，这个龚峰的社会关系如何？”陈宇询问道。

“有点复杂，一个高中生，大部分时间都不在学校，更像个社会闲散人员，找了几个可能藏匿的地点，不过都没有收获。”

“继续查。”

会议继续进行着，但是始终没有具体的计划，只能仍然按照之前的节奏进行着搜查抓捕工作。

傍晚时分，气温迅速下降，瑟瑟秋风吹过街面，行人们都不禁把衣服裹紧了些。

刘畅和陶子航站在一个老旧小区的广场边缘，一群老人正在跳着广场舞，有三四十人，占据了大半个广场，他们在一个领舞的带领下，随着音乐扭动着身体，散发出来的热量似乎帮他们抵御了寒冷。

“前辈，老人家是在这里面吗？”陶子航的眼神在大妈们之间游走，寻找着目标，他如果不是生得一张正气十足的脸，肯定被当作可疑人物了。

“不知道，打个电话吧。”刘畅摇摇头，对陶子航说道。

刚才二人去了龚峰的家，就在这个老旧小区里，不过没有人在。

陶子航走远了些，找到个广场舞的声音小许多的地方，拨通了电话。

“您好，请问您是龚峰的外婆吗？”

“是我。”

音筒里传来一阵嘈杂的声音。

“请问您现在在哪里？信号不是很好。”

“我在小区的棋牌室里，‘天天棋牌室’。”

陶子航环顾周围，发现老人所说的“天天棋牌室”就在不远处，便挂断了电话。二人随即前往。

棋牌室里开着暖气，一开门，一股热气扑面而来，只是空气中弥漫着一股烟味，有些呛人。人声和机麻的声音不绝于耳，嘈杂不已。一个白色短发烫卷了的老奶奶朝他们招了招手，看样子她就是龚峰的外婆了。

二人朝老奶奶走去。

“你们警察这都第几次来找我了？”白发烫卷的老人说道，手中的动作不停，拿着麻将牌，见到有人出牌后立刻喊道，“碰，碰，碰。”

“我们找您是想了解一下龚峰的情况。”刘畅加大了些音量，才不至于被其他声音盖过去。

本来二人来之前还在想着怎么安慰这位老人，看样子是不用了，她出牌的样子苍劲有力，不像是受了什么打击。

“那个浑小子的事情我不知道，他爸妈把他扔给我之后，自己逍遥快活去了，出了这么大的事情都不知道回来，我这一把年纪，可管不了这个浑小子。”说着，这位老人继续摸牌。“有什么事情等我打完这一圈再说吧。”

刘畅和陶子航拗不过她，只能在麻将桌旁边等着。

过了一会儿，老人看了看麻将桌旁的二人，对着同桌的牌友说道：“你们继续，我有点事。”

同桌的牌友理解地点了点头。

“出去说吧。”老人站起身来，对二人说道。

老人走后，其他几个牌友开始议论起来。

“警察怎么又来找冯老太啊，到底发生了啥事？”一个尖嘴猴腮的中年妇女开始打探起来。

“还不是龚峰闯祸了。”一个微胖的中年妇女说道。

“龚峰？”

“冯老太她外孙啊，他小时候你不是还抱过吗？”

“哦哦，他爸妈是不是离了啊？”

“这个我知道，是他爸……”

三人走出棋牌室，空气瞬间清新许多。

“我是龚峰的外婆，但是他的事情，我真不清楚，一周也没几天着家的，学校那边，要不是校长我认识，早把他开了，连个高中文凭都混不上。”

“他父母呢，平常都不在A市？”刘畅问道。

“他父母？早离了，他妈到另一城市再婚了，他爸，不清楚。反正这小子成年了之后，那两个家伙也觉得松了口气吧。”说着老人掏出一包烟，不过打火机似乎出了点毛病，出不了火。

“借个火。”老人对二人说道。

“老人家，抽烟不好吧。”陶子航说道。

“我都抽了几十年了，活到这把岁数了你还要让我戒烟？没火我找其他人了。”老人鄙夷地看着陶子航，一副转身要走的样子。

“有有有。”陶子航怕她一去不返，又回到麻将桌上，拿着打火机凑到老人面前，将她叼在嘴上的烟点燃。

烟点着了，老人吸了一口然后又继续说道：“你们要是找到龚峰，先别急着枪毙，通知我一声，我想扇他两耳光，爸妈不要他了，也不知道自己争点气。”

“我们会找到龚峰的。”刘畅回答道，不过心里却有些反感对方的说法。

“家里之前你们另一拨人也搜过了，现在还有个你们的人在小区附近转悠，你们还有啥想了解的？”老人有些不悦地说道。

看着眼前这位有些不耐烦的老人，刘畅感觉的确是没什么好问的，她对外孙的态度刘畅完全无法理解，不过她这个局外人当然是不会插手说教这些。

“他可是您的外孙，您不应该这么无情吧。”陶子航不识趣地插了一句。

老人只是微微地愣了一下，并没有理睬。刘畅白了陶子航一眼。

“能带我们去龚峰的房间看看吗？”

“给，钥匙，就那栋楼 3-9，自己去吧，第二把是那小子房间的钥匙。”老人指了指不远处老旧的居民楼，“没事我就先回去了，免得人散了。”

“谢谢。”刘畅接过钥匙。

老人将烟头丢在地上，用脚踩灭之后回到了嘈杂的棋牌室。

“聊什么呢？”老人看了眼麻将桌旁正说得开心的几人。

“没什么。”见老人回来，大家连忙闭嘴。

棋牌室外，刘畅和陶子航对视一眼，有些无奈。

“走吧。”

二人再次来到龚峰家门前，在开门之前，刘畅蹲下身子对着锁孔观察起来。

“前辈？不进去？”陶子航不明白这个锁孔有什么好看的。

“如果龚峰学习开锁的本事，第一个会在哪里试？”刘畅用手指触摸着锁孔，冰冷的金属质感传到指尖。

“自己家？”

“但是这个锁，没有那种痕迹。”刘畅站起身来，拿出钥匙准备开锁。

“的确有些奇怪。”陶子航也明白了刘畅的意思，不可能有人连试都没试过，就傻乎乎地跑去开别人家的锁。

进入房间，打开了灯，一只灯管过了几秒后渐渐亮了起来。

龚峰的家不大，标准的二室一厅，只是家具陈列比较老旧，光秃秃的水泥地，看样子这房子是有几十年的历史了，厚厚的电视机，还有黄历，都透露出 20 世纪的感觉，客厅里杂物堆积，桌上有些还未收拾的碗筷。

拿着钥匙打开有些老旧的木门，走入侧卧，龚峰的房间内贴满了各种动漫海报，桌上各种书本杂乱地摆放着，装满烟头的饮料瓶，还有掉在地上的书、衣服散乱一地，床上也是一片狼藉，被子床铺揉成一团。

刘畅不禁把龚峰的房间和李志强的房间比较起来，只能用天差地别来形容。

“指纹应该已经采过了，不过还是戴着手套比较好。”刘畅戴上手套提醒道，“找找看吧，看看能不能找出点线索来。”

书桌旁造型夸张的电吉他好像在诉说着少年的桀骜不驯，只是琴弦已经有些锈迹了。

二人在房间里转悠起来，“这小子还有书包，让我看看里面都装了些什么。”

刘畅在房间角落里看到一个造型时髦的书包，准备查看一番时，突然尖叫起来。

“怎么了？！”陶子航立刻警惕地转向刘畅，上前一步。

“蟑螂！”刘畅赶紧顺势躲在陶子航身后。

“前辈，不要被这种东西吓到啊。”陶子航松了口气，看着地上一动不动躲在阴暗角落的蟑螂，从口袋里拿出袖珍笔记本，撕下其中空白的一页，慢慢接近。

蟑螂刚想逃跑，陶子航眼疾手快，蟑螂的尸体已经被裹在了纸中。

“快拿去丢了。”刘畅闭着眼睛厌恶地摆摆手。

“知道了，前辈。”陶子航偷笑了一下，找了一下，发现房间里没有垃圾桶，只得回到客厅，将纸团丢进茶几旁的垃圾桶。

回到龚峰房间，刘畅正在深呼吸。

“前辈，好些了吗？”

这是陶子航第一次见到刘畅这副慌张的样子。

“什么好些了没好些，我压根儿就没事。”刘畅眨了眨眼睛，目光看向别处，仿佛是在掩饰刚才的尴尬，随即转移话题道，“你把那个书包拿来。”

陶子航拿起书包，掂量了下重量，里面应该是有些东西。

刘畅拉开拉链，里面有几本教材，她将教材拿出来翻看了几下，前几页还有些涂鸦之类的东西，后面便是干干净净，什么都没有了。

二人倒是不意外，倒不如说如果里面整齐地记着笔记，二人才会惊讶得合不拢嘴。

刘畅又拿起另一本教材，翻了几页，里面掉出来一封信，表面有些皱巴巴的。

“这是什么。”刘畅拿起信封，把正反两面反复看了几遍，然后把它打开，取出其中的信纸。

“情书？”

对刘畅而言，情书这种东西仅仅是存在于电视剧或者小说里的。

陶子航听闻也凑了过来，有些惊讶地说道：“真是情书，这个年代还有写情书的？”

“这字，应该是龚峰写的吧。”刘畅看着信上粗犷的字迹推断道。

“这是写给谁的？”刘畅有些疑惑，“是之前写给林彤的？但是如果是写给林彤的，就不应该在他自己手上了啊，那就是写给其他人的？”

刘畅和陶子航想起今天在红光高中，刘静仪当时好像正准备说这个事情，但是她接了个电话之后就换了个态度，缄口不提，可能二者有着某种关联。

“会不会是龚峰移情别恋，想跟林彤分手，但林彤不同意，龚峰就一气之下杀了她？”陶子航分析道。

“太夸张了吧，分个手还能把对方给杀了？”

“的确不太合理，但是可能有联系，再找找其他的。”陶子航挠了挠头。

说着，二人又翻找起其他东西来。

“这个人是龚峰？”陶子航从杂乱的书堆中拿出一个木制相框。

相框有些破损，里面的照片皱皱的，是一个男孩站在父母之间，三人露出幸福的笑容，背景好像就是楼下的广场。

“应该是吧，两边的应该就是他的父母了。”刘畅看了一眼说道。

陶子航拿着相框端详了起来，想起之前在联系龚峰父母时，两个人都只是丢下一句“抓到了再说”，他心中就有种莫名的心酸，甚至生出一股对龚峰的同情。

另一边，刘畅随手打开了房间里的衣柜，木制衣柜发出吱吱的声响，里面有些老旧的衣服。

“看样子是没什么有用的东西了。”刘畅关上衣柜说道。

“是啊。”陶子航从地上爬了起来，看样子床底也没有什么发现。

衣柜，床底，各个抽屉，所有角落都找过一遍之后仍没什么发现。

“客厅里再找找？”陶子航提议道。

“老人家还要住，客厅看看就行了，别翻了。”刘畅提醒道。

在客厅忙碌了一阵，一无所获。

二人回到棋牌室，龚峰的外婆像是没看到二人一样，在麻将桌上心无旁骛。

看到老人无视自己，刘畅只得凑上前去，“谢谢您的配合。”然后将钥匙放在麻将桌的角上。

“没事儿，赶紧抓着那个浑小子，哎哎，别动别动，我胡了。”老人头也不抬地说道。

“走吧。”刘畅对陶子航使了个眼色。

二人离开之后过了一会儿，老人也站起身来。

“哎哎，不打了吗？”尖嘴猴腮的中年妇女连忙叫住她。

“出去打个电话。”

“行，快点啊，我们都等着呢。”

老人并没有理睬，走出了棋牌室。

在棋牌室的门口，老人拿出手机，拨通了个号码。

“喂。”

“喂，妈？”对方回应道。

“你什么时候回来，龚峰那个浑小子都要被枪毙了，你还是不回来看一眼吗？”

“我，我现在有点走不开，等，等抓着了我再回去吧。”电话那一头的声音有些支支吾吾。

“等抓着了？回来看他被枪毙？”老人音量提高了些。

“妈，这事，你也有错，你不好好看着他，他才能搞那些事情。”

“你怀胎十月的儿子你就这样不管了是吧！”

“不是，我这边真走不开。”

老人直接关上了手机，将手机举过头顶，看势要将手机狠狠摔在地上，最终还是平静下来。

“冯老，快点，大家都等着呢。”刚才那个尖嘴猴腮的中年妇女探出头来。

“知道了，来了。”老人把手机揣回兜里，走回了棋牌室。

复古的电器大招牌在 8 点准时亮起，上面写着“8 点酒吧”，酒吧坐落于几栋写字楼之间的街边拐角之处。

吴林有些郁闷，他还在想着他母亲的话，找份正经工作什么的。他当然不觉得在酒吧当酒保是什么不正经的工作，算上他在老家做兼职的时间，干这行大概都有三四年了。

他站在吧台后面，有些漫不经心地擦拭着酒杯。

成为一个老师是母亲对他的期望，不过事与愿违，也可以说是吴林有些叛逆，从师范学校毕业后他就从来没有上过讲台。当然，他并不是为了不做老师而随便找了一份工作，他对这份工作情有独钟是有原因的，不过这些原因他的母亲肯定是不能理解的。

旁边的酒吧驻唱弹着轻快的曲子，他轻轻地甩了甩头，想把这些烦恼都抛诸脑后。

刘畅和陶子航来的时候已经过 9 点了，酒吧内的装潢典雅美观，让人有舒适安逸之感。

客人不少，大多都是附近才下班的工薪族，一边玩着手机一边安静地喝着酒。

吴林看到两位新面孔，微笑着打了声招呼："晚上好。"

二人坐到吧台前，刘畅对他说道："一杯橙汁，不用加冰，谢谢。"

刘畅随意打量了一下吴林，年轻英俊，长相迷人，也不难明白不远处两个年轻女白领为什么不停地向吧台瞟着。

"这位先生呢？"吴林看向陶子航。

"一杯橙汁。"

吴林将两杯橙汁递过去，目光不经意地扫过二人。

"二位是还要加班吗？"

"不是，他要开车，我是不喜欢喝酒。"刘畅回答道，用吸管喝了一口橙汁。

"看二位的坐姿，在部队待过？"吴林说道。

"我们是警校毕业的，你眼光不错，光看坐姿就能看出来？"刘畅有些诧异，这种事情她倒是经常做，通过某些特质推测别人的职业或者经历，像某位马脸侦探一样。不过自己被他人这样轻易地看出来倒是头一次，这种事情如果发生在卧底行动中，她就已经出局了。

陶子航也好奇地看向酒保。

"这位先生这肌肉，一看就是练过的，再加上这气质，不难看出来，至于您嘛，这么漂亮的姑娘，头发却不及肩，不化妆，不涂指甲。”吴林笑着说道。

“我就当夸奖的话收下了。”

“不过大部分还是靠运气凭感觉猜，二位是要调查什么事情吗？”吴林一边擦拭着杯子，一边问道。

敏锐的家伙，倒不是所有长得帅的都只是绣花枕头，刘畅暗暗夸赞道。

“这个男的，认识吗？”刘畅见酒保已经看出自己的意图，也不绕弯子，拿出了龚峰的照片。

“这个人啊，的确是经常来酒吧，自己来的时候喝金汤力，和女朋友来的时候会喝点贵的。”吴林凑近看了看。

大部分来过店里的人他都清楚，只是今天可能又得加上两个警察了。

“他和女朋友经常一起来吗？”刘畅问道。

陶子航自觉地拿出笔记本开始记录。

“嗯，不过他一个人的时候也经常来。”

“最后一次来是什么时候？”

“最后一次？”吴林思索了一会儿，“有一段时间没来了，差不多有一个星期了。”

“他还和其他人一起来过吗？”

“有啊。”吴林点点头。

此时酒吧里走入一个二人熟悉的身影。

“老师，老师来了。”吴林看向大门位置。

酒吧里几个喝酒的人也和他打起招呼，看样子对方也是这里的常客了。

“来了，来了。”胡晨也挥挥手，见到刘畅和陶子航二人在吧台，他微微愣了一下，下意识想躲，不过为时已晚，二人已经朝他挥起了手。

几个月前，胡晨曾经来酒吧找过逃学的龚峰，两人还吵了一架，结果最后两个人在酒吧一起喝起了酒，这也算酒吧里的一件逸事。之后胡晨也时不时来酒吧喝酒，缓解压力。

“这位是龚峰的老师，他们也一起来过。”吴林介绍道。

“认识。”刘畅点点头，“胡老师和龚峰一起来过这里？”

“真巧，刘警官，陶警官。酒保，来杯深水炸弹，加冰。”胡晨在刘畅身旁坐了下来。

“这个嘛，说来话长，看样子，龚峰还没找着吧。”胡晨也看出了二人来此的目的，笑了笑。

吴林娴熟地调好酒，将杯子推到胡晨面前。

明天起周考监考，正好胡晨轮空了，借机出来放松一下，可没想到碰上了这俩人。

“这小子可难找了，屁大个学生，什么地方都去，找他真费劲。”胡晨抿了一口酒说道。

“看样子你经验老到啊。”

“那是，这些喜欢逃课的学生，我也没少见过。”胡晨微微仰着头，晃动着酒杯。

“那你觉得，他现在应该在哪儿？”

“说不准，不过我总觉得，这小子现在应该没那么坏了，怎么能做出这种事呢？”说着，胡晨猛灌了一口酒。

“动机等抓到他就明白了。”

胡晨神情微醺，目光看向酒杯里摇晃的冰块。

“既然他都已经这样了，我也没必要为他保守秘密了，就当我酒后失言，自言自语讲故事吧。”

胡晨酝酿了一会儿，继续说道：“半年前的事情了。高二（十）班，有个学生，跳楼了，学校努力把影响降到最小，所以媒体也没怎么报道，不过刘警官，你应该知道吧。”胡晨看着刘畅。

刘畅想了一会儿，好像的确是有这样一件事。

“那件事情，虽然不是我办的，不过还是听说过一些，调查结果好像是学业压力太大导致自杀。”

学生自杀的事件一般都会被封锁消息，一是为了保护学校名誉，不给学生带来负面情绪；二是因为学生多数为未成年人，信息是不会公布的。

“对，对对，最后的结果就是这么轻描淡写，那个跳楼的是我的学生。”胡晨苦笑道。

“也是你的学生？”刘畅有些惊讶。

“是的，何卯生，他是个安静的学生，学习也很努力，不过就是这份安静踏实，让他被人盯上了。”

“被人盯上了？是校园欺凌吗？”刘畅问道。

学生自杀事件，很多时候校园欺凌都是导火索，虽然大部分被欺凌的对象都是选择忍耐，坚持到毕业，但还是有个别心理没有那么坚强的。

“很多人都拿他寻开心，他有口吃，很多人学他说话，嘲笑他，我最开始以为只是同学之间的玩笑罢了。”胡晨顿了顿，“也算是我的失职，没能及时发现，应该是说，我把人都想得太善良了，特别是这群孩子，不是说，人之初性本善吗。”

“人之初，性本善。性相近，习相远。子不教，父之过。教不严，师之惰。”胡晨自顾自地继续说着。

“那天其实天台的门是锁着的，是被人锁上的，不过校方为了让事情的影响最小化，告诉你们的是没锁。天台的地板上有着被石头划出的字，‘杀死我的是高二（十）班所有人，逮捕他们！’可能是天太黑了吧，歪歪扭扭，和他以往的字迹完全不一样，不过都被抹掉了，你们来之前，所有的痕迹都没了。”

“有人把他骗到了天台上，然后把门锁上了？”刘畅神情有些不自然，她感觉胡晨的话有些瘆人，像是什么鬼故事的开头似的，但是对方可不是讲故事的样子，他脸上的肌肉微微抽动，一脸悲伤。

“不愧是刘警官，一下就猜中了。”

“锁门的是龚峰？”刘畅自然把二者联系到了一块儿。

“不全对，当时现场的人肯定不止他一个，在那扇铁门之后，有多少张嘲笑的脸啊。可能何卯生说得对，高二（十）班的所有人为他锁上了希望之门。”胡晨顿了顿又继续说道，“凌晨1点，警方给出的死亡时间。也不知道他那时在想些什么，寂静的夜晚，肯定很冷，冷到他坚持不下去。”

胡晨的眼眶有些湿润，听的人心中也涌现出一股难以言表的复杂感觉。

“那群畜生，为了自己的面子，离开之后没有一个人回去给他开门！”胡晨将酒杯砸向桌子，发出一声闷响，一下子吸引了店里人的目光，驻唱都不禁按错了一个和弦，吉他发出极不和谐的声音。

“其实这些事，还是龚峰告诉我的，他讲这些的时候，扇自己耳光，愧疚，哭着给我保证，以后再也不会这样了，还说自己已经找到目标了，要作电竞选手，为国争光。”胡晨说着摇摇头，“我想这小子也算是敢作敢当，一时把他的话信以为真，就是他娘的狗屁。”

胡晨扶着额头，低头不再言语，一时间众人陷入沉默，不知道怎么去安慰他。

过了一会儿，胡晨深呼了一口气，好像把胸中多年的郁气吐了出来一般，“谢谢二位听我讲完这段故事，这样我也能安安心心地辞职了。”

“你打算不干了？”

“我本身就不适合当什么老师，最多当个教书的，我和我老婆都四十好几了还没孩子，我该把精力放到其他地方了。”胡晨勉强地笑了笑。

“老师，这杯算我请你的。”吴林看胡晨酒杯空了，又往里倒了些，他觉得胡晨说得很对，做老师不是个简单的活，至少对不是只想领薪水的人来说是这样的。

“龚峰在感情方面专一吗？”虽然刘畅觉得这个时候问这个问题有些不合适，但龚峰早日归案，相信也是对方所期待的。

“嗯？”

“我们在他书包里找到一封情书。”说着刘畅将那封情书放在胡晨眼前。

“的确是他的字迹，这钩。”胡晨指着纸上的字说道，“写给谁的上面也没写，这个我就不知道了，可能不是我们班的学生也说不定，这个很重要吗？”

“和动机可能有关系，不过等抓到他，就明白了。”刘畅将情书收了起来，“少喝点，我们先走了。”

刘畅不是很习惯这种伤感的气氛，而且对这酒吧来说，龚峰也不过就是一个普通的年轻客人而已，没有藏匿他的理由，即使要搜，也不会是这个时候。

“拜拜。”胡晨趴在桌上，挥了挥手。

走出酒吧，大概 10 点，酒吧外的街上仍然是人来人往。

“时间不早了，今天就到这里吧。”刘畅在车上对陶子航说道。

“知道了。”陶子航发动引擎，朝刘畅的家开去。

回到自己的公寓中，刘畅在床上辗转反侧，总感觉哪里好像出了错，龚峰的形象在她心中变得越加模糊。

第二天，刘畅起了个大早，到了局里，大部分人都已经开始工作了。

看到小张趴在桌子上正在看手机，刘畅打了个招呼。

“早？已经早上了吗？”小张打了个哈欠，看样子是一晚上都在科室里，没怎么睡，眼眶有些泛黑。

不过却没太多收获，看了一晚上的监控，结果却只抓到了个毫不相干的小偷。

“辛苦辛苦。”刘畅拍了拍他的肩膀，走回自己的位置。

“陶子航呢？还没来？”小张问道。

“不知道。”刘畅摇摇头，环顾了一下科室，的确没有陶子航的身影。

刘畅想到陶子航可能还裹在暖和的被子里睡觉，心中便有些不爽，于是拿出手机，打给了陶子航。

“喂，陶子航，起了没？”电话接通，刘畅便问道。

电话另一头，传来陶子航伴随着粗气的声音，“我在晨练呢，不是还没到点吗？”

“我知道没到点，你等会儿来的时候帮我带点包子油条什么的，我家楼下那家今天没开，赶紧的吧，我饿着呢。”

刘畅挂断电话，拿出了林虎彪给的纸片，在上面寻找下一个目标。

“畅姐，你不是带了面包吗？”小张转过身，看着刘畅桌上的热狗面包说道。

“这个啊。”刘畅说着把纸片放在一旁，拿起面包撕开包装咬了一口，“这个是生理需求，包子油条是精神需求。”

“懂了，懂了。”小张转回身去。

刘畅一边吃着面包，一边看着桌上的纸片。看了一会儿，按照林虎彪所给出的纸片上的一个电话号码，拨打了过去。

莫无为，旁边标注着，是经常和龚峰一起玩游戏的队友，大学生。

电话响了许久，终于接通了，刘畅都已经把整个面包吃完了。

“谁啊？”对方的声音有些慵懒，好像是还没起床的样子。

“你好，我是公安的，你是莫无为吧？”

对方犹豫了几秒回答道：“是。”

“现在有空吗？”刘畅问道。

“哇，要请我喝茶？别啊，我没犯什么事吧，一觉醒来被警察传话，这么恐怖的？”对方的声音立刻清晰起来，看样子是被刘畅的话给吓到了。

“不是，你现在有空吗，我们想找你聊聊龚峰的事。”

“那个货啊，听说犯什么事儿翻了皮水（游戏用语，指游戏要输了），看来是真的。警察同志，我有空，我正好也想知道这货训练也不来了，线也不上了，是犯了多大的事。”

油腔滑调的小子，刘畅心里不禁想道。

“你是在 A 大上学吧？”

“嗯，我在学校的。”声音忽远忽近，好像是开始穿衣服了。

“那找个学校附近的地方谈谈吧。”刘畅提议道。

“好，鑫老板，帮我带早餐了没？”

对方说了一句莫名其妙的话便挂断了电话，不过那个应该是对他室友说的，刘畅正想着是不是该再打过去，手机震动了一下，对方发来了一条短信。

短信内容是一个地址，A 大附近的咖啡厅。A 大是 A 市最有名的大学，算是个城市地标，也省去了找路的麻烦。

过了几分钟，陶子航拿着装着油条的食品袋走进了科室，刘畅连忙把面包的包装袋丢到桌脚的垃圾桶里。

“前辈，早餐。”陶子航把塑料袋放在刘畅桌上，转身向自己的位置上走去。

陶子航才脱掉外套，还没坐下，刘畅便说：“出外勤，人已经联系好了，快点。”

说着，刘畅咬了一口油条，脸上露出满足的表情。

“知道了。”陶子航拿起外套又穿上。

二人走出警局，驱车前往 A 大。

来到咖啡厅，因为邻近 A 大，客人大多都是大学生模样的年轻男女。

进店看了看，好像看出二人在找人，一个瘦高青年向他们挥了挥手，应该就是刚才与刘畅通话的莫无为了。

二人入座，打量了一番眼前的少年，黑框眼镜加上板寸发型，标准的理科男，跟刚才在电话里让人感觉轻浮的印象有些出入。

“久等了吗？”

“没有。”莫无为晃了晃还剩下大半的咖啡，笑着说道，“我以为警察就是那种中年男人，表情很严肃，没想到还有这么可爱的小姐姐。”

“夸我也不会给你好处的。”刘畅笑了笑，毫无疑问，就是这个人，一说话那股正经的气质就立刻烟消云散了。

服务员拿着菜单走到桌前。

“二位不用请我，今天我请二位。”莫无为说道。

“不用，一杯热咖啡。”刘畅对服务员说道。

“这位先生呢？”

“一杯热咖啡。”陶子航回答道。

“龚峰到底犯什么事儿了？抢钱偷钱？我看他也不缺钱啊，难道是打架斗殴？那他抓着了没？”莫无为像个好奇宝宝一样连续发问。

“不错，有做刑警的特质。”

“嗯？”莫无为有些疑惑。

“反客为主，问得我喘不过气来。”

“对不起，对不起。”莫无为苦笑着道歉。

“你先自我介绍一下怎么样，看你话挺多的。”

“我叫莫无为，A大大二数学系学生。”

“没了？”

“性别男。”

“废话，讲讲你和龚峰的关系。”

咖啡厅外的街道上人流开始多了起来，已经到了上班上课的时间了。

“我和他的关系？嗯，初中开始？不不，应该是小学的时候就认识了，我比他大一个年级，不过他初中留了一级，反正也就这样吧。”莫无为喝了口咖啡，“现在的话，我们是一个战队的，他打C位，我给他辅助。”

“最近有见过面吗？”刘畅无视了那些听不懂的游戏术语，继续问道。

“哦，游戏上一般是天天见面，之前我们学校电竞队差个人，他顶的那个位置，前几个月有线下比赛的时候倒是天天见面，不过这几天都没上线，他到底怎么了？我们都联系不上他。”

“这个过几天你就会知道。”

“那他犯的事儿大吗？我们战队现在被个俱乐部看上了，他得赶紧回来。”莫无为突然停止了刚才那副嘻嘻哈哈的样子，眉头微皱，有些严肃地看着刘畅。

“他应该是没机会了，你们还是另找队友吧。”刘畅避开了他热切的眼神，喝了口咖啡。

“别啊，俱乐部唯一指定C位，对方钦点的他，而且A大玩Dota玩得好的都凑不齐5个，现在在A市里再找个会玩的很难啊，而且还要磨炼默契，不可能不可能。”莫无为面露为难之色，快速地摇了摇头，他又求助般地看了看陶子航，正在记笔记的陶子航也只是摇摇头。

“你最后一次见到龚峰是在什么时候？”刘畅无视了他的牢骚，继续问道。

“游戏上是在上个星期二，还是星期三？反正就是星期二和星期三之间，我们在通宵训练；线下的话，可能两个星期前吧，战队在学校活动室开了个线下会，讨论战队的未来发展问题。”

又是上个星期，难道就没有近些时间见面的吗？刘畅想起之前走访过的几个人也都是在那个时间左右。

“他对你们学校熟悉吗？”刘畅追问道。

“来过几次，你们该不会觉得他藏我们学校了吧？”莫无为有些诧异地问道。

“有可能。”刘畅也不避讳，把心里的想法说了出来。

“要是在我们学校就好了，赶紧把他揪出来，我们队的人现在都在跟我要人呢，俱乐部的人也在催。”

他三句话不离游戏战队的事情，看来对此的确十分上心。

“不是说了，让你们赶紧找其他队员吗，他已经没机会了。”

“无期徒刑？死刑？”莫无为试探地问道。

“不要套话。”

“并没有，不过至少也告诉我，他怎么了吧？”莫无为有些可怜兮兮地说道。

“畏罪潜逃。”刘畅被问得有些不耐烦，说了个大概。

“他？”莫无为有些惊讶。

“对，他，龚峰。”刘畅点点头。

“敢作敢当可是他为数不多的优点之一啊。”莫无为挠了挠头。

“那只是代价不一样而已。”刘畅撇了撇嘴。

听了刘畅的话，莫无为闭上眼睛，摇了摇头，叹了口气。

“果然是重罪啊。”

“你小子。”刘畅才发觉自己不经意间被对方套路了。

“不是故意的，不过能让两个警察这么早起来问话，也八九不离十了，这下只是打破了我心里的侥幸而已。”莫无为看向窗外，目光没有聚焦，像是在看着很远很远的地方。

“他有可能躲哪里？能提供点线索吗？”刘畅也不想绕弯子了。

“找出他不是你们警察的工作吗！”莫无为突然情绪激动起来，音量毫无征兆地变大了许多，咖啡厅里其他人的目光都聚集到了他的身上。

“别激动。”

“对不起，关于龚峰能藏在哪里，我也没什么头绪，没其他事，我就走了，找新队员可是很费时间的。”莫无为的声音变得冷淡了许多，右腿开始莫名地抖动起来。

“你要是找到龚峰了，记得报警。”

莫无为用力锤了锤自己抖动的腿，“这个叛徒应该是没脸见我的，在战队最需要他的时候居然能出事，我如果找到他非把他打成猪！”

“故意伤人可是要被拘的，就是嫌疑人也是有人权的，要是真的想揍他，注意点分寸。”

刘畅也不知道自己这番话算不算是在帮龚峰。

“嗯。”莫无为点点头，起身离开。

看着莫无为远去的失落背影，刘畅一时有些感伤。

“前辈？”陶子航打断了刘畅的思绪。

“嗯？”刘畅有些疑惑地看了一眼陶子航。

“那小子没付钱。”

“到最后还是我们请啊。”刘畅有种被耍了的感觉，不过莫无为早已消失在了视线中。

“会藏在学校里吗？”

“挺有可能的，虽然看刚才莫无为的反应不像演戏，不过大学的确是个藏起来的好地方，吃喝方便，都是和他差不多大的人，也不容易被发现。”刘畅看向不远处的 A 大。

“要去查查吗？”

“让别人去做吧，我们去找下一个目标。”刘畅拿出纸片，指了指其中一个。

“这个目标不用找了，直接探监吧。”陶子航说道，“上个月，贩毒抓的，无期徒刑。”

A 市监狱在一座山上，监狱修在山顶，三面悬崖，要下山只有一条路。

一通烦琐的手续过后，狱警带路，二人来到一个小房间里，隔着一面窗，在护栏之后坐着一个戴着手铐的男子。

板寸头，胡须剃得干干净净，狱服整洁，没有褶皱，看样子他被改造得很成功，至少外表上是。

狱警离开后，关上了小房间的门，屋内只剩下他们三人。

“你和龚峰什么关系？”刘畅问道。

“他没贩毒，也没吸毒。”男子似乎对二人没什么兴趣，一副你奈我何的样子，看来监狱的生活并没有让他嚣张的态度收敛些。

“帅旭东，你态度放端正点儿。”陶子航向男子喊道。

“哎，没骗你们，他要是吸毒，我巴不得把他供出来给我减点刑。”帅旭东又嗤笑道，“不过这里的生活可不比外面差，里面个个都是人才。”

“我们不是来问你这个，你之前和龚峰走得挺近的是吧？”

“刚开始是这样，不过他知道我贩毒之后就再也没联系过了，他又犯什么事儿了吗？”帅旭东背挺直了些。

“我们现在正在追捕他，看你能不能提供点有用的线索。”

“这小子，能犯什么事儿啊，打架斗殴？他也就这胆了，用得着来找我提供线索吗？再说了，提供线索能怎么样，给我减刑？”帅旭东笑着看着二人。

“别说没用的，有能提供的线索没？”刘畅对帅旭东这种态度有些不耐烦，“老油条”这种词就是专门形容这种人的，他对法律和道德是没有敬畏的，或者说他已经没什么好失去的了。

“不知道，可能藏他女朋友家了？”

如果藏他女朋友家，现在估计已经被揍成肉饼了，刘畅心中不禁想道。

“还有吗？”

“之前我们经常去的点儿，我被抓之后都被查封了，海港那片的几个旧仓库，你们都知道的，其他的，我就不知道了。”帅旭东摇了摇头。

“那行吧。”刘畅起身，本身她对此行也不抱有太大的希望，而且她也不想继续面对这个家伙。

“等等。”看刘畅准备离开，帅旭东叫住了她。

“怎么了？”刘畅有些不耐烦地转过头去。

“我的确知道一个地儿，他可能躲，不过作为回报，你得告诉我他干吗了？”帅旭东提出一个条件。

刘畅和陶子航对视一眼，转过身去。

“知道了，快点说。”刘畅点点头。

“下水道。”

“下水道？”

“有次被人追着打的时候，就躲在下水道里，和龚峰一起，那个地方脏是脏了点儿，没下雨的时候，勉强能待上一阵。”

“哦，知道了，你们当时藏的哪片下水道？”

“海港仓库附近。”

心中估算了下海港和案发地点的距离，应该是不可能，不过下水道这一点，之前倒是的确没怎么注意。

“知道了，作为回报，告诉你，龚峰把他女朋友捅死了。”

“不可能。”帅旭东愣了一秒，有些激动地说道，“你确定是龚峰干的？”

“骗你没好处，再见。”刘畅头也不回地离开了房间，留下一脸惊愕的帅旭东。

这几天经常下小雨，下水道的情况，应该不怎么可能藏人，不过以防万一还是找一找吧，刘畅联络了局里，说了下情况。

接下来二人又继续走访那张纸片上的目标，大多都是些小混混，有些找都找不到，估计是犯了事，警惕得很，几趟下来收获甚微。

晚上，公安局刑警科内。

“畅姐，你可真是苦了我了，你看我现在身上还一股味儿呢。”小张闻了闻自己衣服，然后立刻把头缩了回去。

“你亲自下下水道？”刘畅有些诧异。

“现在人手不够，可不得我亲自去吗。”小张有些无奈地说道，“而且没收获，下水道这几天波涛汹涌，藏人应该不太可能，不过从下水道逃走倒是有点可能，但是从下水道出来，那味儿，想不引人注意都不可能吧，如果找不到能洗澡的地方，估计能把自己恶心死。”

“有没有可能在下水道里出了意外？已经在下水道里死了？”刘

畅问道。

“这个我也查了，市里管排污系统的查过了，没有发现尸体。”小张摇了摇头。

此时，刑警科室走进一人，身影缓慢踌躇。

是陈宇回来了，看他的表情，大概是又被唐局训了一顿。

原来在沧桑和颓废之间的帅大叔气质，现在已经完全变成了颓废中年人。

“龚峰，龚峰在哪里？”陈宇找了个位置瘫坐下，仰头叹息。

“陈队，你这是问天吗？”刘畅笑了笑。

“刘畅，平时这种小事你不是瞬间就能找着人吗，大神探，这次怎么不灵了啊，别让我这个队长背锅啊。”

刘畅一直是刑警队破案率的保证，栽在她手上的犯人，遍布A市各个监狱。

刘畅叹了口气，走访的人总是从上个星期起就没和他见过面了，连龚峰最后在哪里出现过都没有一点头绪。

“没关系，只要他不是躲到山上去野外求生，只要他在这座城里，慢慢就会露出马脚来，他又不是熊，能找个地方藏着就冬眠。”小张安慰道。

“别说不吉利的话，躲到山上野外求生，死了的话都不知道什么时候才能发现，而且尸体腐烂得快，被什么动物吃掉了的话不是就成了悬案了吗？”

“但是，明天记者发布会，我们能说什么？一个高中生都抓不住，不知道要被说成什么样。哎，陶子航呢，没跟你一块儿？”陈宇环顾了下四周。

“第一会议室。”

“正好没烟了，找他借根，说不定这个龚峰也像烟一样飘走了，消失咯。”陈宇站起身来，摇摇晃晃地离开了科室。

第一会议室内烟雾缭绕，虽然会议室里专门为此安装了一个排风扇，不过效果不大。

陈宇打开门，除了陶子航外，还有几个熟悉的面孔，几人见到陈宇后纷纷跟他打招呼。

陈宇走到陶子航面前，“少抽点儿，有害健康，借我根抽，我给你分担点儿。”

陶子航笑了笑，拿出烟盒，“给。”

抽了一口烟，陈宇表情舒缓了许多，“跟着刘畅，感觉怎么样？想跟着她的人多了去了，你这也算是运气不错。”

“前辈的确很厉害。”陶子航由衷地点了点头。

关于那个聋哑乞讨者和修车厂假烟的事情，全部都如刘畅所料。

聋哑人的确是被控制了，被没收了真的残疾证和身份证，所有聋哑人都被关到一个隐蔽的民居中，到了白天被强迫用假的残疾证去乞讨，每天必须要上缴一定额度，如果达不到就会被毒打，民警蹲了许久的点才一举抓获。

而修车厂那些假烟的源头还在追查之中，其中已经批发给一些不法店家的也正在回收处理。

已经不能仅仅用敏锐来形容刘畅了，陶子航心中想，这必须需要长久办案积累的经验。

“多跟着学。”陈宇拍了拍陶子航的肩膀，语重心长地说道。

“不过我现在也就是给前辈开开车、跑跑腿、记记笔记，也不知道什么时候才能派上用场。”陶子航叹了口气，把烟灰弹在了桌上的烟灰缸里。

第四章　枯芒草丛生的城市

次日，新闻发布会现场，提问席已经坐满了记者。

"这件案子的详情，就由陈宇，陈队长给大家做出回答。"唐局长看了一眼身旁的陈宇，他在之前已经说了一堆无关紧要的话，关键的部分还是抛给了陈宇。

所有记者的目光立刻转向陈宇。听说某个博物馆的画因为一直被人注视，厚度每年都会减少零点几毫米，陈宇现在算是明白其中的道理了，这些视线真的让他十分不自在。

"嫌疑人已经确定了吗？"一位女性记者举手提问，气势汹汹。

"是的，现在已经在对他实施全城搜捕。"陈宇回答道，虽然不是第一次经历这种场面了，但陈宇心中还是有些紧张。面对一群如饥似渴的记者带来的压迫感，简直比在审问室里还要难受。

提问的记者正在快速地记下陈宇的回答，好几个全副武装的摄影师正在走来走去，寻找更好的拍摄角度，看样子媒体对这件事的关注度不低。

“嫌疑人龚某，我们现在已经确定，这是他的照片，和行凶后离开时的照片。”后方的大屏幕上亮出龚峰的生活照和头戴黑色帽子、脸上戴着黑色口罩的照片。

台下一阵快门声，还有小声议论的声音，看来是对龚峰如此年轻有些诧异。

“请问这位犯罪嫌疑人今年多大了？”记者继续发问道。

“19 岁。”陈宇如实回答。

“请问现在对嫌疑人的抓捕已经到了什么阶段呢？”记者追问道，其余的记者们都等待着陈宇的回答。

门口，刘畅和陶子航靠墙站立着，看着台上台下的互动。

“陈队也是挺辛苦的，这也是我不想成为队长的原因之一。”刘畅双手环抱着，看陈宇被各种提问，忙于应对的样子，不禁对他同情起来。

“前辈，现在不是关心他的时候吧，等新闻发布完，媒体一报道，只怕上面的压力会更大，而且，前辈你没忘了林虎彪说的话吧。”

林虎彪的脸浮现在刘畅的脑海中，那天的话肯定不是说说而已，七天之限，算上今天已经过去三天，不过又能怎么样呢，自己这边把大半个 A 市都找过了也没个影，就算林虎彪手段再强，也没地方施展。

“肯定没忘啊，但是现在我们能走访的地方也都走过了。”刘畅摊了摊手，“大学那边也说了，没有可疑人物，我们的人调查过了，的确没有。”

“现在别说龚峰在哪里，连他案发前一个星期在哪里都搞不清楚，唯一有可能知道的林彤也已经成了一具尸体。”

“难道只能像小张说的一样，等着了吗？”陶子航有些沮丧地说道。

“别急，现在这个 A 市他是出不去的，只要还在城里，早晚撑不住，不过我现在怎么隐隐约约地觉得这个龚峰已经死了呢？畏罪自杀什么的也不是没有可能。”

“活要见人死要见尸啊前辈，但要是死了的话，不是更难找了吗？绑个石头沉湖底，不知道什么时候才能发现。”陶子航有些担心地说道。

“哎，敢作敢当，是男人就快点给我来自首。”

“前辈，他要是想自首的话早就来了，别幻想了。”陶子航摇摇头，连刘畅都开始说出这种不靠谱的话来了，陶子航感到一阵无力。

“哎哎，什么幻想啊，这叫乐观。不对，等等。”刘畅从墙上起身，向前走了几步，好像是发现屏幕上的照片有些什么奇怪的地方。

“怎么了？”陶子航顺着刘畅的目光向大屏幕看去，不过上面的照片已经不见了，幻灯片已经切到了下一张。

“总感觉那张照片怪怪的。”刘畅一时间说不出个所以然来。

二人正说着，刘畅的手机震动起来，是小张打来的。

“畅姐，新闻发布会还没完呢？”小张的声音有些急促。

刘畅微微皱眉，看了一眼还在回答记者问题的陈宇，回答道：“是啊，怎么了？”

“昨天深夜的监控拍到龚峰了，我先找人去现场，你和陈队赶紧回来。”

距离现在至少已经五六个小时了，虽然已经错过了最佳的时机，但刘畅心中还是一阵兴奋，总算是在束手无策之前找到点线索，也将刚才二人的担忧给消除了，如果死在一些偏僻的地方，那可就真惨了。

二人快速回到警局，小张的桌前已经围满了人。

“快给我看看，哪儿呢？”刘畅径直走到桌旁，虽然不像陶子航那般明显，但她现在心中也兴奋不已，在她看来，抓活人可比找尸体简单多了。

“嗯。”小张指了指屏幕，“晚上 11 点 20 分，红光侧街旁边拍到的。”

监控画面中，一个戴着黑帽子、黑口罩的年轻男子鬼鬼祟祟地路过了无人的小道，那是一个死角胡同，还有几栋烂尾楼，平常除了流浪拾荒者之外没有人会路过，他像是发现了摄像头，看了一眼，然后就又折道离开，再也没有出现过。

“身材、装束，完全符合。”刘畅仔细地看了看，得出结论。

毫无疑问，监控画面中的人，就是龚峰。

“午夜的监控，现在才发现？”刘畅有些不满地说道，要是能够早点发现，说不定龚峰现在已经被捉拿归案了。

“片儿警也要下班啊，所以……”小张挠了挠头。

“好吧，还有其他画面吗？”

“没有了，全城范围的搜捕，这些工作大部分都是交给辖区片儿警，即使真的要市公安的人做，也不可能通宵达旦，更别说片儿警们了，这么多的摄像头，他们能发现已经算是很不错了。”

刘畅心里当然很清楚这一点，不过龚峰就像是抓准了这一点一样，故意出来露个脸，像是在嘲笑挑衅一般。

科室内陷入一阵沉默，对方显然是在有意避开摄像头，虽然好像给他们留下了一点线索，不过最多也只能确定他昨天去过那个地方，之后去哪儿了，从哪里来的，都无从得知。

“很有可能是龚峰寻找食物而不得不出现，联系一下片儿警，看看有没有商店失窃的。”刘畅指挥道，一个大活人，即使再怎么凑合，饭也不可能不吃。

刘畅现在努力地让自己保持理性的逻辑思考，龚峰的行为让她感到前所未有的愤怒，既然已经完美地避开其他的摄像头，那这明显就不是不小心被监控摄像头拍到了，只能用“故意”二字来形容，故意提醒着警方，自己还活着。

“其他的等陈队回来再说，他说他很快回来。”刘畅说道。

过了十几分钟，陈宇气喘吁吁地回到了科室。

在了解情况之后，陈宇皱了皱眉头，“红光侧街？不是之前的搜索范围吗？他怎么还在？”

“不知道，我们的确是在那片仔细找过的，附近也都问过，没有消息啊，应该是从其他地方路过这里的吧。”小张辩解道，显然是想说这个锅他不背。

“快快快，把中心放到红光侧街，3 千米范围内搜索，小张你带人去。”

陈宇快速地分配着工作，“龚峰可能是因为食物之类的原因不得不从藏身的地方出来，而且有溜门撬锁的本事，快查一下附近有没有商店失窃的。”

“这个刚才已经在联系了，都说没有，还有一些正在查。”

“也有可能是有人帮他带的，刘畅，你之前调查的社会关系里面有没有谁可能这么做？”陈宇立刻问道。

刘畅也正在思考这种可能性，脑子飞快地闪过这几天走访的对象，离红光侧街近的，刘畅想起一个人。

“知道了。”说完，刘畅和陶子航立刻离开警局。

李志强家中，张红正在为即将回家的李志强准备着午饭，整个厨房香气四溢。

她用汤勺舀起一口汤来，放到嘴边吸了一口，嘴巴抿了抿，点点头，盖上了煲鸡汤的盖子。

门外响起敲门声，张红放下汤勺朝门走去，“来了来了。”

“儿子，鸡汤马上就好了。”张红一边开门，一边说道。

门一开，外面站着的是一男一女，显然不是她以为的李志强。

“两位是……”张红顿了顿，然后想起了二人，“你们是上次来的警察同志。有事吗？”

“我们想找您儿子了解一些情况，请问他在家吗？”刘畅问道。

屋内仍然弥漫着一股熏香的味道，此时餐桌上摆满了各色菜肴，看样子张红是在等待着李志强回家。

“我儿子马上就要回来了，请进屋等吧。”

二人点点头，朝里走去，坐在了客厅的沙发上。陶子航右脚不自觉地点着地，看起来有些焦躁。

“昨天晚上，你儿子在做什么，你知道吗？”刘畅向厨房里忙碌的张红问道。

“我儿子？他应该是做了套卷子，然后就上床睡觉了，11 点左右。怎么了，我儿子是有什么嫌疑吗？”张红有些紧张地问道。

她完全相信自己的儿子不会做什么违法乱纪的事情，但是在将要迎接高考的这段特殊时期里，她自然不愿意儿子被卷入什么麻烦的事里。

“不是。”刘畅摇了摇头，“只是例行公事而已，阿姨不用紧张。”

通常这样的说辞是做不了不在场证明的，上床睡觉这种不在场证明是很模糊暧昧的。

就在这时，又传来了敲门声，张红赶紧去开门，李志强背着书包回来了。

“刘警官。”一进门，李志强便看见坐在沙发上的二人，神情有些疑惑，用询问的眼神看了眼张红。

“二位好像是有事要找你确认一下。”张红解释道，神情有些不安。

“嗯，又见面了。”刘畅说道。

“嗯。”李志强点点头，语气有些无奈地说道，“又是龚峰的事情吗？”

“对，昨天晚上在红光侧街拍到他了，离这里不远，他有来见你吗？”刘畅直奔主题。

“没有，昨天晚上我 11 点左右就睡了，而且他如果联系我，我会第一时间通知你们的。”李志强一边放下书包一边回答道，看样子他好像已经没有最开始见到二人那般紧张了。

“哦。”刘畅若有所思地回答道。

如果说谁会给龚峰送东西，从距离来讲的确是李志强最有可能，不过现在这样询问，也只是浪费时间。这时刘畅突然想起楼下1-1曾经发生过的案子，隐隐约约地感觉其中可能有些联系，她下意识地往下看了看，然后站起身来。

“要走了吗？不如留下来一起吃饭吧。”张红看刘畅起身准备离开，挽留道。

“不必。”刘畅拒绝后离开了李志强的家，自顾自地向楼梯走去。

“前辈，就这样走了？”陶子航追上来问道，好像觉得过程太短了些，他的笔记本上才写了几行。

“不然呢？”刘畅反问道。

“那我们这次是来干吗的？”

“刚才突然想起件事。”刘畅停在了李志强楼下的屋子，1-1。

红光侧街离这里步行也不过半个小时的时间，刘畅对这间曾经出现无面尸的屋子产生了怀疑。

“你是说之前那具无人认领的男尸？”陶子航问道。

“对，都好一段时间了，还没有人来认领。”

“大概是其他市的人吧。”陶子航想了想回答道。

“你还记得我当时说了什么吗？”刘畅问道。

“龚峰有可能是凶手的事？”

无面尸的事情已经过去了一段时间，特别是在龚峰的案子出现后，这件案子已经被挂起来了，现在仍在做的也就是和上报的失踪人口做比对。

“总感觉其中有些联系。”刘畅不自觉地看了一眼楼上李志强的家。

“无论有什么联系，都要等到龚峰被抓起来之后才知道，或者有人来认领尸体，但是李志强真的不再问问？”陶子航还在在意李志强的事情，毕竟现在线索又断了，即使李志强那副斯文样子让他很难想象他和龚峰有勾结，他仍然想要刨根问底。

“龚峰在监控画面上的衣服看起来很干净，我感觉他藏的地方应该不是什么荒郊野外，刚才我看了下李志强的房间，门是开着的，应该是不可能藏人，否则他妈应该很容易发现，而且他说的那种暧昧的不在场证明，你追问下去也没用，还有可能打草惊蛇。”刘畅向陶子航解释道。

“那前辈是觉得龚峰会藏在 1-1？但是未出租的出租屋已经查过了。”

“如果他真的和李志强有勾结，之前搜查这间屋子的时候他就很有可能躲在李志强家里，之后再继续躲在这里。”刘畅顿了顿继续说道，“之前他也知道这里才死了人，一时半会儿不会住人，不过我看了下，锁已经换了，但是以防万一……这房东怎么还没来，我不是早打电话让他过来送钥匙了吗？”

刘畅有些不耐烦地看了看时间，陶子航还在思考刘畅刚才说的话，如果李志强真的要帮助龚峰藏匿，这个地方可能真的是最合适的。

“的确在这里的话李志强要给他送东西也很方便，时间上也不会引起怀疑，但是昨天龚峰为什么会出现在红光侧街？”

“这一点我也想不通，简直就像在挑衅一样，在告诉我们他还活着。”刘畅皱着眉头说道。

话音刚落，就有人慌慌张张地跑进居民楼。

“来了来了，刘警官。”房主是个中年胖大叔，气喘吁吁地把一把钥匙交到刘畅手中。

刘畅拿着钥匙插入锁芯，转动了一下，房门便被打开了。

屋内的尸体早已经被搬离，血迹也已经清洗干净了，之前的事件就像没发生过一样。

“这房一直没租出去吗？”刘畅问道。

“唉，别提了，本身这房子在1楼就容易招小偷，再加上死过人，别说租了，中介都不想登这房子了。”中年胖大叔有些无奈地说道，然后又小声地嘀咕了一句，“警察时不时地来，谁还会想住。”

刘畅向屋内走去，将各个房间观察一番。这套房是标准的二室一厅，就是面积大了些，现在只有些基础的家具，打开客厅的落地窗，屋外便是一个小院子。

小院里什么东西都没有，只有些土渍、水渍，刘畅在院子里转悠了一圈，小院四周只有简单的铁质围栏，很煞风景地把阳台的视野都挡得差不多了，不过院子离小区的路面只有几个台阶的距离，这种程度的防护措施也不算过分。刘畅向上看了看，小院正上方拉着窗帘的便是李志强的房间。

“警察同志，你们之前都来过一拨人看这屋子了，这屋子的确没有那个粪峰。”中年胖大叔有些无奈地说道，之前无面尸的事情对他来说已经是飞来横祸了，好好的屋子完全租不出去，现在又来个粪峰，他简直欲哭无泪。

“龚峰的事情，你已经知道了？”刘畅有些惊讶，在新闻发布会之前，龚峰的消息应该还是在保密状态的。

“那可不，今天电视新闻、报纸，上面都在报道这事儿呢，朋友圈里都被刷爆了，现在照片也被曝出来了，那个杀人犯龚峰。”胖房东回答道，“你们现在就是在找龚峰对吧？”

刘畅心里暗暗惊叹媒体的速度，要知道现在离新闻发布会结束过了没几个小时。

“哦，这样啊。”刘畅不置可否地回答道。

回到屋内，在各个房间里继续巡视，整洁简单的屋子里的确找不出什么有人生活过的痕迹。

“电表水表可一点儿都没动过。”胖房东在一旁说道。

“对方是藏在这里的，不用这里的水电也很正常。”刘畅看出胖房东有些不耐烦。

“也是也是。”胖房东点点头，嘴巴上是在应和刘畅的观点，心里却想着，一个高中生哪里想得到这么多。

“在这房里加个摄像头吧。”

“这……”房东有些为难地看着刘畅。

“摄像头我们警方来装，不用你出钱。”

“不是，我这里还要出租。”胖房东表面上一副唯唯诺诺的样子，心里早已经把对方骂了个狗血喷头。

“有人租就把摄像头撤了。”刘畅理所当然地说道。

胖房东脸上的肥肉颤抖了几下，最后妥协道：“行吧。”

他心里想道，看到这个摄像头谁还会租，眼前这个女人明知故犯的样子简直像个恶魔。

“放心，我们的技术很完美的，没人会发现这个摄像头的，而且我们会付你租金的。”刘畅似乎看出了对方的担忧，“我们走了。”

“慢走。”胖房东松了口气，像是送瘟神一般把二人送到门口。

走出居民楼，二人回到车上。

“希望就如同前辈所想的，龚峰就藏在 1-1。”陶子航落下车窗向不远处的居民楼看去。

“真要是有这么简单就好了。”

“继续把和龚峰有关系的人再查一遍？”陶子航有些不死心。

“行吧。”刘畅也有些无奈，要去确认那些人的不在场证明，不知道又得花上多少时间，这个龚峰，简直就是像不停地在给他们找活干。

还在揉着自己的太阳穴，刘畅的手机震动了起来。

陶子航一副干劲十足的样子，启动引擎向小区外驶去。

接起手机，那头传来小张些许兴奋的声音。

“九龙坡派出所说，找到龚峰的目击者了！”小张开门见山地说道，“畅姐，你跑一趟？我这儿走不开。”

小张现在还在指挥搜查现场。

“行。”刘畅挂断了电话。

九龙坡派出所略显老旧，在一个老街区中心。

“刘警官。”一位老民警已经在派出所外等待了，见到刘畅来，立刻迎了上来。

“嗯，目击者在哪儿？”

“跟我来。”老民警领着刘畅走入派出所，一位年轻的女性正坐在派出所的木制长椅上，一副惊魂未定的样子。

“这位就是目击者？”

老民警点点头。

“你好。”刘畅向她打了声招呼，“你看到龚峰了？”

“应该是，刚才在杨家坪后街一条小道上，当时四周没人，我看手机看得入迷，突然冲出来一个人，把我包抢了，等我反应过来的时候，他把我手机也给抢了，他戴着黑帽子、黑口罩，衣服也和照片上一样。”

“知道了。”刘畅点点头，思索片刻后又说道，“这个人应该不是龚峰。”

“为什么？我看他和图片上一模一样啊。”女子有些诧异。

“他如果是龚峰，应该不会偷你手机的，手机对他没用，还会暴露位置，你把号码给我，我让局里技术科定位。”

几分钟后，和市里公安局的技术科连上线，九龙坡派出所几位民警便立刻出发了。

“手机应该还没被销赃，定位的地点还在移动。”技术科的人在电话里对刘畅说道。

“我们就在这儿等会儿吧，应该很快就有结果了。”

白跑一趟，刘畅心中想道，这个假龚峰到底什么意思？她环抱着双手，靠在墙边。

“嗯。”陶子航缩了缩肩，咽了口唾沫，因为他似乎看见了些许黑气从刘畅身上散发出来，他开始不禁对这个假龚峰的未来充满了怜悯。假龚峰，无论你是出于什么目的这么做的，但是这无疑是在自寻死路。

大约过了半个小时，刚才出警的民警发来消息，人已经抓住了。

“是龚峰吗？”刘畅向前线民警问道。

“不是，摘了口罩看过了。”对方回答道。

十分钟不到，民警押着一个人来到了派出所。

“是他吗？姑娘。”刘畅指着那人向年轻女子问道，一位民警又把从抢劫犯身上搜到的赃物放到桌上。

那姑娘凑近了观察一番，“东西的确是我的。”

“头抬起来。”刘畅对低着头的抢劫犯说道。

抢劫犯慢慢地把头抬起，不敢直视前方。年轻女子看了看，用确定的语气说道：“就是他。”

“是你抢的这位姑娘的东西吧？”

“是。”抢劫犯见人赃俱获，无力抵赖，回答时和刘畅不经意间目光相对，他赶紧又低下头。

“为什么？”刘畅在抢劫犯身旁踱着步子，脚步声就像一座山一样压在他的心头，让他有些喘不过气。

“缺钱。”

“不是问这个，我是问你，穿成这身干吗？”刘畅突然停下，声音放大了些。

“因为，因为，看到那个杀人犯龚峰的新闻，就想让你们觉得是龚峰做的，我这体形和他也差不多。”抢劫犯想不明白，自己为什么会莫名地惧怕身前这位娇小的女子，他说话的声音都有些颤抖。

刘畅一时语塞，不知道该对他说什么好。蠢东西，她在心里骂道，但她也明白了，近期这样的人怕是不少。

转过身，刘畅对老民警说道："除了抢劫罪，再加条扰乱公共治安罪，接下来交给你们了。"说罢刘畅离开了派出所。

"谢谢警察同志。"年轻女子向众人道谢。

"不用客气，这是我们应该做的。对了，东西拿到这边登记一下再拿走。"老民警提醒道。

"警察同志，我的包，怎么没看到我的包？"年轻女子看了看那堆赃物，发现自己的包不在其中。

"这个你问他，哎，这姑娘的包呢？"民警向正被押着的抢劫犯问道。

"丢了。"

"什么？！"女子立刻站了起来，气势逼人地向抢劫犯走去，刚才那副软弱受害者的样子烟消云散，"那个包可比这些东西都值钱！你丢哪儿了？"

"我，就是抢了你之后，随便找个地儿就丢了。"

"啊？"女子语塞，愤怒地看着抢劫犯。

"警察同志，不好意思，能不能让他把我的包找回来再拘他？"女子转身换了副面孔，向民警求助道。

押着抢劫犯的民警有些为难地看了看老民警，老民警点点头，"你押着他去吧。"

"谢谢，谢谢。"女子立刻连鞠了几个躬。

看见民警押着抢劫犯也从派出所出来了，刘畅有些疑惑。

民警刚想解释什么，后面的年轻女子便催促道：“警察同志，我们快走吧，万一被人捡了呢。”

民警歉意地看了二人一眼，押着抢劫犯离开了。

第二天，正如刘畅所料的，出现了很多龚峰，不过见识过了第一天的那个抢劫犯，听到这些消息刘畅可高兴不起来。

“啊？新华又来一个龚峰？”小张拿着手机感到一阵头疼，关于龚峰的目击消息，他已经不知道接了几个了。

“同志们，我想向上级请求特种部队支援，这个龚峰是个忍者，不仅会消失的忍术，还会分身术啊。”小张把手机挂断后，用力地挠着头。“畅姐呢？畅姐还没回来吗？”

“畅姐在河西呢，那里也有个龚峰，她还在确认。”

“那这个新华的，谁去跑一趟啊？”小张向科室里问道。

不过没有人吱声，全部都看着小张。

“你，就你了，别废话。”陈宇从办公室里走了出来。

“陈队啊，这已经是今天第三个龚峰了。”小张一副欲哭无泪的样子，明知道多半是白跑一趟，但是也不得不去确认，换谁也不会愿意。

“别发牢骚了，你畅姐不是每一个都去跑了吗，而且要是这个龚峰就是本人，你就是头等功，赶紧的。”

“绝对不可能。”小张站起身来，“我去总行了吧。”

河西派出所，摆设简单的办公室内，刘畅和陶子航正在和一位中年民警交谈着。

“刘警官，陶警官，这件事，你们怎么看？他这样说，岂不是要等到龚峰被抓了之后二人对了口供才能对他实施抓捕吗？”中年民警有些头疼地说道。

“他应该是在说谎，简单地说，他说的那个时间，监控摄像头拍到过龚峰，离他说的地方差得太远了，即使是开车，也不能那么快到达，不过问题是他为什么要撒这么容易被识破的谎。”刘畅说道。

前天晚上快 12 点，一位叫熊文武的创业公司老板来派出所报案，说自己办公室里的钱被偷了，有 10 万元左右，钱并不完全属于熊文武，名义上是公司的财产。

派出所民警接到报案之后马上开始了调查工作，根据他所说的情况，他在当天深夜为了一个客户向他索要的资料从家里前往公司。每次离开公司之前他都会检查一遍保险柜，这次也是一样，他拿到资料后，顺手检查了一下放在柜子里的钱，一个隐匿的小型保险柜，结果发现里面的钱已经不翼而飞，他立刻就去派出所报了案。

这件事起初就像一个简单的盗窃案，但是随着调查的深入，开始慢慢浮现出一些疑点。

民警根据熊文武所提供的时间调取了公司的监控录像，但是让人感到诧异的是，那段时间里，有一段录像是被切掉的，除了最后熊文武来公司的那次，其他时间段的录像，没有任何人出入公司。也就是说被切掉的那段监控，极有可能就是犯人行窃的时间。不过通过民警的调查，能调取并修改监控的人只有两个，其中一个便是熊文武。

本身保险柜里的钱被偷就有些不合理，既需要钥匙，也需要密码，再加上这明显有问题的监控录像，民警开始怀疑是这个熊文武自导自演。

今天早上，这个熊文武又来到派出所，说那一天去公司的时候，在公司门口见到了一个戴黑帽、黑口罩的男人，身上还背着一个挎包，他坚称那人就是龚峰，而且他觉得就是龚峰偷了他的钱。

这当然更加加强了民警们的怀疑，一个逃犯缺钱可以理解，但是为什么要去偷一个有重重安保措施的保险柜？还多此一举地修改监控，这就说不通了。

虽然知道熊文武的话大概是他瞎编的，但是以防万一，民警还是联系了市公安。

“我也不明白他这是什么意思，他的谎话太明显了，报案的时候不说有这么重要的线索，现在又突然说出这种话，刘警官，陶警官，对不起啊，让二位白跑一趟。”中年民警摇了摇头，有些许歉意。

“不过大概可以确认这就是熊文武的自导自演了吧，也不用等到抓着龚峰之后再处理这个麻烦的事情，也算是帮你们一个忙。”刘畅笑了笑。

这至少比最开始那个抢劫犯好多了，自己也算是帮助破了案，刘畅努力说服自己。

不过这个叫熊文武的人到底在打着什么算盘，刘畅还是不明白，如果说想要自导自演一起盗窃案，那这个计划的漏洞也太多了，简直是在侮辱警方的智商。

不过她也并没有多想，笨贼她的确是见多了，现在她最想知道的是龚峰到底在哪里。

“他公司的员工我们都调查过了，都没有什么嫌疑，而且那个监控是需要密码才能看的，知道密码的也只有熊文武和另一个员工，另一个员工有充分的不在场证明，这下他应该没话说了。”中年民警点点头，这件案子能够如此顺利地解决，他也挺高兴的。

“那也就是说，现在可以去逮捕他了吧，不过想不通他到底在打什么算盘，算准了我们抓不着龚峰？”刘畅眉头微皱。

“前辈，这算不算是向我们挑衅啊。”坐在旁边的陶子航插了一句。

“我们正在传唤这个熊文武，我们谎称这件案子的犯人已经抓到了，他应该马上就会过来，二位要不要留下来和他对质一下，毕竟二位也算是重要的人证。”

“好啊，证据链要完整，省得他再出什么幺蛾子。”既然已经来了，刘畅也想看看对方到底是什么意思。

二十分钟后，熊文武来到了派出所，他是个30岁出头的英俊男子，右耳戴着耳钉，穿着时髦。

“警察同志，听说犯人抓到了，是不是龚峰？”熊文武一进办公室，看了三人一眼便立刻问道，看他的表情，应该还不知道自己被骗了。

刘畅打量了他一番，注意到他的鞋上沾着些许泥土。

“熊文武，你不用再装了，你是快把自己都给骗倒了吧。”中年民警冷笑几声，回答道。

“国家一级戏精证书颁发给你。”刘畅笑了笑，语气有些戏谑，玩味地打量着对方。

陶子航也在一旁偷笑，要是天底下的罪犯都和熊文武一个智商，他不知道会有多开心。

熊文武脸色闪过一丝异样，很快又恢复平静，自己找了个位置坐了下去，背挺得很直，动作看起来十分僵硬。

“什么意思？这两位又是谁？”熊文武看着刘畅和陶子航问道。看得出来，他在努力保持平静，只是微微抽动的脸颊已经出卖了他。

“这二位是本市刑警，也是龚峰案子的直接负责人。”民警介绍道。

“也就是说二位已经抓到龚峰了？”熊文武转身向刘畅和陶子航问道。

“龚峰没抓着，但是你那天说的人就是你瞎编的，龚峰当时离你说的地方差得远呢。”刘畅冷眼看着对方拙劣的演技，就像看着一个演出失败的小丑。

“那，那就是我看错了。”熊文武的神色变得有些难看，语气也有些底气不足。

这么明显的反应，连傻子都能明白，陶子航心中暗暗想道。

“你不是很确信那人就是龚峰吗？别以为我们不知道你心里打的什么算盘。”刘畅看着此时还在用毫无说服力的理由抵赖的熊文武有些气愤，原本她还以为对方会开始一阵狡辩，现在看来，对方已经是一副放弃的样子了。

“熊文武，你说的那个人也是你瞎编的，除了你之外，没有人在那个时候出入过公司，那段被剪掉的监控录像，能够这样操作的也只有你和向易，向易有充足的不在场证明，你没什么好狡辩的了。在那段被剪掉的监控录像里，出入公司的人，就是你对不对？”中年民警站起身来，一步一步地靠近熊文武，让他不禁生出一股压迫感。

熊文武一时说不出话来，低下头，把脸埋了下去。

众人面面相觑了几秒，看样子熊文武是已经不想再辩解些什么了。

“默认了吗？钱现在在哪儿？”中年民警问道。

“赌没了。”熊文武用微不可闻的声音说道。

“什么？”中年民警弯下腰，把脸凑近了些。

“赌没了。”熊文武又重复了一遍，语气中带了些不甘心，像是在抱怨老天爷不给他强盛的赌运一般。

中年民警点点头，对方看样子没有之前想得那么胡搅蛮缠，他倒是感觉轻松了不少。

中年民警起身走出办公室，在门外喊道：“小徐，带他走下程序。”

门外早已等候多时的两个年轻民警走入办公室，押着熊文武离开，熊文武也没有反抗。

在走出门的一瞬间，刘畅有些诧异，她在熊文武的脸上看到了一丝笑容，虽然转瞬即逝，但却真真切切地被刘畅捕捉，那绝对不是因为认罪而产生的解脱感，更像是计划成功露出的奸笑。

“二位，今天的事情真是麻烦你们了。”中年民警在门外向刘畅和陶子航道谢。

“没事。”刘畅摆摆手，她还在想刚才的事情，那副表情到底是什么意思？

“那我就不送了。”中年民警看了一眼熊文武的方向，他还有很多后续工作要做。

“嗯，我们走了。”

走出派出所，刘畅总有一种挥之不去的不安感，熊文武那转瞬即逝的奸笑在脑海中不断浮现。

二人回到车上，准备返回警局。

“这个熊文武也是真够傻的。”陶子航一边发动汽车，一边调侃道。

“可能是吧。”

“而且又让我们白跑一趟。”陶子航有些沮丧地说道。

二人一回警局，就听见小张在抱怨。

“畅姐，你回来了，我真的是服了现在的人了。”小张正在位置上和几个同事交谈着什么。

“怎么了？”

“一个这么胖的家伙。”小张在自己肚子前比划了几下，勾勒出一个大肚皮，“只要戴上黑帽子、黑口罩，穿那身衣服，就是龚峰了。我真的服了，这都能看错。”

“辛苦辛苦，白跑一趟。”刘畅拍了拍小张的肚子然后坐到自己的位置上，“我看你这肚子再不运动也快了，到底发生啥了？”

“有个小子，眼神不太好，在公园逛的时候说自己看到龚峰了，赶紧就报警了，结果找了半天，找到个戴黑帽子、黑口罩的人，民警怕把人放跑了，也没仔细看，好几个民警给他摁地上了，结果一摘口罩，就是一大爷，人家感冒了戴个口罩，在公园遛弯呢，结果民警全部被大爷一顿臭骂，还好没搞出什么毛病。还没搞清楚情况就把我叫过去了，这届吃瓜群众素质不高啊，得拉回去重新培训，好好学学首都的朝阳群众。”

小张说得绘声绘色，科室里的人都不由得笑了笑。

“别贫了，有线索就不错了，你们也都散了，回去工作。”刘畅笑了笑，她脑海里大概想象了一下一群民警被老大爷训得抬不起头那副场景。

小张身旁听故事的人纷纷散开，回到了自己的位置上。

“不过最近的确有点不太平，报案人数高了好多。畅姐，你去的那个河西那片也发生了件大案子。”小张像是想起了些什么，又对刘畅说道。

“哦？”刘畅最近一心扑在龚峰的案子上，小张所说的大案子，她几乎没有什么耳闻。

“是不是那个珠宝店被盗的事情？”陶子航插了一句，他才回到科室里，从他身上淡淡的烟味推断，他应该才从第一会议室里出来。

“啊，对对，涉案金额不是高达千万吗，不过这事儿轮不到我们管，上面成立专案组了。”小张点点头。

“什么时候的事？”刘畅心里有一丝不安，她想起熊文武那耐人寻味的表情，不禁隐隐感觉二者之间有些什么关系。

“前天夜里吧，陶子航，是不是？”小张转身对陶子航问道。

“是，在河西派出所外面抽烟的时候和一个民警聊天，听他说的，那个什么天街？那里的一家珠宝店被偷了，好像还没确定嫌犯。”陶子航坐回位置上对二人说道。

“是巧合吗？”刘畅自言自语道，闭着眼睛思索了起来，手上的工作也停下了。

“前辈，什么巧合？”陶子航问道。

“没什么。”刘畅摇摇头。

“撇开龚峰这事儿，我们刑警科还算清闲。”小张感叹了一句，然后用奇怪的腔调哼道，“龚峰龚峰在哪里。”

“当了警察，你清闲过一天吗？赶紧，干活。”

“知道咯，畅姐。”小张继续起了手里的工作。

“刘畅在吗？”

刑警科室走入一位年轻的英俊男子，环顾了科室一周问道。

“畅姐？有人找你。”陶子航提醒了一下正在埋头工作的刘畅。

刘畅抬起头，看了一眼那人，露出有些复杂的眼神。

“刘畅，好久不见。”那人露出笑容，招了招手。

“赵子煜，你还记得来看我？不对，是不是工作？”刘畅有些不满地指着对方说道。

对方听了之后不置可否，拿了把椅子坐在刘畅对面。

“你不是在C市吗，怎么跑这里来了？”刘畅接着追问道。

“‘9·12’特大珠宝盗窃案，专案组把我调过来了。”说着赵子煜随意翻动起了刘畅桌上的东西。

“果然。”刘畅有些不满地说道。

陶子航和小张开始小声议论起来。

“陶子航，那人谁啊，你认识吗？看起来好像和畅姐很熟。”小张问道，他明显能够看出刘畅对赵子煜的态度有些特殊，而赵子煜敢这样随意地翻动刘畅桌上的东西，看样子二人的关系非同一般。

“赵子煜，大学和畅姐一个年级的，好像是哪位局长的公子来着。”陶子航瞟了一眼正在对话的二人，对小张说道。

“哦哦，长得还挺帅的。”小张点了点头。

“校草级别人物，还是学霸，这方面你就别打听了，怕你失落，不过虽然已经是很久之前的事情了，大学的时候啊，赵子煜他……”

“哎哎，陶子航你们两个窃窃私语什么呢？”刘畅打断二人。

“没啥没啥。”二人连忙摆手说道。

“哎哎，陶子航，有个朋友从泰国给我带回来几包烟，抽不抽，第一会议室？”小张立刻想出了个理由，用手肘顶了顶陶子航。

“抽。”陶子航立刻会意，点了点头，二人对视一眼，起身勾肩搭背地走出科室。

“接着说接着说。”小张偷偷地朝科室里看了一眼，催促道。

刘畅朝着科室门口瞪了一眼，对赵子煜说道：“你来找我什么事？叙旧的话就免了吧。”

“唉，不解风情。”赵子煜摇摇头，“顺路来看看你不行吗，现在就我们俩了，你偷会儿懒，和我叙叙旧有啥。对了，给你。”

赵子煜拿出两杯奶茶摆在桌上。

“没事儿就别打扰我工作。”刘畅低下头，继续写报告。

赵子煜便自顾自地在一旁拿起一杯奶茶，咬着吸管看着对方。

“啧。”刘畅把笔放下，“到底有事没？”

这家伙从来都不按常理出牌，刘畅有些无奈。

“有事，当然有事，那个熊文武的案子，就是那个创业老板自导自演的那个事情。”赵子煜把椅子拉近了些，正色道。

“那个啊，如果程序走完，估计已经拘留。”刘畅想了想，回忆起之前派出所里发生的事，回答道。

“但是啊，根据专案组的调查，这次珠宝案他也是嫌疑人之一。”

刘畅神色一变，之前她总觉得那个熊文武不对劲，看样子是没想错。

“什么意思？”

“这次珠宝盗窃案，嫌疑人的手段非常高明，监控基本全军覆没，全都被静止了，红外线也完全没有触发，钢化玻璃的切割手段也很先进，高温热切割。”赵子煜接着说道，从他的描述来看，对方蓄谋已久，而且具备专业的盗窃手段。

刘畅思索了片刻，问道：“嗯，所以呢？和熊文武有关系？”

“对，我们沿着作案工具这条线索，查到了C市的某所大学，这所大学的实验室在几年前的确丢失过一把高温刀，不过没有报案。”说着，赵子煜拿出一份资料摆在桌上。

刘畅拿起资料看了一眼，是这次珠宝盗窃案的案情分析报告，上面记录着这次案件的详情。

9月12日23点30分左右，河西区时代天街周巨福珠宝遭到盗窃，价值数千万的珠宝被盗。其中内容和赵子煜所说的大同小异。

刘畅抬起头问道：“也就是说这把高温刀就是这次珠宝盗窃案的作案工具之一？”

“很有可能，我们对这个实验室里曾经的研究人员展开了调查，其中大部分都留在C市，在A市发展的只有两个人，其中之一就是熊文武。”

“另一个呢？有充分的不在场证明？”刘畅将资料放在桌上问道。

“对，那个人在医院躺着呢，一条腿骨折。”赵子煜回答道。

“但是我们准备对熊文武展开调查的时候，发现他已经被拘了，那个案子的案卷我大概看了一下，里面他的作案时间和珠宝盗窃案的时间冲突了。”

“冲突了？”

“案卷里说的作案时间是在23点30分进入公司然后离开，珠宝盗窃案的发生时间中包括了这个时间段，也就是有充分的不在场证明，还是警方给的，所以现在有点头疼。听说逮捕他的时候你也在场，就顺道来听听你的意见。”

很明显，那段被警方视作因为记录了熊文武出入公司而被剪掉的监控录像，根本就是一段无人进出的监控录像，是熊文武故意剪掉误导警方的，那天他根本就没有回公司，而是在珠宝店实施盗窃，而那笔放在保险柜里的钱，一开始就不存在，可能早就被他拿走了。

这下刘畅终于明白了当时熊文武那副计划得逞的表情到底是怎么回事了，他当时的表演骗过了所有人，那简直就是标准的事迹败露的犯人的表现，如果不是最后那个隐蔽的笑容，刘畅也根本不会有一丝怀疑。

“我的意见？”刘畅闭上眼睛思考了一会儿，熊文武有珠宝盗窃的重大嫌疑，但作案时间上的冲突就像他身上的一道保命符一样，让人一时间想不到办法把他捉拿归案。

不，他现在已经被捉拿归案了，不过那是他自己策划好的，他只需要在牢里待不到一年，就能出来了，作为盗窃价值千万珠宝的代价，这简直太轻了。

如何将这道保命符击破，刘畅一时间也想不出方法，要知道，这道保命符可是警方亲自送出的。

“你应该已经明白是怎么回事儿了吧，完美的自导自演，我们的民警同志都被当成免费的群众演员了。”刘畅睁开眼睛说道。

对于一般人来说，这些讲起来可能要费些劲，不过赵子煜还没开始解释，对方就已经明白了大概，赵子煜不得不佩服。

“大概吧。”赵子煜点了点头。

“那我就不想赘述一遍了。”刘畅再次拿起桌上的案情分析，想从中找出什么有用的线索。

“意料之中的反应。”赵子煜笑了笑，“哎哎，等会儿有空没？”

“干吗？”

“你怎么也算个东道主吧，我这次过来，你就不该请我吃顿饭什么的吗？”赵子煜眼睛眨了眨，有些期许地凑近了脑袋。

“毕业这么多年，你这厚脸皮还是没变过啊。”刘畅翻了翻白眼，“你要是这么有空，就赶紧把那个熊文武给捉拿归案。”

“唉，哪有这么简单，虽然我们已经确定就是他了，但是没直接证据啊，再加上那个不在场证明，简直就像被自己人摆了一道。”赵子煜叹了口气，指着那份资料有些无奈。

“看样子不是来找我叙旧的，是来兴师问罪的啊。虽然审问他的时候我在场，但这个锅我可不背。”刘畅一副事不关己高高挂起的样子，把资料放在一旁，拿起奶茶喝了一大口。

“不敢不敢，刚才在套他话呢，不过他心理素质很高，闭着眼睛啥都不听。现在主要是把精力放在赃物上面，正找着呢，这活我就不参与了，所以出来偷会儿懒。对了，你现在在忙龚峰的事，是不是？”赵子煜走到刘畅身后，向她身前的文件看去。

“知道了还给我捣乱。”刘畅有些不满地说道。

赵子煜的手机响了一下，他拿出手机看了一眼。

“不如这样，约个时间，我们边吃边聊，说不定我还能给你点建议什么的。”赵子煜对刘畅说道。

还没等刘畅回答，赵子煜接通手机，“喂，钱哥？我在哪儿呢？我在找刘畅了解情况呢，哦哦，知道了，我马上回来，行，挂了。”

“唉，不到半个小时，又要我回去。”挂断手机后，赵子煜有些无奈地说道。

“钱哥？你在给他当手下？那你还是赶紧回去吧，他发起火来，有你好受的。”刘畅对赵子煜投以同情的眼神。

钱建国，业内出了名的火爆脾气，听说连他的办公桌都被他拍垮过一次。

“惹不起，惹不起，等会儿再给你发微信。”赵子煜站起身匆匆离开。

第一会议室里，陶子航和小张还在继续聊着。

“你确定吗？虽然畅姐长得的确挺漂亮的，但是……”小张露出不可思议的表情。

“警校所有人都知道，可能畅姐本人是最后一个知道的。”

“这个赵子煜，打得过畅姐吗？是不是有点受虐倾向的那种啊，等等，现在他们俩孤男寡女在办公室里呢。”

“怎么可能啊。”

“开玩笑开玩笑，我们回去吧。”

二人把烟熄灭，准备回科室，一开科室的门，就撞上了匆匆忙忙离开的赵子煜。

“对不起。”赵子煜说完，便小跑离开了。

科室内，刘畅正用餐巾纸擦着嘴。

小张愣了一下，“完事了？”

“啊？”刘畅一时没听明白什么意思。

“没什么没什么。”小张默默坐回位置，视线偷偷地瞄向刘畅。

“滚，你想哪儿去了。”刘畅红着脸随手拿起一本册子丢了过去。

到了晚上，刘畅照着赵子煜所说的地址，来到 A 市的一个商业中心。

街道上热闹不已，即使不是什么节日，也有一种节日才有的氛围。

穿过几条繁华的街，左拐右拐好一会儿，刘畅走进一家高档的西餐厅，装潢高端大气，餐厅中间一位年轻女子正在优雅地拉着小提琴。

扫视一眼，看见座位上赵子煜正在向她招手。

“喂，你真的是想让我请你啊。”刘畅走到座位旁，在赵子煜对面坐了下来。

“开玩笑，我怎么能让你请。”赵子煜按了一下桌上的金属传唤铃，一名服装讲究的服务生便拿着菜单走了上来，接着赵子煜就念出一堆刘畅听不懂的菜名。

“就这些吧，谢谢。”

服务员向二人微笑着点了下头，然后离开。

刘畅看了看周围，都是些西装革履穿着正式的人，还有些不知道哪个国家的外国人，她有些不习惯。

“干吗不说话？”赵子煜关切地问道。

“案子有进展了没？”刘畅随口问道。

“哎哎，在这儿谈这些不煞风景吗！”赵子煜挠了挠头。

赵子煜的吐槽让刘畅找回了熟悉的感觉，她笑着说道：“那该谈什么，和你拉拉家常？”

“那还是免了吧，我家的情况，自从我妹从国外回来……还是别提了，聊案子就聊案子吧。”赵子煜苦笑道，“我们把熊文武的公司、家都翻了个遍，找不着，正在查他的人际关系，看是不是转交给谁了。”

“什么我们，你肯定在哪儿偷着喝茶。”刘畅一脸不信任地看着赵子煜，以她对赵子煜的了解，这个人是不可能老老实实地做什么搜查工作的。

“好吧，准确地说是我看着他们把那些地儿翻了个遍。”赵子煜一副被看穿的样子。

服务员推着餐车走到桌旁，“打扰一下。”说罢把各色菜品端上桌。

“慢用。”服务员微笑着对二人说道。

“点这么多？”

“坐在我对面的是一个曾经让自助餐厅老板发出悲鸣的人，我自然要注意点。”

“那次是拉练太累了好吧，而且你那次也吃得不少。”刘畅反驳道，不过看着眼前散发出肉汁香味的菲力牛排，她的手已经开始不受控制地拿起刀叉了。

赵子煜笑了笑，“熊文武的事情就那样了，你那边呢？”

“我这边。”刘畅用叉子叉起一块肉，“全城搜查，社会关系也查得差不多了，就是没收获。”

“那个龚峰不是高中生吗，你们A市什么时候变得这么弱了，不如你回来算了。”

“这真不是我们队弱，是这个龚峰真的太诡异了。”刘畅有些无奈地耸了耸肩。

“连你都开始找这种借口了？你要不来我们队吧，我马上要混成队长了，到时候脏活累活我都帮你推给别人。”

“哦，那严队呢？”

由于大学在C市，刘畅和赵子煜曾经一同在C市的警局中实习过，二人一见面，话题便莫名地朝着拉家常的方向发展。

“严队升了啊，不过这也少不了我的功劳，我给你说说。”

“你少来，打住打住，话题都被你带偏了。”

“那行，关于龚峰的，有没有可能他已经死了？”

“这个我们也想过，但是他时不时地被某个地方的摄像头捕捉到，出现一下，然后就没消息了，简直就像在告诉我们他还活着，就像挑衅一样，然后我们又得忙活一阵，最后的结果大概又是一场空，你说气不气人！”

“要说气人，那个熊文武才是最气人的。”

“要是这些犯人都比警察聪明，不知道社会该多乱。”刘畅不禁感叹道。

“那必须给咱们提薪啊。”

刘畅白了赵子煜一眼。

“对了，那个熊文武，有没有可能把东西埋在哪儿了？”刘畅想起那天在熊文武鞋上看到的土渍。

“有可能，他那几天的行踪我们查过了，空白时间完全可以在全市范围内藏赃。但是总不能让我们把整个A市都挖一遍吧，而且他既然知道自己要坐牢，如果真要埋，肯定埋在一个很隐蔽的地方。”

“要不从这个点入手，套套他的话？”刘畅心里出现一个计划。

“怎么弄？”

“就算他再会装，生理上的反应也不会骗人的。”刘畅大口吃下一块肉。

冰冷昏暗的审问室内，熊文武坐在审问室的一侧，戴着手铐，双眼紧闭，神色平淡，正如赵子煜所说，一副放空的样子。

在餐厅听了刘畅的计划，赵子煜立刻就开始了行动。

“哟，又进入打坐状态了？”赵子煜把台灯朝熊文武的脸上转去，耀眼的光照在熊文武的脸上，他仍然不为所动。

“熊禅师，不错，那你就听着吧，我给你汇报汇报我们的工作进展。”赵子煜看了一眼审问室的单向玻璃，单向玻璃外是刘畅和几名警务人员。

赵子煜的耳机中传来刘畅的声音，“血压正常，心跳平稳，开始吧。”

熊文武的手铐内侧有一圈不明显的胶圈，向外部传输着他的心率和血压，而刘畅和几名警务人员正在审问室外观察着里面的情况和熊文武的数据。

“你住的地方、公司，都搜过了，没有任何收获。”

数据显示熊文武的心率升高了些，看样子他心里有些兴奋，可能是有些得意，虽然他的神情没有一丝变化，但是那些无法控制的生理反应是掩盖不住的。

“不过，我们改变了想法。熊文武，你知道吗，要把整个A市都挖一遍可不是什么容易的事，但是啊，也不知道谁走漏了消息，把你藏宝的事情给泄露了出去。唉，实在没办法，警方只好宣布，如果找到你所埋的赃物，上交者可获得50万元，不上交者视为盗窃者的同伙。”

熊文武仍然是一副面无表情的样子，不过心率和血压又微微上升了些，“有反应，看样子没错。”刘畅通过耳机向赵子煜说道。

所有人心情为之一振。

“唉，你都不知道现在的人怎么想的，现在啊，全城估计有一半的人在挖宝呢，铁锹都卖脱销了。我想想，哪里的人最多。”赵子煜顿了顿。

“九龙坡区，我想想，那个街心公园，那叫一个壮观啊，晚上比白天还热闹，市民全部画着圈挖呢，绿化都快被糟蹋完了。还有哪儿来着，人民的智慧是惊人的，你猜，最后怎么着？”赵子煜用指关节敲敲桌子。

心跳、血压没有剧烈变化，看样子不在九龙坡区，刘畅向赵子煜指示道："继续。"

"九龙坡区，根本就没有，都被找了个翻天覆地，可怜了我们的绿化工人。"赵子煜接着说道。

"河西区，本身是个教育中心，对了，你也住那里，还有你的公司。好几所大学都在那儿呢，结果这些大学生没什么事儿做，也在挖，还因为挖的地方两伙人起了纠纷，结果都被抓起来拘了。我记得河西区有个小罗山吧，看着都要被挖平了，不过呢……"赵子煜把嗓门提高了些。

心跳、血压仍旧没有太大的变化，看样子河西区也错了，不过所剩的选项也没有几个了，A 市并不大，总共也就 5 个行政区。

"继续。"刘畅通过耳机，向赵子煜指示道。

"结果我不用说你也知道，肯定都是无用功，因为你根本就没把东西藏那儿。"赵子煜站起身来，在熊文武的椅子旁左右绕着，踱步的声音在审问室里回响着。

"新华区，工业区，工人有力量，一下班就开始挖，比上班的时候还卖力，手段又专业，找的地方也都很刁钻，最终……"赵子煜顿了顿，等待刘畅报告心率和血压。

"有反应，心率在上升，血压也是，和刚才那两个差别太大了，应该没错了。"刘畅的声音中有掩盖不住的兴奋。

"那片工业区是不是有个地方，是什么地方来着，那个……"赵子煜仔细地观察着熊文武的表情，"有几座小山吧，没名字，南边。"

赵子煜停顿了一下，等待刘畅的结果。

“应该不是。”刘畅看了看数据说道。

“北边？”赵子煜继续说道。

“有反应。”

“对对对，就是北边，你猜我们发现了什么？”

“哼哼。”赵子煜冷笑几声，“你以为不说话就没事了？现在人赃俱获，不说话也没事。”

“人赃俱获？你凭什么说是我埋的呢？”熊文武闭着眼睛，说出了他在审问室里的第一句话。

“算了，东西拿上来给你看看，你还是赶紧承认吧。”赵子煜朝单向玻璃使了个手势。

一名警务人员拿着一盒珠宝走进了审问室，那是警局向珠宝店借的，虽然和熊文武所盗窃的不一样，但也是真货。

赵子煜将盒子向熊文武面前推去，“看看吧，是不是你埋的，看了你就知道了。”

熊文武闭着眼睛，丝毫不为之所动，不过刘畅眼前的数据可是在不停地浮动，他在紧张，和他一起紧张的还有审问室里里外外所有的警务人员。

“这你都不打算解释解释吗？”赵子煜的语气中，透露着一丝不可置疑的感觉，如同是在赃物上发现了什么决定性的证据一般。

熊文武在紧张，肉眼不可见的，细小毛孔渗着汗珠，刘畅眼前的数据也在不停地浮动着，这是最好的证据。

最终，似乎经历了莫大的心理斗争，熊文武紧闭的双眼微微地眯了个小缝出来，应该是因为看不清楚，小缝越发变大，最后直接睁开了。

在看了一眼桌上的东西之后，他的心率、血压慢慢变得正常，像是松了一口气一般。

“呵，诓我。”不经意间，熊文武吐出一句话来，“请问要我解释什么？”

“等等，你刚才说什么？”赵子煜向前一步，压迫感随之而来，袭向熊文武。

“我说，要我解释什么。”熊文武冷笑着说道。

“不是，前一句。”赵子煜回以冷笑。

熊文武不说话了，他发现了，真正的陷阱他没有跳开。

“诓你？怎么诓你了？”赵子煜看着熊文武的脸，他虽然又把眼睛闭了起来，但是很容易就能发现，他的呼吸没有最开始那样平稳了。

“诓你，你是说我们找到的赃物不对吗？但是，为什么呢？既然不是你埋的……”赵子煜继续在熊文武身旁走来走去，绕着圈，声音从熊文武的左耳右耳交替进入，“你又怎么知道我们在诓你呢？你怎么会知道这些珠宝不是赃物呢？”赵子煜的话无孔不入，钻入熊文武的耳朵。

面对赵子煜一次又一次加大音量的质问，熊文武有些招架不住，更多的是对自己不经意间露出马脚的悔恨，他把眼睛紧紧闭上，不做任何回应。

的确，之前被说中藏赃地点时，他已经有些坐如针毡，当赵子煜说已经找到后，他的心中更是一阵惊慌蔓延，如果在藏赃地点附近重点排查，很有可能发现目击证人，所以，在看到了桌上那盒珠宝并不是自己藏的东西之后，他下意识地松了口气，脑子在那一秒像是连其中的褶皱都舒展开了，放下所有警戒，不过也就是那一秒的松懈，让他全盘皆输。

不过这一切都只是一个圈套罢了，根本没有泄露藏宝的消息，赵子煜所说的警方悬赏更是天方夜谭。

“不说话，算了，今天就到这里吧。”

赵子煜走出审问室，剑眉一下子舒展开。看样子他也不轻松，这对他来说，也是一场心理博弈，每一个字、每一句话都要经过思考，不能露出马脚。

“干得不错。”钱建国拍了拍赵子煜的肩膀，转身对身后的人说道，“新华区北部区域，重点搜查。”

“这个法子是刘畅想出来的，功劳可不算我的。”赵子煜看向刘畅。

“刘警官，你的办法看来很有效果，我们现在可以肯定这个熊文武就是盗窃珠宝的嫌犯了，而且藏赃地区也大大缩小了。”钱建国走到刘畅面前说道。

“没事。”面对这个老前辈真诚的表情，刘畅有些不好意思。

“等我们找到赃物之后，再好好庆功，我们先走了。”钱建国低头以示谢意，转身离开。

“刚才我的演技怎么样？是不是很有压迫感？”

钱建国刚走，赵子煜的神情就更加放松了。

“好吧，虽然夸你我很不情愿，但的确还不错。”

在刘畅面前的赵子煜和刚才在审问室里的简直判若两人，现在的他就像个赢下篮球赛在女朋友面前显摆的高中生一样。

“赵子煜！还不走？”走廊里传来钱建国的声音。

赵子煜被吓了一跳，悻悻地说道：“哎，走了。”转身一路小跑，“钱哥，马上来。”

之后的事情便都在意料之中了，在新华区北部展开了详细的排查之后，警方最终在一座孤山上找到了目击者。根据目击者的证词，在一座假坟里找到了失窃的珠宝，在目击者的指证下，熊文武尽管仍然保持着那副平静的表情，但是已经没有用了，证据确凿，等待他的只有法律的制裁。

虽然珠宝盗窃案画上了完美的句号，但是对龚峰的抓捕仍然陷入一片僵局。

“刘畅，等会儿我们专案组一起吃饭，你来不来，吃好吃的。”赵子煜发来一条微信。

刘畅叹了口气，“我就免了，手头工作还多。”

“那行，改天我单独请你。”

第五章　披上名为正义的外衣(上)

李志强家中,母子俩正在吃饭,窗外的天气阴沉。

“你们学校的那个龚峰,还没抓着吗?”张红有些担心地问道,顺便给李志强夹了块肉。

前几天警察经常来找李志强,张红总觉得影响到了他的学习。

“嗯。”李志强回答道,也不知道在想些什么,他看了看窗外。

在全城通缉之后,这已经是第三天了,也就是案发后的第五天。

“要早点抓住了才好啊。”张红叹了口气,顺着李志强的视线看了看窗外,“看起来要下雨了,我去收衣服。”

张红站起身,向阳台走去。

“我吃饱了。”李志强站起身把碗筷收拾好,转身走进厨房,把碗筷放进了洗碗槽。

李志强的家中还是那种气氛,与其说平静,不如说二人根本没有什么太多的交流。

“我回学校了。”李志强背起书包准备出门。

“不先在家里睡一会儿吗？”张红从阳台喊道。

“不了，有几道题还没搞清楚，我先回学校了。”

“好吧，注意安全，对了，记得带伞。”张红目送着李志强离开。

“嗯。”李志强随手拿起鞋柜旁的雨伞。

红光高中，教学楼的天台上。

仍然是那两位少男少女，天空阴沉沉的，仿佛把这个历史悠久的学校最后一丝生气都抽走了一般。

女生的神色有些忧伤，眼眶红红的，好像刚刚哭过一样。

男生有些恼怒，微微皱眉，然后又温柔地说道：“没关系，轮到他了。”

“你难道是……”女生说到一半停了下来，她看着男生，眼神中有一丝犹豫。

A 市公安局，刑警科室内，刘畅刚回到科室。

“畅姐，怎么样？”小张见刘畅回来便问道。

“不怎么样，这几天我感觉回到了刚来警局的时候。”刘畅坐回位置，舒展了下筋骨，倚靠在椅子上。

“唉，那些小偷小摸的事都要我管了，只要和龚峰扯上点关系。”刘畅揉了揉太阳穴。

“没办法啊，谁让咱们现在没线索。”小张摊了摊手，“陶子航呢？”

话音刚落，陶子航就走了进来。

“这儿呢，找我干吗？”陶子航看向小张。

“东西呢？”

“什么东西？”

“刚才给你发了条微信，不是让你回来的时候帮我带点吃的吗？”小张直起身子，拿起手机看向陶子航。

“啊，那个啊，在车上……被前辈吃了。”陶子航挠了挠头。

“啊？”小张看向刘畅。

刘畅装作听不见二人的对话，埋头工作。

陈宇摇着头，从办公室走了出来，头发比平常更加散乱。

“龚峰龚峰在哪里？龚峰龚峰在哪里？”一边说着，陈宇走到了科室的中心然后又问道，“各位，今天龚峰的抓捕工作进行得如何？”

众人看着陈宇有些疯癫的样子，都默不作声，他们也不知道这个时候该做出什么反应。

“好吧，答案我已经知道了。”陈宇扶了扶额头。

“是不是又被唐局训了？”刘畅问道，看了看陈宇有些杂乱的头发。

“答案你已经知道了。”陈宇叹了口气。

“不过的确太奇怪了，完全没点儿线索，藏得太好了。”小张摇摇头，在熊文武的案子之后，那些假装龚峰的案子也少了许多，不过这对他们来说是好是坏，一时间也说不清楚。

“对了，刘畅，你看看这个。”陈宇拿出手机操作几下，递给了刘畅。

刘畅接过手机，手机上显示的是一个淘宝的店面。

“什么东西？”刘畅疑惑地问道。

“你看这个东西是不是有点眼熟？”陈宇指了指页面上的一角。

刘畅仔细看了看，店铺中最热销的产品，黑帽子、黑口罩，还有一件黑色衬衫，一套价格只要 50 元。

“这什么东西，这不是龚峰那身吗？”刘畅有些诧异，伸出手指，点了进去。

众人闻声也纷纷凑了过来。

“看下面那行字。”陈宇说道，神色有些无奈。

“回头率最高的套装，保证回头率提升到百分之百？”刘畅念着产品的简介，不过读到后面声音变尖了许多，明显是对这种广告词十分不满。

“什么玩意儿？”小张皱起了眉头。

众人一阵抱怨。

“这不是添乱吗？这商家什么意思？”刘畅有些恼怒，把手机摆在桌上。

“月销 2000 多？”陶子航看着月销数，有些吃惊。

“这个都能有这么多人买？有病吧？龚峰这事情出来可还没一星期啊。”小张有些无语，这才几天就已经售出了这么多，就算是再薄的利润，乘上这个倍数都不是个小数目。

陈宇把手机收了回来，摇摇头道：“有人愿意卖，有人愿意买，我们也没辙啊。”

“呵，怪不得这几天目击者这么多。”刘畅撇了撇嘴。

“不仅仅是上头在给我们压力，社会上这些莫名其妙的地方也在给我们施加压力啊。”陈宇扶着额头有些无奈地说道。

“我忍不了，我要给这个黑心店刷差评。”小张不满地大喊道，转过身去，看架势好像就要行动。

“省省吧，要是被人家知道是你干的，不知道媒体要怎么说了，无能刑警，抓捕罪犯无能为力，只得将压力发泄在无辜网店。”陈宇抓住小张的肩膀。

“他哪里无辜了？明显是在蹭热度，那些买家根本不知道自己在做什么。混淆警方的视线，引起恐慌等一系列问题。”

“你看他这店里哪里有提到龚峰。”陈宇摊了摊手。

“那怎么办啊，一想到这种投机的还在赚钱……”小张气愤地不停搓手。

“还能怎么办，赶紧把龚峰给抓着，到时候这个店的货就没这么好卖了。”刘畅说道。

“我也想啊，但是，需要线索啊，现在像个无头苍蝇一样。”小张坐回自己的位置，有气无力地说道。

科室的座机响了，小张顺手接了起来。

“喂，啊？知道了。”小张一改刚才的颓色，挂断电话之后立刻精神起来。

“怎么了？”众人看到小张的变化，都看向他。

“出事儿了。”小张站起身来，“又有案子。”

半小时后，江北区一栋普通的小区居民楼里。

“畅姐，陶子航。”小胡看到刘畅和陶子航后打了个招呼。

刚下电梯，还未进入屋内，便在楼道中看到许多忙碌的警务人员。

“嗯，带我去现场吧。”刘畅点点头，因为在龚峰的案子上有力无处使，所以现在她和陶子航都有些情绪高涨。

“被害者是这栋楼 14-03 的住户，名叫陈润康，一人独住。”小胡一边带路，一边汇报着情况。

陶子航拿出笔记本，快速地记录着。

走进屋内，淡淡的血腥味飘入鼻腔，朝里看去，客厅中央正横躺着一个四十来岁的男子。

“尸体第一发现者是一名女性，是他的下属。”

三人换上鞋套走进屋中，在尸体旁停下。

“从事什么行业？”刘畅问道。

“应该是风俗业，那女的不愿意多说。”小胡回答道。

刘畅点点头，反正到时候要查人际关系，这些东西早晚都会知道的。

刘畅戴上塑胶手套，侧下身去开始观察死者。死者偏胖，穿着休闲的家居服。

听小胡的说法，死因是腹部的开创性伤口导致的失血过多，死亡时间在昨天晚上 11 点左右。

这让刘畅想起了林彤的案子，死因和时间都差不多。她看了小胡一眼问道：“凶器呢？是不是尖头菜刀？”

“从伤口来看，可能就是尖头菜刀一类的，但是在现场没有找到凶器。”

“目击者呢？”

“暂时没有，现在还在找。”小胡回答道。

刘畅环顾了整个屋子，“是入室抢劫吗？”

“有可能，卧室有被翻找过的痕迹。”小胡向屋子里走去。

三人移步卧室，卧室内一片狼藉，衣柜、床头柜都打开着。

“有什么财物丢失吗？”

这副景象很容易让人觉得是一起简单的入室抢劫案，不过因为这种事情就丢掉了性命，倒是让人有些同情起死者来。

“据发现人的说法，屋内本有一台笔记本电脑，应该已经被盗走了。”

“电脑被盗走了？”刘畅想起在茶几上好像看到了一部手机，向客厅看了一眼，“手机却还在，是害怕被定位吗？还是手机在凶手行凶的时候给弄坏了？”

刘畅向客厅走去，在茶几前观察了一会儿，试探地按了手机的home键，手机上的画面让刘畅瞳孔猛睁，呼吸都变得沉重了些。

“喂，陶子航，过来。”刘畅朝屋里喊道。

陶子航听刘畅的语气有些异样，连忙从卧室出来，凑到刘畅身旁。

“你看看这个。”刘畅指了指手机屏幕。

陶子航看了一眼，立刻惊讶得说不出话来。

手机的锁屏壁纸是一个人的照片，准确地来说应该是一个人的自拍照，背景便是这个客厅和客厅内横躺着的尸体。

小胡也走了过来，见二人神色异常，问道：“怎么了？”

“龚峰。”刘畅低着头沉思。

一个逃犯再次明目张胆地杀人，即使是经验老到的刘畅也不禁有些混乱，虽然现在他们正在因为没有线索而头疼，不过以这种形式出现的线索，让他们更头疼。

“龚峰？”小胡把头凑了过去，指着屏幕说道，“黑帽子、黑口罩，好像的确是这样，但是会不会是别人假冒的？”

“错不了，我们见过面。”陶子航肯定地说道，那天相遇时的情景早在脑海里回放过无数次。

“陶子航，你把情况给局里说一下，这起案子，犯人很有可能是龚峰。”刘畅闭上眼睛开始沉思起来，为什么龚峰会这样做？觉得自己已经是死罪了，再杀一个人也无所谓？

如果是这种心情，那也没有理由这么明目张胆地告诉警方，为什么一定要留下自己的线索？最终她只能得出一个结论：龚峰认为这样很酷，作为一个未落网的连环杀手。

想到这里，刘畅不自觉地把双手攥成拳头。

“目击者的搜查加大力度，龚峰把笔记本电脑拿走了，而且把这房间翻得这么乱，应该是把财物也全部拿走了，这些东西他肯定是要拿东西装着的，他很有可能是背着包之类的东西。”刘畅努力地压制着自己的情绪对小胡说道。

小胡点点头，神色凝重起来，立刻叫来一个警务人员，把这些信息告诉他，而且对方可能换上了陈润康衣柜里的衣服，他再三让警务人员要加强注意。

刘畅看着手机的屏幕，突然发现手机没有密码，便滑动了一下屏幕，解锁了手机，打开后发现是备忘录的界面，上面写着：此人渣已被我消灭，不必感谢，龚峰留。

刘畅看完眉头微皱,心中想道,他把自己当成什么了?正义的化身?

陶子航挂断电话,看了一眼手机,看到备忘录上的话,有些疑惑,“前辈,他这什么意思?”

“假冒正义的伙伴呢,自己就是个逃犯,要是能来自首就是最大的正义了。”刘畅没好气地说道。

“搞不懂他在想什么。”陶子航摇摇头。

“不管他在想什么,这件事跟他有关系是肯定的,我们要做的事情就是破案。”

A 市公安局,刑警科室内,气氛有些紧张。

“这个龚峰,太嚣张了,现在马上出发把案发现场附近都找个遍。”小张捶了捶桌子。

“先汇报工作,别说其他的。”陈宇看了小张一眼,虽然他努力地想让自己看起来镇定自若,但是时不时用力咬合的动作还是出卖了他。

小张有些委屈地点点头,靠在椅子上不再言语,此时桌旁所有人的表情都不好看。

刘畅环抱着双臂,皱着眉头,脑子里不停地思考着,龚峰现在会在哪里?他为什么要那样做?

“先看看小胡的报告吧。”陈宇朝众人说道。

会议桌一端的白布上投影出一些简单的资料和照片。

陈润康,男,39 岁,A 市人,经营着一家洗浴中心,离异未婚。

幻灯片切换到下一张,是案发现场的情况,案发地点与尸体的照片等。

“就是这样。”陈宇看了众人一眼，“在现场发现了死者的手机锁屏壁纸为龚峰的自拍，而且自拍地点就是在案发现场，上面能清晰地看到受害者的尸体，现在基本确定龚峰为此案的凶手。”

“这次不能再让他跑了。”小张小声地嘟囔道。

“除此之外，犯人还留下了一段犯罪声明。”陈宇顿了顿继续说道，“‘此人渣已被我消灭，不必感谢，龚峰留。’这算是对我们的挑衅，这次绝不能再让他跑了。”

“小张，小区 3 千米范围，带人好好查，找目击者。”陈宇开始分配起工作。

“一队一队，准备出警。”小张瞬间来了精神，拿出对讲机，披上外套跑出了科室。

“刘畅，陶子航，你们俩调查陈润康的社会关系，看看他和龚峰有没有直接关系，很有可能之前龚峰就是躲在他家，之后起了冲突，陈润康很有可能是想告发龚峰，结果被龚峰发现之后杀害了。”

从现在看来，这种可能性是最大的，从龚峰在受害者手机备忘录上留下的话来看，二人肯定是认识的，至少龚峰认识受害者。

刘畅和陶子航也立即起身离开科室。

二人驱车来到了陈润康工作的地方，A 市出名的红灯区，绿荫逊。

由于来的时间比较早，才刚过中午，整条街并没有什么人，公交车站前连一个等车的路人也没有，路过一些按摩店，里面浓妆艳抹的女人透过玻璃用怪异的目光看着二人。一男一女一起路过这里，的确有些奇怪。

“在哪儿啊，这个红火洗浴。”陶子航东张西望，但时不时慌张地把视线收回来，像是看到了什么不该看的。

“看地址，应该就在这一块儿啊。”刘畅看了看周围，“找到了。”

在一栋六七层的建筑的各色招牌中，刘畅找到了写着红火洗浴的那一块。

“走吧。”刘畅对陶子航说道。

“哦。”陶子航点点头，咽了口唾沫。

“你是不是有点紧张？”刘畅看了陶子航一眼，看他神色好像有些怪异，大概是没怎么来过这种地方。

“没有啊。”陶子航立刻摇摇头。

“哦，那就是你经常来这种地方。”刘畅意味深长地看着陶子航。

“前辈，你是怎么才能得出这种结论的啊。”陶子航苦笑着说道。

二人说着，顺着外围的侧面楼梯，到了店门口。

透明的玻璃大门锁着，但是透过玻璃门，能够清晰地看到沙发上躺着一个中年女子。

陶子航敲了敲门，那人没有动静。继续敲了一会儿，那人似乎被吵醒了，抬起头迷迷糊糊地朝二人说道：“还没到开门的时间。”

“你说什么？”刘畅没听清楚，向玻璃门靠近了些。

“我说，还没到营业时间！”那人把音量放大了些，语气中透露出一丝不耐烦。

“我们是警察，想了解点情况。”刘畅敲了敲玻璃门。

“啥？警察？”那人一个激灵，坐了起来，头发杂乱，看了二人一眼，有些不耐烦地说道，“你们谁啊，这片民警我都认识，你们俩到底谁？”

“刑警。”陶子航隔着玻璃拿出证件。

“刑警？”那人有些疑惑，站起身来，朝二人走来，确认一番后，点头哈腰道，“对不起，二位，我这就开门。”

“二位，有何贵干？”中年女子将玻璃门后的锁解开，让二人进入。

“坐，坐。”她赶紧把被子放在一边，把沙发腾出来。

店内开着暖气，镀金的财神小雕像放在前台上，旁边的显示屏上显示着门口的监控。

二人坐到沙发上。

“你们老板是不是叫陈润康？”刘畅问道，看这个店规模也不算小，看样子陈润康算是比较富裕的。

中年女子背对二人在前台倒水。

“对。”她转过头说道。

“你是这个店的？”

“我是管事儿的。”中年女子拿着一个托盘走到二人面前。

“哦，你对你们老板了解吗？”刘畅继续问道。

“算不上了解吧，陈润康他怎么了吗？”

“他已经死了，今天早上发现的。”刘畅回答道。

“啊？”中年女子愣了一下，然后又平静地点了点头，“不过也是。”

刘畅看中年女子的反应有些诧异，“怎么了？你这反应算是意外还是意料之内？”

“意料之内吧，陈润康他仇人挺多的。”中年女人停顿了一下，“他还有家赌场，还给别人放贷。”

“赌场？”刘畅皱了皱眉头，这也是她头一次听说。

“具体我就不知道了，我也是听别人说的。”中年女人有些为难地说道，经营赌场无论如何都不可能是合法的，看她的样子好像是不小心说漏嘴了。

“哦。”刘畅怀疑地看了中年女子一眼，“今天早上发现陈润康的人叫孙弟来，是在你们这里上班的吗？”

“孙弟来？不知道，能给我看看照片吗？一般来这上班的人都不会用真名的。”中年女子解释道。

“这儿。”刘畅把手机递到中年女子面前，上面是孙弟来的照片。

“哦，孙莎莎啊。”中年女子看后点了点头，“是在我们这儿上班的。”

“孙弟来和陈润康的关系怎么样？”刘畅问道。

“这个嘛……”中年女子犹豫了一会儿说道，“孙弟来好像有什么把柄在他手上，对他很顺从，在这里上班也是陈润康让她来的。”

陶子航认真地记录着。

“陈润康和龚峰之间有关系吗？”

“啊？”中年女子有些懵。

“那个黑口罩、黑帽子的龚峰？”中年女子挠了挠头，龚峰的事情早已经是A市的第一热门话题，想必她也不可能不知道。

“对。”

“这个，应该没有吧，我不清楚，但是陈润康和林彤好像是认识。”中年女子想了一会儿回答道。

“林彤？”刘畅有些意外。

“对，就是之前龚峰杀掉的女生，他们两个是男女朋友吧，可能认识吧。其实这些事情，你们可以去问孙莎莎，哦不，孙弟来，她和陈润康走得比较近。”中年女子有些推托地说道。

“她还在录笔录，程序走完应该还有一会儿。陈润康和林彤什么关系？”

一个四十来岁的中年大叔和一个十八岁的高中女生能有什么交集，刘畅有些奇怪。

“这个说来话长，不过陈润康真的死了？”中年女人似乎还是有些不敢相信。

“肯定的啊，你长话短说。”刘畅没好气地说道。

“哦哦，这个要从林彤她爸那里说起，她爸和陈润康是老相识，很久之前，她爸躲债的时候，是陈润康救济的他们一家，估计有个一年左右的时间吧，这家店还是林彤她爸出的装修费。陈润康是老板嘛，就是走走关系之类的，平时大部分时间都不会在店里，我对他也没有太多了解了。”

刘畅看了陶子航一眼，示意可以走了。

二人走出红火洗浴店，中年女子透过玻璃窗看到二人离开的背影，心里想着，老板死了，这个店该何去何从？

从开着暖气的洗浴店中走出来，外面的冷风让二人不禁打了个哆嗦，整个街道依旧冷清。

“看样子龚峰和这个陈润康很有可能认识。”刘畅看了一眼洗浴店，把外衣裹紧了些。从刚才和那名中年女子的对话中大概可以了解林彤和陈润康之间的关系，陈润康应该是在她很小的时候便认识她了，而作为林彤的男朋友，龚峰很有可能通过这层关系和陈润康认识，不过仅仅是认识是不会萌发杀意的，其中肯定有什么事情发生。

“但如果是林彤已经被龚峰杀害的情况下，陈润康还有可能收留龚峰吗？应该是不太可能吧，毕竟如果二人认识，那也多半是因为林彤的关系。”陶子航看着自己的笔记本说道。

陈润康也算是看着林彤长大的，知道龚峰把林彤杀了，别说收留龚峰了，如果见到龚峰，立刻把他抓起来送到警局还差不多。

“动机也是个谜，难道是陈润康发现了龚峰的藏身地点，然后龚峰怕他举报，所以把他杀了？”陶子航挠了挠头。

二人一边说，一边向停车的方向走去。

“那案发地点就不会是陈润康的家里了。”刘畅否定道。

“为什么？”陶子航露出疑惑的表情。

“如果龚峰的藏身地点离陈润康家近，他把人杀了，警察肯定会对案发地点周围进行大规模的详查，这样他的藏身地点也肯定不能待了。”刘畅回答道，“如果藏身地点远，你觉得龚峰敢在街上长时间溜达吗？也就是说无论龚峰的藏身地点离陈润康家是近是远，他都不可能有很好的机会对陈润康下手。”

动机是刘畅最开始就在思考的问题了，不过到现在还没有一个答案。

“所以龚峰杀陈润康的动机是最关键的。”陶子航思索片刻，摸了摸下巴说道。

“对，我总觉得这事跟林彤被害有关。”刘畅答道。

另一边，小张他们的搜查工作进行得也不顺利，就如同林彤的案子一样，尽管明确地知道和龚峰有千丝万缕的关系，但就是没有他的线索，龚峰就像凭空消失了一样，没有留下一点痕迹。

“他很有可能把陈润康家里的衣物拿走换上了，这样被目击的可能又降低了。”刘畅摇摇头，眉头微皱，有些不悦，“还有那台笔记本电脑，难道这个时候他还想着玩游戏？加上适配器和鼠标，应该还是挺重的吧。”

刘畅想起那台消失的笔记本电脑，如果真的是被龚峰拿走了，那笔记本电脑很有可能就是动机，其中肯定有着重大线索。

“谁知道呢？”陶子航说道，对于龚峰的思维模式，他已经放弃去揣摩了。

“算了，先回局里吧，那个孙弟来的笔录应该差不多了。”刘畅叹了口气，她感觉只凭现在的线索，还无法把这个案件拼出个大概。

刑警科室里的人大多都出外勤去了，二人来到录笔录的地方。

孙弟来看起来有些憔悴，还有些畏惧，低着头正坐在一名警务人员对面。刘畅向警务人员使了个眼色，警务人员会意，将手头的东西放下，起身离开。

刘畅拿起笔录看了看，“孙弟来，是吧。”

孙弟来缓缓点点头。

“别紧张，我们现在已经大致确定了犯罪嫌疑人了。”刘畅说道，

“问你几个问题，你和死者是什么关系？”

“关系？之前应该说过了，笔录上也写了。”孙弟来小声地说道。

“哦，那我看看。”刘畅撇了撇嘴，她当然知道这些，但是她比较喜欢自己亲自确认。

“你是陈润康的下属，是吧。”

孙弟来轻轻地点点头，脸色有些难看。

“你这上面写的是，因为两人约好了一起吃早饭，到了时间他没来，你是来叫陈润康起床才去他家的。”刘畅看着孙弟来的眼睛说道。

“是的。”孙弟来眼神有些闪躲，也不知道是心虚还是紧张。

“那个时候陈润康已经死了，当时门没开，还是说你有他家的钥匙？”刘畅问道，孙弟来的反应她都看在眼里。

“是的，我有他家的钥匙。”孙弟来点点头。

“上司会把自己家的钥匙交给一个普通的下属吗？你和陈润康真的只是普通的上司和下属的关系吗？没有男女关系？”

听了刘畅的话后，孙弟来默不作声。

“我们已经去店里看过了，从那里听说的消息，你们两个的关系应该没有这么简单吧。”

“他对我有意思，但是，我对他没有一点儿意思。”孙弟来肯定地回答道。

还不等刘畅说话，孙弟来抬起头来，看着刘畅又继续说道：“警官，我就实话实说吧，我承认我有动机，但是我不是凶手。”

酝酿几秒后，孙弟来愤怒地说道：“这个陈润康不是个东西，该死！”

“他就是个高炮，他不是人。”孙弟来皱着眉头，一字一句地说道，看来她对陈润康充满了憎恨。

“高炮？放贷的？高利贷？”刘畅联想到陈润康经营赌场的事情，看来这个陈润康的底子也不干净。

“对，而且……”说到这里，孙弟来顿住了，“必须要拍裸照。我明明已经把钱还清了，他还用裸照要挟我。”孙弟来情绪有些激动，双拳紧紧攥住。

“他利用照片使唤我做各种事情，所以，警官，请你们找到龚峰的时候，把那台笔记本电脑上的数据都清除掉，那台电脑上不只有我的照片，还有很多其他女孩的。”孙弟来请求道，语气诚恳。

“你怎么知道电脑被龚峰拿走了？”刘畅问道。警察不可能告诉孙弟来，她又是如何知道这件事跟龚峰有关系的？

“我……我发现陈润康死后，其实没有第一时间报警，而是到处找那台笔记本电脑，但是没找到，只发现了他的手机，看到龚峰的照片和那句话后才报的警。但是你们放心，我没有在屋子里乱翻。”孙弟来解释道。

“那台电脑上不仅仅有我的照片，还有很多其他女孩的，像龚峰这种报复社会的性格，很有可能就把它们都散播出去了。所以，请你们一定要早日抓住龚峰。”孙弟来急切地对刘畅说道。

刘畅想了想，难不成龚峰杀害陈润康的目的是为了那些裸照？不过是为了谁的裸照呢？总不可能是自己的吧？林彤？也不太可能，她突然回想起在龚峰书包里找到的那封情书。

“龚峰和陈润康的关系，你知道吗？”刘畅看着笔录问道。

“不清楚，但是陈润康和龚峰可能认识，因为陈润康和他女朋友林彤好像挺熟的。”孙弟来的情绪平复了些。

“有次我见到林彤好像在拜托陈润康什么事情，管陈润康叫陈叔。”孙弟来回忆道。

“林彤拜托他什么事情你知道吗？”刘畅嗅到了一丝线索的味道，把笔录放下，身子向前凑了些。

“这个嘛，记不清楚了，好像是和她男朋友有关系的。”孙弟来摇摇头。

“你再好好想想。”刘畅神色严肃了些，再次问道，这或许很关键，她本能地意识到。

孙弟来眉头紧皱，闭眼思考了好一会儿，“真的记不清楚了，好像提到了另一个女生，那个时候他们两个在说话，我在帮林彤做作业。”

“好吧。”刘畅也不勉强对方，但是孙弟来的话里提到了另一个女生，让她更加确定之前在龚峰书包里找到的那封情书与案子的关系。

刘畅起身准备离开，“谢谢配合，你可以走了，我送你出去吧。”

“你能明白我的心情吗，我看到陈润康死的时候心里的一块大石终于放下了，就像得了一场大病终于康复了。但我在卧室里找了找，本该放在那里的电脑消失了，那种落差……所以拜托你们一定要早日抓住这个龚峰。”孙弟来拉着刘畅的手，看着她的眼睛，激动地说道。

“我们一定会的，如果有什么情况、线索，一定要立刻通知我们。”

孙弟来郑重地点了点头，握着刘畅的手许久才放开。

送走孙弟来，刘畅决定再次前往红光高中调查，因为龚峰的动机实在是让人摸不着头脑，能打听到那封情书线索的地方，也就只有那里了。

驱车来到红光高中，仍然和上次一样，彭主任已经在外面等候。

“没想到周末了，同学们都还在学习。”刘畅看到时不时路过的学生。

“高三没有周末这一说。”彭主任笑了笑。

“不过也好，我们倒是方便了，不用一个学生一个学生地去找。”

“刘警官，这个龚峰还没抓到吗？”彭主任神色有些凝重。

“嗯。”

“这个小子，到底打算逃到什么时候，是我们红光的学生就应该坦坦荡荡地去自首。他如果还是个男人的话，就别躲躲藏藏的，难道他打算剩下的人生都在黑暗中度过吗？”

刘畅没有接下他的话茬，她想起上次在酒吧与胡晨的对话，“胡老师没辞职吧？”

“没，不过带完这一届他就打算不干了。这也要怪这个龚峰，有他这种学生，哪个老师受得了？真的是服了，要是换作我，我早就找个机会让他退学了。”彭主任自顾自地说着。

到了高三（十）班的门口，彭主任看了看里面，胡晨正在守着学生做卷子，不过比起之前那副颓废样子，现在看起来精神多了。

彭主任在门外招了招手，示意胡晨出来。

“彭主任？”胡晨有些疑惑地走出教室。

“还是这二位。”彭主任看向刘畅和陶子航。

“哦，我知道了。”胡晨说罢朝门内喊道，“二十分钟后，学习委员收下卷子，拿到我办公室。”

“去办公室说吧。”胡晨领着二人朝办公室走去。

“上次不是说龚峰有一封没有交出去的情书吗。”刘畅立刻说明来意。

“嗯，记得。”胡晨点点头，“这个和案情有关系吗？”

“我们现在想知道那个对象是谁。”刘畅说道。

“这个，很重要吗？”胡晨有些疑惑。

“嗯，很有可能和这两次的作案动机有直接关系。”

“两次？龚峰他又怎么了？”胡晨皱起眉头。

刘畅不小心说漏了嘴，也就不想隐瞒了，“他又犯案了。”

胡晨深呼吸一口，扶着额头，一时说不出话。

“详细的细节我就不说了。”刘畅等待着胡晨的心情恢复平静。

“我去找人。”胡晨没多说什么，径直走出了办公室。

过了一会儿，刘静仪来到办公室。

“说吧，你那些事情，二位警官已经知道了，所以不用再隐瞒什么了。”

刘静仪听后一惊，怯懦地看着众人。

“知道了？什么事情？”她的声音微不可闻，想要装傻，但演技太过拙劣，旁人一眼便能看穿。

“何卯生的事情，还有，那个时候的电话是谁打的？”刘畅直勾勾地看着刘静仪问道，想到那件事，刘畅看对方的眼神都变得严厉了些。

刘静仪看对方已经知道了何卯生的事情，低头沉默了一会儿，然后说道：“那个是龚峰打的。”

和刘畅最开始的猜想一样，刘畅和陶子航对视一眼然后问道：“他说了什么？”

“他说如果我们把他的事情说出去，他就把之前何卯生的事情说出去，而且还会找我们算账，我害怕，所以，所以我就……”刘静仪再次把头埋了下去。

“你确定是龚峰打的？”刘畅确认道。

“他说自己是龚峰，虽然用了变声器。”刘静仪说道。

“哦。”刘畅点了点头，“关于上次那个问题，龚峰对班上另一个女生有好感了，能继续说了吗？”

“我，我……”刘静仪似乎有些为难。

“你放心吧，龚峰他也不知道你有没有说出去啊，而且你都在学校里，他能有什么办法针对你？而且你隐瞒的话也算是一种包庇行为，你要想明白了。”刘畅威逼利诱道。

“好吧。”犹豫了半晌，刘静仪说道，“那个女生是林慧珍。”

“林慧珍？”胡晨有些惊讶地说道。

“对。”刘静仪点点头，瞟了胡晨一眼。

“但是，”胡晨挠了挠头，“林慧珍和李志强是青梅竹马，他们两个关系好，所有人都知道啊，龚峰不可能不知道。”

提到李志强，刘畅和陶子航心中浮现出那个戴着圆圆眼镜的文静少年，不禁有些感叹，现在年轻人的男女关系真是复杂。

“龚峰是知道，”刘静仪说道，“所以他没怎么表现出来。”

“那你怎么知道的？”刘畅问道。

“有一次，他给林慧珍递情书，结果被林彤看见了，两个人就吵起来了，林彤告诉过我。”

刘畅明白了，那封情书原来是这么一回事，而根据孙弟来的话，很有可能是林彤对林慧珍实施了某种报复手段，不过这对林慧珍来说可谓是祸从天降，被不知缘由地报复了。想到这里，刘畅立刻想要确认一下自己的猜想，随即，她便让刘静仪去将林慧珍叫来。

“这些事情你知道吗？”刘畅向胡晨问道。

“不知道，也不想管。”胡晨摇摇头，脸色有些难看，他拿起桌上的水杯喝了一大口。

不一会儿，办公室的门被打开了，来者是一个文文静静的女生，长得十分可爱。

“胡老师，您找我。”林慧珍小声地说道，怯生生地观察着刘畅和陶子航。

“嗯，你可以回答一下这二位的问题吗？”面对林慧珍，胡晨的声音也不禁放低，语气变得缓和了些。

“你好林慧珍同学，龚峰给你放过情书，你知道吗？”刘畅观察着林慧珍的表情，不过对方似乎没有太多的情感波动。

“知道。”林慧珍点了点头。

“你是收到了那封情书，还是听别人说的？”刘畅接着问道。

“林彤告诉我的。”林慧珍回答道。

“林彤？她可是龚峰的女朋友。”

“嗯，她觉得是我在勾引她男朋友。”林慧珍把头低了下去。

“那她是不是对你采取了什么报复行为？”

前面的铺垫，就是为了抛出这个问题，根据孙弟来提供的信息，她听到的那次谈话可能就是对林慧珍的报复行为。

“嗯。”林慧珍轻声回答道。

“能具体告诉我们发生了什么吗？”

“这个……”林慧珍变得支支吾吾，眼神迷离，似乎是不想提起这件事情。

“没关系的，我们两个都是警察，而且现在当事人都已经不在了，你可以安心告诉我们，不用怕。”刘畅轻声说道。

林慧珍似乎在做着激烈的思想斗争，眉头微皱。

过了一会儿，她说道：“林彤把我约出来，在学校后山见面，然后……”

“然后？”

“我那天就去了，到了后山上，我看见她之后向她打招呼，然后我就被什么人从背后给迷倒了。”林慧珍声音越来越小。

“迷倒了？”

“嗯，之后我就什么都记不清了，我醒过来的时候，已经是晚上了，我还不知道发生了什么，身上也没有什么地方觉得疼，林彤就在我旁边，我问她发生了什么，她好像有点愧疚，但是什么都没说，然后把我给送回了家。”林慧珍时不时地停顿。

“所以林彤到底对你做了什么？”

“我也不知道，之后也问过她，她也不回答我。”林慧珍摇摇头。

在刘畅的脑海中，已经出现了大概的思路，林彤应该只是想让陈润康叫上人吓唬一下林惠珍而已，没想到陈润康那群人根本不是那个意思，可能是看到林慧珍之后见色起意，但是最终应该是被林彤拦下来了，不过很有可能在中途拍了些不雅的照片。

然后龚峰便生气报复二人？刘畅对这个自然而然浮现出的答案有些不满意。

胡晨在一旁听得气愤不已，生气地问道：“这种事情为什么不早点说？”

“因为，我也不知道发生了什么。”林慧珍不敢看向胡晨。

“之后呢？还有人找过你麻烦吗？”刘畅问道。

“之后，之后就没发生过类似的事情了。”

“我明白了。”刘畅点点头，“同学，你先回去上课吧。”

林慧珍点点头，走出了办公室。

虽然大概理清了其中的缘由，不过对破案好像没多大帮助，而且还有一点想不通，难道龚峰是为了给林慧珍抱不平，所以把他们俩都杀了？

三人沉默了一会儿，刘畅说道：“还是有点怪啊。”

“有空让林慧珍去看看心理医生，别留下什么阴影。”刘畅临走时又回头对胡晨说道。

说罢，二人离开学校，但是刘畅感觉心里的谜团依旧没有解开。

本以为陈润康的死，会带来龚峰的线索，但是这个少年就像一阵风、一股烟，不留下痕迹，没有目击证人，也没有其他线索，对龚峰的抓捕工作又陷入了僵局。

“谢谢二位了。”一位看上去很年轻的民警说道，脸上充满了感激的神色。

“没事。”刘畅摆摆手。

又是一次抓小偷的差事，只是戴着黑帽、黑口罩，二人不得不又跑一趟。

二人走出派出所，陶子航有些无奈地叹了口气。

“叹什么气？”

“没什么。”陶子航摇摇头，“只是记不清楚这是第几次了。”

“第 5 次而已。”刘畅揉了揉自己的太阳穴。

“龚峰龚峰在哪里？”陶子航也学着小张的语气哼了起来，这几天实在是让他们忙得够呛。

二人还在回警局的路上，刘畅的手机响了，电话那边是小张焦急的声音。

“畅姐，你在哪儿？”

“回警局的路上呢，怎么了？”

“那行，你快回来看看吧。”

“什么事？”

“一时半会儿说不清楚，局里说。”

“好，我马上到。”

挂断电话，二人快速驶回警局。

“畅姐。”小张见刘畅回来，立刻喊道。

“怎么了？”

“快看看吧。”小张桌旁的人让出个位置，刘畅向里凑了凑，陶子航仗着自己的身高优势，在后面也能够看清内容。

刘畅看着屏幕，上面正呈现着一个网页，仔细一看内容，刘畅立刻一惊。

网页看起来十分简单，主页上的标题是“正义使者龚峰”，正楷大字在整个网页的最上方，下方有好几个分栏，分别是本站介绍、已处决、待处决候补投稿、处决投票。

“这是什么啊？”刘畅看向众人问道。

“你先看看这个吧。”小张点开已处决的分栏。

屏幕上显示出一张陈润康的照片，下面还有一行文字：

陈润康，此人罪行有放裸贷、诈骗、逼良为娼等。身份证号：××××××××××××××××××，年龄：39岁，民族：汉族，家庭住址：A市九龙坡区大新路××号14-03。

最后还有几个大大的红字：已处决。

看完整个网页的内容，刘畅愣了几秒，“这？这不是……”

小张点了点头，“对，就是我们发现的那个陈润康。”

“什么意思？”刘畅还是没明白到底是怎么一回事，陈润康的案子没有和外界公布，一般人是无从得知的，更不用说了解得如此详细，难不成真的是龚峰本人创立的网站？不可能不可能，肯定是哪里走漏了消息，刘畅立刻打消了心里的这种想法。

“你看看这个就知道怎么回事了。”小张点开了另一个专栏，本站介绍。

本站为龚峰本人主持的曝光台，各位可以踊跃投稿（仅限A市）。每两天为一个周期，第一天，所有投稿的内容都会进入候补区并进行票选，然后在第二天中午12点票选结束，龚峰本人将对票选的第一名执行处决。

看了这段说明，刘畅大概明白这个网站是什么意思了，简单地说就是一个票选杀人的网站。不过在刘畅看来，这样简陋的网站，看起来就像个才学做网页没几天的家伙做出来的东西，却要用来决定人的生死，简直就是在开玩笑。

“你们怎么找着这个网站的？”刘畅向小张问道。

“网上传的，那个陈润康死了之后，这个网站就火了。”小张回答道。

“朋友圈不久前在传，我开始还以为是什么恶作剧。”围在桌旁的人也说道。

“技术科的人在干吗，赶紧把这网站封了，查IP，把弄这个网站的人赶紧抓起来。”刘畅说道。

“刚才技术科的已经说了，这是个海外IP，咱们封不了，现在已经限制访问了，但是挂上VPN还是可以浏览。”小张摇摇头说道。

“这个人冒充龚峰，到底想干什么？”刘畅皱着眉头说道，她仍然不相信这个网站的创立者是龚峰。

“畅姐，这个大概不是冒充的。”小张摇了摇头。

“什么意思？”

“你看这个。”小张点击了一下陈润康简介后面“已处决”的红字，一张图片弹了出来。那是一张被打满了马赛克的图片，大致能够看清个轮廓，像一个人倒在地上的样子，背景正是刘畅去过的陈润康家的客厅，也就是案发现场。

刘畅陷入思考，这张图片的确可以说明这个网站对陈润康的死是确定的。换句话说，很有可能与陈润康的死有直接关系。问题是这张图片的来源，如果这个网站就是龚峰创立的，他的目的是什么？难道仅仅是哗众取宠？如果这张图片是龚峰发给其他人的，其他人利用这张图片，目的又是什么？龚峰是有心发给他人，还是无意泄露出去的？

“那我们把投票数最高的保护起来，不就完了吗？”陶子航说道，“而且如果真的是龚峰，这不是一个抓住他的好机会吗？”

“没用。”小张叹了口气，操作鼠标，移动几下，打开投票分栏。

网站下方的表格里已经密密麻麻地写满了人的名字和那些人所做的事情，但是却没有得票数，分栏下面有两行小字：

1. 请将信息填写完整。

2. 为了避免处决候补人被警方保护，票数将在处决后公开。

“可恶。”陶子航有种被看透心思的感觉，一只手握拳，捶在另一只手掌上。

“陈队知道了吗？”刘畅看了一眼陈宇的办公室。

“陈队知道，正在挨训呢，在唐局办公室里。”

正说着，陈宇就走进了科室。

“在背后议论我？”陈宇拍了拍小张的背。

“没有，没有。”

“网站的事情，现在网上已经传开了，虽然网站已经限制浏览了，但是现在各种 VPN 太多了，服务器又在海外，没有办法直接封停，我们能做的是什么？”陈宇向众人问道。

“赶紧把网站的创立者抓住。”众人苦笑着附和道。

“对。”陈宇也苦笑着点点头，“刘畅，这件事你怎么看？”

“目的还是想不明白，但是这个投票应该是假的，也就是说，网站的人事先把自己想杀的人投稿，然后把他杀害，宣称那个人是票数最高的。”刘畅说出了自己的想法，“把自己搞得像个英雄似的，明明只是个逃犯。用网站的幌子，杀掉自己想杀的人，看起来像是在为民除害，不过就是个披上正义外衣的杀人犯而已，无论他是不是龚峰，都必须尽快捉拿归案。”

“也就是说，被杀的人的确是被放在了候选人那个分栏里面的吗？”陈宇问道。

“应该是的，否则被人发现被宣布票数最高的人根本没有出现过，肯定会被质疑。虽然不知道他的目的是什么，但这样对他的目的肯定不会有好处。”刘畅分析道。

众人也纷纷点头表示同意。

“现在就算他把真正的目标放在了候选名单里，我们也找不出来啊。”小张把候选名单拉到底下，下面显示还有几百页。

“热心市民太多了。”陈宇叹了口气，语气有些戏谑。

名单里什么样的人都有，黑心老板、贪污的官员，或者是什么小混混，甚至还有市长的名字。理由也千奇百怪，什么是其他国家派来的间谍，或是希特勒转世将来会引发世界大战，什么莫名其妙的理由都能看见。

“技术部的人正在努力和海外的服务器沟通，我们先把这些理由比较正常的都记录下来。”陈宇看着网页说道，现在他能够想到的方法，也只有这一个了。

“哇，这么多，陈队，你开玩笑？”小张一脸不可思议地看着陈宇。

“谁让我们现在没线索呢，如果这个网站的幕后人真的是龚峰，他建立这个网站就是为了给自己的犯罪编个冠冕堂皇的理由，我们只要通知那些目标，再暗中保护，如果他真的敢有所行动，我们很有可能可以直接抓住他。”陈宇说道。

“但是……”小张欲言又止。

“人数问题是吧，我知道，到时候我会拜托局里的，按照这个网站的说法，明天投稿就结束了，大家加把油，今天通宵吧。”

众人纷纷点了点头，然后散开，回到自己的位置上开始工作。

科室里除去固定出外勤的，还有 6 个人，一个页面有一百多个人选，有许多都是重复投稿，但是要过滤掉他们也是需要时间的，分下来每个人也有接近一万条。在理由正常的里面还要验证这个人是否存在，最要命的是，这个候选人名单还在不断地增加，到今晚的 12 点才会停止。

整个科室陷入紧张的气氛之中，每个人都快速地浏览着网页，时不时停顿，将可能的人选名字记录下来。

就这样到了晚上 12 点，候选人名单的页数已经有两千出头了。

“呼，这该死的页数终于不再往上跳了，我每刷新一次页面，都是好几十页好几十页地跳，吃个饭的工夫，往上跳几百页。”小张松了口气，站起身活动了下筋骨，他电脑屏幕上的一个文档里已经记录了超过 100 个名字。

“小张，你的看完了？来帮我分点呗。”陈宇说道，顺手拿起灌装咖啡喝了一口。

“没，还有几十页，陈队你还剩多少？”

“一百多。”陈宇滑动着鼠标滚轮，看着屏幕说道。

“畅姐呢？”小张看向刘畅。

“做完了，在核对这些人的信息。”刘畅头也不抬地说道。

“这么快？”小张有些惊讶，他以为自己是最快的一个，本来还想休息一下的他，立刻又回到了位置上。

“陶子航人呢？偷懒去了？”小张环顾了科室一眼。

“我让他买夜宵去了，等会儿我们休息下吧。”刘畅说道。

凌晨 1 点左右，从科室的窗户向外看去，整个城市都处于一片寂静中。

所有信息都已经过滤完了，所有人都疲惫不堪，办公桌上摆着红牛、咖啡罐还有些零食包装袋。

刘畅喝了口咖啡，继续着工作。

陈宇点了滴眼药水，揉了揉太阳穴，“信息都过滤完了，我们把个人信息统计一下，再分了核对身份吧。”

所有人过滤后的信息总共五百多条，众人开始对这些身份进行核对。

天色渐渐转亮，温暖的阳光照射整个城市。

最终的名单被锁定在了 5 个人身上，众人把他们的信息简单地统计在一起。

李育良，46 岁，男，A 市市委书记，投稿内容是贪污腐败。

黄果树，44 岁，男，无业，投稿内容是组织过人口贩卖。

林虎彪，39 岁，男，A 市某建筑公司董事长，投稿内容是强拆、原黑社会组织头目。

田灵敏，27 岁，女，无业，投稿内容是职业小三。

张鑫，23 岁，男，A 大学生，投稿内容是制作恶意病毒。

这些投稿都写得有板有眼，所谓证据也都贴在了上面，理由正常、个人信息完整而且正确的也就只有这 5 个人了，可以说是大浪淘沙中最后剩下的。

“看样子这次不需要找局里调派人手了，5 个人，我们还忙得过来，按照网站上说的，今天是投票的日子，如果他遵守自己的规定，也就是说我们只要在今天之内把这 5 个人找到，而且保护起来就行了。但问题是对方到底想干什么？想不通。”陈宇瘫在椅子上疲惫不堪地说道。

“我先眯一会儿，午饭时间叫我。”小张趴在桌子上说道，说着说着眼睛已经合上了。

“李育良不用找了，在市政楼坐着的，等会儿我给局长说下情况，请他跟李育良说明下，陶子航，你去吧，给他当两天的保安。"陈宇说道。

"好。"陶子航点点头，他的眼圈有些微微发黑。

"黄果树就我去吧，这个人我知道。"正埋着头的小张抬起头来自荐道，"的确搞过人口贩卖，不过证据不是很充分，只关了十年就放出来了，出来也有好几年了吧。"

"林虎彪，你熟吧，刘畅。"陈宇看着名单说道。

"嗯。"刘畅点点头。

"他应该也不需要什么保护，这个你去吧，把情况说一下就行了。"陈宇说道。

"行吧。"刘畅回答道，陈宇说得没错，要是连林虎彪都能搞定，对方也不需要弄什么网站这些花架子了。

"张鑫这个大学生，直接把他请到局里'喝茶'算了，联系下，要是情况属实就直接拘了，也算保护他了。"陈宇安排道。

"最后一个田灵敏，有人认识吗？"

众人摇摇头。

"算了，这个就我来找吧，但是这种女人，手机号好几个，查也查不到，难找得很啊。就这样吧，剩下的在局里待命。"陈宇站起身说道。

众人纷纷开始行动。

没了陶子航，刘畅只得自己开车来到林虎彪的住宅。和上次一样，管家已经在外面等候了。

"请跟我来。"

刘畅点点头，跟了上去。

来到客厅，林虎彪已经在沙发上等待了。

“刘警官，有这空闲来我这儿，不如去多找找龚峰的线索。”林虎彪神色有些不悦，他翘个二郎腿，靠躺在沙发上，居高临下的样子。

“我是来确保你的安全的，龚峰很有可能会来你这儿。”刘畅说明道，林虎彪的态度让她很不爽。

“刚才记者也来过，给我说了那个破网站的事情，如果龚峰是真的要来杀我，那我就谢天谢地了。”林虎彪冷笑一声，眼底闪过一丝寒光。

“只是有可能，而且不一定是龚峰，可能是有人冒充他。”刘畅解释道。

“所以你就是为了这种不靠谱的线索在我这里浪费时间？”林虎彪看着刘畅，语气不善地说道，“而且那个网站上写的那些有的没的，还说我为了拆迁，放火烧钉子户？这些谣言你们公安都不管？就因为我之前进过局子？”

一时间二人之间的气氛有些紧张。

“陈润康死了，听说也是龚峰干的，你们警察现在都还在让他逍遥法外。”林虎彪摇摇头，“七天的约定已经没有几天了，满打满算也就两天了，刘警官。”

刘畅当然不会被这种阵势吓到，她撇了撇嘴说道：“我知道，你想怎么做是你的自由。”

“当然。”

“看样子你也不需要什么保护，我看龚峰也不会傻到对你有想法。”刘畅瞟了一眼周围，屋子的角落里分别站了好几个身强力壮的男子，应该就是保镖了。

林虎彪自然明白刘畅的意思，也不多说什么，转身就让身旁的管家送客。

“不必了，对了，这个还你，还算有点帮助。”刘畅从兜里拿出那个盘龙戒指放在桌上，起身向外走去。

这时陶子航赶到市政大楼，按照陈宇的安排，他现在正在市委书记的办公室内。

一个带着铁框眼镜的中年男人正满脸愁容地看着电脑屏幕，桌上还放着一块铁质立牌，上面写着：市委书记李育良。

陶子航坐在办公室的沙发上，由于通宵赶工的缘故，此时的他就如同在钓鱼，头缓慢地一上一下，眼皮也时不时地在打架。

“警察同志，你看这个上面写的，简直是诬陷啊。”李育良有些激动，指着屏幕喊道。

“怎么了？”陶子航摇摇晃晃地站起身来，走到李育良身旁。

李育良正在浏览龚峰的小站，页面上是关于他的投稿。

“你怎么还能浏览这个网站，不是已经限制浏览了吗？”陶子航有些好奇。

“我有 VPN 啊。”李育良理所当然地说道。

“哦。”陶子航忍住了吐槽，缓缓地点点头。

“先别管这些，你看看这个，说我包养情妇，还一包就是 4 个？这，这不是诽谤是什么？我可是好官，同志，真的。”李育良气得拍了拍桌子。

“但是，上面有照片啊，你往下拉点。”陶子航指了指屏幕，网页上显示着他分别和好几个女人出入一栋高档别墅的照片。

“小同志，你不能别人说什么你就信什么啊，这照片，这照片……”李育良一下子有些语塞，然后立刻说道，“这个肯定是PS的，你看，现在监察委的人都没来找我，我还能在这办公室里安安心心地坐着，这就是最好的证明。”

“好吧。”陶子航勉强相信了他的话，但是其实这些对他来说都无关紧要，回到沙发上，陶子航对满脸愁容的李育良说道，“反正身正不怕影子斜，您也不用太在意。”

“也是，也是。”李育良自我安慰般地点了点头。

“咚咚咚。”突然传来一阵敲门声。

李育良一个激灵，缓缓看向门，用有些颤抖的声音问道：“谁，谁啊？”

“我，小高，资料我给您拿来了。”门外传来一个年轻的声音。

“小高啊，进来吧。”李育良松了口气，他好像在畏惧些什么。

小高开门进入办公室，看了一眼沙发上的陶子航，向后退了退，“您这是会客呢？不方便的话我等会儿再来。”

“不用，不用，不用管他。”李育良摆摆手说道。

“哦。”小高用疑惑的眼神看了一眼陶子航，走到办公桌前，把一摞资料放在了桌上，关切地问道，“李书记，您没事儿吧？”

“我能有啥事儿啊。”李育良说着，用手擦了擦额头上的汗珠，“那些造谣的人真该早点抓起来。”

“哦，那我走了。”说完小高看了陶子航一眼，转身离开，“李书记，保重身体。”

小高走后，李育良长出一口气，开始翻看起刚才小高给的那些资料，不过他翻页的动作都不怎么流畅了。

陶子航眼睛半睁半闭，瞟了一眼李育良，轻轻嗤笑一声。李育良的反应完全像一只惊弓之鸟，不过他到底是怕谁，陶子航也拿不准，是怕有人来取他性命，还是害怕监察委把他带走，这可能也只有他本人才知道答案了。

过了十分钟左右，又是一阵敲门声，陶子航和李育良都向门的方向看去。

“小高，还有什么事儿吗？进来吧。”李育良抬起头来。

门开了，但外面的人却不是李育良所想的小高，而是两名穿着便装的男人。其中一人拿出证件说道：“我们是监察委的。”

李育良倒吸一口凉气，勉强挤出个微笑，用略微颤抖的声音说道：“二位有何贵干啊？”

带头的拿出一张纸，神色冷峻，“搜查证。”

一字一句像是扎在了李育良的心头。

“什么？”李育良颤颤巍巍地站起身来，缓缓走到二人面前，想把搜查证拿过来看看。

“这位同志，我，我这儿可什么都没有啊，查什么？”李育良声音颤抖，看着二人说道。

带头的监察人员并不理睬，向门外喊了一声：“进来。”

立刻从门外进来四五个人。

“找找吧。”

进来的人立刻开始在办公室里搜查起来。

“这是客人吗？麻烦请先出去一下。”带头的监察人员看向沙发上的陶子航说道。

“不是，我是市公安局的，算是在保护他的安全。”陶子航回答道。

“哦，那个网站的事儿是吧，我们看着，他安全肯定没问题的，你要是一定要跟着也没问题。”

“那我还是跟着吧，你们要是把他抓了，我跟局里也算有个交代。”陶子航说道。

“行，那你看着他吧。”

李育良在一旁看着自己的办公室被翻来找去，呼吸急促，额头不停地冒汗。

一名监察人员准备打开柜子，却发现柜子上了锁。

“那个，那个东西不能打开，那个是机密。”李育良赶紧上前阻止，挡在柜子前。

“机密？”

“对对。”李育良连忙点头，看样子是不想让对方动那个东西。

“你们市长那里我们已经通过气了，让我们看看，也无妨吧。”带头的监察人员凑到李育良身旁意味深长地说道。

“那，那行吧，我去……给你们拿钥匙。”说完李育良便转身离开了办公室。

陶子航和几名监察人员赶紧跟了上去。一出办公室，李育良拔腿就跑，完全不顾形象，把身前的人用力推开。

“站住！”几人立刻开始追赶。

李育良大腹便便，哪里跑得过这帮小伙子。还没跑出几步，几个人就把他摁在了地上。

“继续跑。”一个监察人员冷哼一声，戏谑地说道。

李育良趴在地上万念俱灰地说道：“我错了。”

几人把他架回办公室，“开柜子。”

“嗯。”李育良放弃抵抗一般地点点头，指了指桌角的一盆盆栽，“钥匙在下面。”

整个柜子，就只有一个黑色小盒子放在里面。打开盒子，把里面的东西倒在桌上，一共是五把钥匙，还有七八张卡。

“刷卡机带了吗？”带头的对着身后的人说道。

“带了。”

“把这些卡刷刷看。”

“不用了。”李育良小声说道，“三千五百六十二万九。”

“卡里一共三千五百六十二万九，人民币。”李育良又重复了一遍。

“那行，再上你家搜搜看吧。”带头的监察人员拍了拍李育良的肩，然后转身对陶子航说道，“这家伙我们是抓定了，你还要继续跟着吗？”

“不用了。”李育良最开始的表现就让陶子航对这位书记没什么信心了，现在证据确凿，更不用怀疑了。

监察人员走后，陶子航也离开了市政大楼。

“喂，陈队吗？我这边目标已经被监察委的给带走了，好，我知道了。”陶子航简单地向陈宇汇报了下情况。

陶子航回到警局，此时刘畅也已经回来了，正在看着资料。

“前辈，你那边也完事了？”陶子航问道。

“我好心过去一趟，结果还被一顿教训。”刘畅摊了摊手，露出无奈的表情。

“我那边更搞笑，刚在那儿不到半天，就有人来接手我的工作了。”陶子航坐回自己的位置。

“怎么了？”刘畅看着资料问道。

“被监察委的给带走了，光办公室就有几千万的卡。”

“有意思。”刘畅笑了笑。

至于其他人，除了陈宇之外都已经找到了要保护的目标。那个叫田灵敏的女人也不知道是不是自己害怕了，离开了A市，一时半会儿根本找不到人影。

第六章　披上名为正义的外衣（下）

已经到了网站上投票结束的时间，中午 12 点，也就是说对方很有可能要开始行动了。

陈宇有些沮丧地回到科室。

“陈队，人还没找着？”刘畅看到陈宇的表情问道。

“对，能找的地方都找了。”陈宇有些惭愧地点了点头，所有人都已经把任务完成了，唯有他这个布置任务的人还没有结果，他有些过意不去。

陈宇已经把田灵敏的家，还有和她有关系的男人的家找遍了，都没有线索。

而且前几天田灵敏还有开房记录。交通局那里也查过了，她没有买过出市的车票，也就是说她现在应该是没有离开 A 市的。

“哎哎，你们快过来看！”陶子航突然冲着二人喊道，指着自己桌上的电脑屏幕神情激动。

屏幕上是那个龚峰的小站，简单的页面上突兀地多了一个播放窗口，占据了网页的大部分。

二人看到之后愣了几秒。

视频播放窗口里是一个被绑在椅子上的女人，好像失去了意识，一动不动，背景像是在一间地下室内，四周没有窗户，地下室内还有一台正在播放的厚重老式电视机。

“田灵敏？”陈宇神色紧张地指着屏幕上的女人说道，在之前寻找田灵敏的过程中，他看过许多她的照片，此时在屏幕上的人虽然眼睛被蒙住，嘴巴也被塑料胶带封住，但是通过轮廓还是能够依稀辨认。

“和田灵敏很相似。”陈宇向屏幕凑近了些。

“电视里在播放什么？”刘畅指了指视频中的电视。

“看不清楚。”陈宇眯上眼睛。

在视频播放窗口里，电视机的屏幕就像是一个散射亮光的大灯泡，什么都看不清。

“音量调大。”

陶子航照做，将电脑的音量调至最大，这个视频才勉强有些声响。

三人侧耳倾听，隐隐约约听见视频中主持人的声音，“接下来有请嘉宾陆亦硕。”

陆亦硕是当红的影视界小鲜肉，微博粉丝量有好几千万。

“陆亦硕？现在有没有哪个节目陆亦硕是嘉宾？”刘畅拿出手机立刻开始查了起来，“A 市 1 台正在播陆亦硕的访谈节目。”

“声音放出来，对比一下。”陈宇说道。

“陆亦硕，你对这部新剧，有什么看法？”

电脑微弱的声音和手机里的声音重合上了。

陈宇听后立刻问道：“这个节目是重播吗？”

“不是。”刘畅回答道。

也就是说现在，这个视频也是直播。

三人一阵沉默。

“他弄这个直播的意义是什么？”陶子航看着视频说道。

“他可能要直播杀死田灵敏。”刘畅咽了口唾沫，对方的目的让人不寒而栗。

“这里到底是哪里？”陈宇盯着视频，陷入了思考之中。

视频中的地下室里除了被绑在椅子上的女人和那台老旧电视机，就没有其他东西了，要通过里面的东西来辨别位置，实在是不太可能。

刘畅在屏幕前用手比划了比划，“这个地下室面积大概在 12 平方米到 16 平方米之间，快查 A 市哪些地方有这种户型的地下室。”

“嘘。”陈宇做了个噤声的手势，小声地对陶子航说道，“让技术科的人过来，赶紧。”

“怎么了？”刘畅疑惑地问道。

“嘘，仔细听，好像有敲门的声音。”

敲门声十分微弱，应该不是地下室的门传出的，屏气凝神，隐隐约约还能听见人声，只不过完全听不清楚在说什么。

陈宇拿出手机，将录音开启。

科室里一片寂静，只有电脑里传来的微弱嘈杂的声音，过了十几秒，陈宇关掉录音，把手机递给技术科的人。

“把这段录音调到最大声，把里面的杂音去掉。”陈宇对技术科的人说道。

过了几分钟，技术科的人走到陈宇身旁轻轻说道：“好了。”

“把这个直播全部录下来，尤其是声音。”陈宇对刘畅说道。

陈宇来到技术科的科室，技术科人员交给他一副耳机，陈宇戴上耳机，技术人员开始播放。

声音清晰了不少，而且音量也已经变成了比较正常的大小。

陈宇闭上眼睛仔细倾听。

先是一阵敲门声，然后便是刚才听见的微弱人声，陈宇立刻神经紧绷，所有的注意力全部集中在耳朵上。

“外卖，外卖，有人在家吗？您的炸鸡饭，有人吗？”

那人断断续续地喊了几声，可能是觉得屋里没人，便不再喊了，之后就只有老旧电视放出的声音了。

“老杜，联系一下外卖公司，刚才那个时间段，有没有人定炸鸡饭，而且没有收货的，快。”陈宇急切地说道。

“知道了。”被称为老杜的技术科人员点点头。

陈宇在他身旁坐立不安地等待着。

过了十分钟左右，老杜兴奋地喊道：“有，的确有一个。”

“地址？”

“江北区丽水别墅，9单元2号。”

半个小时不到，老杜所说的地址已经布满了穿着便衣的警力，隐蔽在周围伺机而动。

刘畅也在其中，她和几个人正在外围看着龚峰小站的直播，不过此时她的心情有些复杂，她觉得这个线索来得太奇怪了，为什么会在那个时候定外卖，而且还没人开门？难道只是巧合？不过现在也顾不上这么多了，直播中田灵敏的样子并不乐观，可能已经很久没有进食饮水了，只有时不时微微的动作能够证明她至少还活着。

陈宇带着几个人站在门前，敲了敲门，“物业的，在家吗？你们家的外卖现在在保安室，在的话应一声。”

等了接近一分钟，里面完全没有动静。

陈宇做了个手势，一个警务人员拿着猫眼反窥镜贴在猫眼上，向里看去，然后摇了摇头，示意里面并没有人。

陈宇轻轻说道：“开锁。”

那人立刻拿出工具蹲在门前开始作业，很快，门便被打开了。

陈宇和随行几人立刻鱼贯而入，整个屋子占地面积有两三百平方米，还有二层，粗略确认屋内没人后，众人来到地下室门前。

陈宇把耳朵贴在门上，隐隐约约能够听见里面电视的声音。

门并没有被锁上，只是好像有什么东西堵在后面。

陈宇又做了个手势，随行几人向后退去，然后抱肩撞向门。

门一下子被猛地撞开，随着门的打开，屋内响起某种东西被贯穿的声音，一大股鲜血洒在了撞门而入的人身上。

所有人都惊呆了，被绑的女子已经和椅子一起倒下，扑倒在地上，一把尖刀贯穿了她的胸腔，她挣扎几下，就没动静了。

众人愣了几秒，陈宇还没明白过来发生了什么，他本能地喊道：

“进来一个人，看看她情况怎么样！”

一个穿着制服的男子谨慎地走到田灵敏身前，蹲下身去。

“没气了。”

“先把那个手机关了。”陈宇指着被粘在门楣上的连着充电器的手机说道，看手机屏幕上的画面，应该就是直播工具。

陈宇心中涌起一股莫名的恶心，一阵不好的预感缓缓席卷全身，虽然他没有明白到底发生了什么，但是有一点可以确定，自己鲁莽地闯入导致了这一切。

这时，在外面待命的刘畅发现异样也赶了过来。

“刚才到底发生什么了？”陈宇问道。由于发生得太快，陈宇等人根本没有反应过来，但是在外面看着直播的人应该很清楚。陈宇看向刘畅，希望对方能够给他答案。

刘畅撇了撇嘴，感觉三言两语讲不清楚，索性将刚才录制的视频拿了出来，交到陈宇手里，自己走到一旁开始在门上找些什么。

画面上仍然是那个被绑在椅子上的女子，她安静地坐在那里，突然门被猛地打开，那个椅子突然像被绊倒了一般倒向了视频中看不见的边缘，然后便是鲜血四溅。

“应该就是这个了。”刘畅蹲在地上，眼睛贴近地下室的门说道。

“什么？”光是看这段录像，众人还是没有明白到底发生了什么。

刘畅拿出自己的手机，打开手电筒功能，向门上照去，木门上一颗铁钉旁，只见一条细钢线正在反光，一端缠在钉帽上，一端向屋内延伸，顺着这条细线往屋里走去，细线穿过倒下的椅子的空隙，一直延伸到墙上，墙上也是相同的钉子。

原来如此，陈宇心中大概明白了。钢线在门和墙之间连接，中间在椅子的一条腿上缠绕，用力一开门，椅子就会向一端倒下，刀子本身就被固定在了地上，头朝上，那女人一旦倒下，便会被固定的刀子立刻贯穿。

“陈队，现在怎么办？”一名警务人员问道，神色有些慌张。

“该怎么办就怎么办，勘察现场。”陈宇心中燃起一团火来，他们像是一步一步走进对方陷阱的兔子，一直把自己当作猎人的陈宇感觉到无法言表的耻辱。不仅仅是他，所有在场的人内心都无比复杂。

过了一会儿，陈宇的手机响了，一看来电显示，陈宇有些慌神。

“唐局？什么事儿？”

“什么事儿？你现在还在那个现场吗？”

“什么现场？”

“别跟我装愣，你先回局里。”

面对唐局长强硬的态度，陈宇只好同意，不过看这反应速度，大概唐局一直都在关注着整个直播。

“刘畅，这里的工作交给你了，唐局长叫我。”陈宇有些无奈地说道。

“嗯。”刘畅点点头，用有些担忧的眼神看了他一眼。

过了一会儿，一位警务人员将一个穿着保安制服的人带到了刘畅面前。

“警察同志。”那人二十岁左右，是个年轻的保安，脸的轮廓有些冷峻，个子不高，只比刘畅高出一点儿，此时他神情有些紧张，有些畏惧地看向刘畅。

“这个房主是谁？”刘畅问道。

保安拿出一个文件夹，里面是整个小区的住户资料。

“这个房主的名字叫李宇。”保安犹豫了一会儿又说道，“但是其实那个是假身份，他好像是我们市的市委书记，之前还有监察委来查过的，叫李育良。”

刘畅有些诧异，心中暗想，这难道只是巧合？

“其实，有个奇怪的地方。”保安有些支支吾吾地说道，“监察委的人带着李育良走后，又回来了一趟，还，还找我要了钥匙，不过我当时感觉有些奇怪。”

“怎么了？”看着保安的这副态度，刘畅就知道，肯定坏事了。

“他就一个人，还提了个蛮重的大行李箱，我看他一个人费劲，还帮他搭了把手。”

“你就把钥匙给他了？”刘畅有些气愤地看着保安。

听了刚才保安的话，刘畅明白了，之后来的冒充监察委的估计就是设计一切的人，因为他知道李育良的别墅一定会被搜查，而那大行李箱里面装的，可能就是田灵敏。

“因为，之前监察委的才走，所以我也没太怀疑他的身份。”保安眼神有些闪躲，似乎意识到自己闯祸了。

刘畅深吸一口气，也不知道该对这个保安说些什么，“算了，带回去录笔录。”

公安局，局长办公室。

“你出名了你知道吗？”唐局长似笑非笑地说道，身子靠在椅子上看着陈宇。

陈宇低着头一句话也不说，一副已经放弃解释的样子。

“你倒是说点什么感想啊。”

“没什么感想。”陈宇摇摇头。

“啊？没什么感想！”唐局长随手抓起一本册子，重重地拍在了桌上，“那个什么狗屁龚峰小站，你没什么感想？还直播杀人？你还去帮忙？你没感想？”

面对满腔怒火的唐局长，陈宇把头埋得更低了，这次的确是他的操作不慎而导致的悲剧。

“这事儿出了之后，我已经把电话线拔了。”唐局长指着桌上的座机说道，“都是来问我，哎哎，唐局长，那个人是不是你们那儿的刑警队长？”

唐局长说得绘声绘色，不过陈宇现在却不敢笑。

“我没穿制服，应该没这么快就被认出来吧？”陈宇说道。

“还挺聪明是吧？我也不想和你废话了，陈宇，你也算我带过的，我也给你个机会，这件事情闹大之前，把凶手抓住，无论对方是不是龚峰。”唐局长拍拍陈宇的肩，“不然这制服你就永远别穿了。”

唐局长的言下之意已经很明白了，要么抓到人，要么滚蛋。陈宇咽了口唾沫，缓缓地点了点头。

另一边，询问室里。

“名字。”刘畅面无表情地看着对方。

“蒲宏志。”

坐在刘畅对面的便是刚才那位保安，此时神情慌张，看样子他已经彻底明白自己都干了些什么了。

“那个人的样子看清楚了吗？”刘畅问道。

“看倒是看清楚了。”蒲宏志回答道。

“那对方长什么样，描述一下。”刘畅朝门外看了一眼，进来一个穿着制服的年轻女子，拿着一本素描册坐在了刘畅身旁。

年轻女子名叫姚亚楠，是局里技术科的人，兼职做刑事肖像画师，此时是千万不能把龚峰的照片拿出来给对方看的，那样很容易就会误导对方，最好是肖像画师完成绘制之后再让他比对。

蒲宏志好奇地看了她一眼。

“你说吧。”刘畅提醒道。

“看起来二十来岁，头发有点长。”蒲宏志说道。

“脸的轮廓如何？”姚亚楠拿起一支铅笔问道。

“她是局里的刑事肖像画师，就是通过你说的特征来复原罪犯的样子。”刘畅解释道。

“哦。”蒲宏志点点头，“脸的轮廓嘛，不是国字脸，也不是瓜子脸，二者之间的感觉吧，像这样。”说着蒲宏志用手比出个轮廓。

蒲宏志挠挠头，注意力放在了姚亚楠的素描册上，她正在还原着蒲宏志所说的脸形。

“这样吗？”姚亚楠把素描册转向蒲宏志。

“差不多就是这种感觉。”蒲宏志点点头。

“把五官描述一下吧。”姚亚楠说道。

“眼睛是双眼皮，和你的很像，睫毛也挺长的。”蒲宏志看着姚亚楠说道。

二人一问一答，时不时讨论确认，过了十几分钟，一张大概的草图完成了，一个二十岁左右青年的肖像画出现在素描册上。

“是这样吗？”姚亚楠问道。

“差不多，但是不知道怎么说，不知道是哪里不像。”蒲宏志皱着眉头，看着素描册上的肖像画说道。

此时询问室的门被敲响了，还不等刘畅回答，门外的人便进来了。

“陈队？”刘畅看陈宇神色有些憔悴，她看了蒲宏志一眼，离开了询问室。

二人来到刑警科室内讨论案情，不一会儿，科室的门被敲响了，姚亚楠拿着素描本站在门外。

“确认好了吗？”刘畅问道。

“嗯。”姚亚楠把素描本递给了刘畅。

素描本上的肖像和刚才没有多大区别，只是轮廓加深了，还加了些细节，此时能很明显地看出来，简直和通缉令上的龚峰一模一样。

陈宇看见画有些吃惊，立刻几步上前，盯着素描本大声问道："这是什么？"

“这次事件犯罪嫌疑人的肖像画。”刘畅陷入沉思。

小张在电脑前看着网友们对直播的讨论，他叫上陈宇和刘畅看了一篇帖子：

楼主 贪睡之熊123：那个视频到底是怎么回事儿？这个龚峰是不是太神了一点？[滑稽][滑稽]

一楼 无敌杀人王：那个视频能私我吗？我没看到过。[可爱][可爱]

二楼 421421312：这帖子活不长。[滑稽]

三楼 新垣结衣我老婆：不知道警察在干吗，呵呵。

四楼 阳光少年：楼上的，龚峰不被抓住不好吗？

五楼 实打实大师：支持四楼，龚峰再多杀几个人渣就是造福社会。

六楼 ub土豆服务器：为啥龚峰不来我们L市？

七楼 qq23213213：求龚峰小站网址，VPN已经准备就绪。

诸如此类的讨论还有许多，网上甚至已经出现了一大群支持龚峰的人。

陈宇心中燃起一团怒火，他现在已经不能冷静思考了，在办公室里来回地踱步。

“陈队，我觉得你有点急躁了。”刘畅说道。

“急躁？

“你需要冷静一下。”

“我冷静不下来，又是这个龚峰！”陈宇捶了捶桌子。

“你不觉得有些奇怪吗？那幅肖像画，和龚峰太过相似了，不对，应该说，和通缉令上的龚峰太过相似了，而且时间也不对，现场那番布置，做完怎么也要一两个小时，但是他却只用了半个小时不到，简直太顺利了一点儿。”

“你的意思是说，蒲宏志有可能就是凶手？”陈宇思索了几秒，“但是，这也只能算个假设而已吧。”

“我有个办法，有些老套，不过应该会有效果。”刘畅说道。

丽水小区，保安室内。

“哦，知道了，好的。”蒲宏志把电话挂断，缓缓把手机放下，神色凝重。

不可能，他心中不停地说道。

“小蒲，怎么了？”一个身穿保安制服的中年男人拍了拍他的肩，露出关切的神情。

“啊，没什么。”

“有什么事说出来就行了，上次那件事也怪不着你。”中年男人从口袋中拿出一包烟来，递到蒲宏志面前。

“谢谢。”蒲宏志点点头，从对方的烟盒里拿出一根。

丽水小区住户并不多，通常值班的只有一个人，但是田灵敏死在小区之后，物业象征性地将值班的保安增加到了两个。

“又是警察找你？”中年男人吐出个烟圈，看着小区外宽阔无人的马路说道。

“嗯。”蒲宏志点点头，望了一眼天空，灰沉沉的，看不见太阳。

“他们说，田灵敏好像没有死，抢救回来了，要我们对下质。”蒲宏志神色有些怪异地说道。

“哦，命可真大，不过这不是好事吗？”中年男子看了蒲宏志一眼，看见对方神色有些奇怪，皱了皱眉头。

“嗯，不过现在田灵敏还没恢复意识，估计要等个几天才行。”蒲宏志抽完最后一口烟，随意丢在了一旁，用脚踩灭。

警局刑警科室内，此时只有陶子航和刘畅二人，整个科室显得有些空旷。

“前辈，真的要这么做吗？”陶子航神情有些迟疑。

“人都通知了，不然呢？”

“一个人会不会太危险了？”

“你在附近找个屋子，连上医院的监控看着就行了。”刘畅摆了摆手，满不在乎地说道。

“好吧。”

十几分钟后，小张回到科室，告诉刘畅一切都已经准备就绪。

“好。”刘畅站起身，拿起外套，准备离开科室。

“畅姐，真的不用我们陪着？”小张问道，语气中透着关切。

“你们去了反而会让别人警觉，就陶子航一个人监视着就行了。”刘畅摇摇头。

其中的危险刘畅当然知道，不过她也知道，这次行动机会只有一次，必须做到完美。

一间狭小的出租屋内，昏暗的房间里，只有一台笔记本电脑的屏幕散发出来的亮光，亮光打在蒲宏志的脸上，他正盯着屏幕上不停闪烁刷新的网页页数，亮光惨白，映出他些许诡异的笑容。

安静的房间里，响起手机震动的声音。

蒲宏志缓缓地将目光转移到手机上，屏幕上备注着“警察”，他犹豫了几秒，把手机拿起接通。

先是咽下口唾沫，蒲宏志看着电脑屏幕说道：“请问有什么事吗？”他的语气镇定自若，但是手明显在微微地颤抖。

“明天晚上有空吗？”手机里传来刘畅的声音。

看样子二人都知道对方的身份，也就少去了些啰唆。

“有空。”

“明天晚上到医院这儿来对质吧，田灵敏已经恢复意识了，地址我等会儿短信发你。”

挂断电话，蒲宏志一下瘫坐在椅子上。

“不可能。”他瞪着眼睛，快速地摇头，像是自我催眠一般不断自言自语着。

过了一会儿，他的手机再次震动，是短信。

蒲宏志拿着手机看了好一会儿，最终下定决心般地点了点头。

A 市第二军医院住院部内，刘畅正躺在病床上。

“前辈，蒲宏志果然来了，在窗子外面。”刘畅的耳机中传来陶子航有些兴奋的声音。

窗帘拉着，从外往里看，只能从缝隙之间看到病房的门和病床的末端而已，蒲宏志站在窗外不远处的木椅旁，视线往里探着。

“别急，他这次应该只是来踩个点而已，联系护士，让她进来。”刘畅轻轻地说道。

“嗯。”陶子航点点头，注意力全部集中在眼前的监控画面上。

蒲宏志有些疑惑，调整着角度，但是就是无法看到病床的另一端。

过了一会儿，一个护士进入了病房。

蒲宏志若无其事地快速接近了窗户，耳朵侧着，像是想听清楚里面的对话。

病床离窗户很近，墙的隔音也有些差，蒲宏志隐隐约约地能听见里面的声音。

“王女士，感觉怎么样？”护士关切地问道。

蒲宏志听了，心里迟疑几秒，准备离开。

“我不是王女士，我姓田，叫田灵敏。”

虽然是刘畅在开口说话，但是声音却是另一个人。刘畅摸了摸黏在脖子上的一个纽扣大小的黑色圆块，看样子就是变声器了，护士是故意说错的，这都是之前排练好的，引蒲宏志上当的小手段。

蒲宏志刚想离开，听到里面的声音，立刻又转了回来。

真的是她？蒲宏志呼吸加快了些，听刚才的话和声音，的确是她没错。

“啊，对不起，记错了，田女士是吧，感觉好些了吗？”护士有些抱歉地说道。

“没关系，身体上恢复得差不多了，脑袋还有些晕晕的。”

“你摔到头了，有轻微的脑震荡，过几天就好了。对了，有警察嘱咐过我，如果你身体状况好些了，就通知他们。”护士温柔地说道。

“我脑袋还有些不舒服，还是明天再让他们来吧。”刘畅回答道，眼神向外瞟了瞟。

“嗯，那好，我先出去了。”护士点了点头，然后转身离开了。

“谢谢。”

病房里又安静了下来，蒲宏志在窗外缓缓后退了几步，一副难以置信的表情。

刘畅在病床上朝着窗户缝隙偷瞄了几眼，不过看不到外面的情况。

“怎么样？”刘畅小声问道。

“看样子好像是相信了。”陶子航回答道。

“那估计今天晚上他就会有所行动。”

蒲宏志在窗外静静地站了几分钟，一个护士推着一名老人的轮椅路过。

“请问有什么需要帮助的吗？”护士停在他身旁，好奇地看了他一眼。

蒲宏志连忙摇摇头，快步离开了。

回到家中，蒲宏志关上出租屋的房门。他思绪杂乱，在房中踱步许久，然后又静坐在桌前。

直到晚上，他看了看表，时候差不多了。

和上次行动前一样，蒲宏志喝了好几瓶啤酒，脸有些微微泛红，回望一眼自己小小的出租屋，在一个相框前站立几秒后，他披上件黑色外套，戴上口罩，背上背包，便离开了。

凌晨1点左右，街道上一个人都没有，路灯也早已经熄了大半，只有几个孤零零的大路灯照亮着马路，他尽量在那些漆黑的阴影里走着。

寒冷萧瑟，夜里的北风打在蒲宏志脸上，即使是戴着口罩，脸还是有些生疼，也让蒲宏志稍微清醒了些。

即便是冰冷刺骨的夜风，也无法浇灭他心中的恨意点燃的怒火。

第二军医院里，除了一楼急诊科还亮着灯之外，上面的楼层全都暗了。

蒲宏志看了看周围，路上几乎没有行人，他转进小路，前往住院部。

站在住院部外围，他缓缓慢下脚步，确认周围没有人后，他走到9号床的窗外。窗帘依旧是拉上的，从外向里看去，黑漆漆一片，月光下依稀能看见个病床的轮廓。

“来了。”陶子航的声音通过耳机传来。

“嗯。”刘畅小声地回应道，她心里的弦也绷紧了。

“小心。”陶子航有些郑重地说道。

刘畅没有回应，而是侧耳倾听着附近的动静。

蒲宏志在窗外张望了几分钟，确定没有任何人之后，从包中拿出一把圆规玻璃刀，谨慎地选择了切割的位置，蒲宏志深呼了一口气，将刀固定在窗户内锁附近的玻璃上，缓缓地开始切割。

刘畅听见微弱的切割声，神经开始紧绷起来，头悄悄地侧过去，眯起眼睛观察着窗户的方向，圆规玻璃刀已经切出了个半圆。

蒲宏志将自己的动作放到最慢，但又担心动作太慢有人发现，紧张得手开始微微颤抖。

玻璃被切下一个不大不小的整圆，蒲宏志将手指伸了进去，双指夹住内锁的一端，缓缓地上拉解锁，将窗户从外拉开。

屋内黑漆漆一片，什么也看不清楚，蒲宏志也管不了这么多，一抬腿，一半身子便跨了进去。

蹑手蹑脚地在屋内着地，没有发出什么声响，他稍微松了口气，快速地环顾了一下四周，确定病床上的确躺着人，他从背包里拿出一把刀来，屏着气，缓缓靠近病床。

越靠越近，蒲宏志拿刀的手已经微微上抬，他闭着眼睛，尖刃朝下，刀快速下落，心里想着这样就结束了。

黑暗中，刘畅突然抓住他的手腕。

蒲宏志立刻睁开眼睛，此时他的手腕已经被刘畅牢牢抓住，往床上的铁栏撞去。

这两下挨得结实，蒲宏志还没明白发生了什么，手腕一阵吃痛，刀脱手而出，掉在地上。

蒲宏志见形势不对，立刻想要往窗外逃去，他用力一推刘畅，想要挣脱束缚，刘畅哪能如他所愿，拉着蒲宏志，二人顺势倒在床上，刘畅立刻骑在蒲宏志身上将其擒拿。

这时病房的灯被打开，陶子航从不远处的出租房赶了过来，冲进了病房。见刘畅已经制伏了对方，陶子航松了口气。

“蒲宏志，你想干吗？杀田灵敏灭口？”刘畅大声喝道，声音却还是田灵敏的声音。

蒲宏志吃力地转头，见压在自己身上的是刘畅，不再挣扎，只是自嘲般地笑了笑，万事休矣。

“果然。”蒲宏志缓缓说道。

刘畅把脖子上的变声器取下。不是个嘴硬的家伙，倒是给自己省了不少麻烦，她心里想道。

陶子航也是一副如释重负的样子，从兜里拿出手机开始联系警局。

“谢谢，没关系，这种话是不可能从那个女人的口中说出来的。”蒲宏志自言自语地说道，他似乎还在回忆着之前踩点时的事情。

“有什么话，回去再说吧，陶子航，带走。”刘畅从蒲宏志的身上挪开，活动了下筋骨。

“走吧。”陶子航上前，架起还一副惘然若失样子的蒲宏志。

“也就是说田灵敏是真的死了吧？”蒲宏志突然回过头向刘畅问道。

“是。”刘畅点了点头。

“还好。”蒲宏志笑了笑，露出一副解脱的表情。

公安局，昏暗的审问室里。

“龚峰小站是我创立的，陈润康也是我杀的，田灵敏也是我杀的，至于计划是怎么样的，你们应该都明白了吧，那些障眼法都被你们看破了，是你们技高一筹。”

说完蒲宏志自嘲般地嗤笑几声，便低下头，不再言语。

惨白的灯光打在蒲宏志的脸上，他似乎不为所动，低着头呆呆地看着自己的鼻尖。

刘畅歪了歪脖子，对对方供认不讳的行为有些诧异。陶子航挠了挠头，他原本想出来不少方法以应对对方死不认账的情况，不过现在应该是用不上了。

审问室角落里的记录员也抬头看了看蒲宏志，这样毫不狡辩的犯人十分少见，即使是在证据确凿的情况下，大多数人也是会选择在一大堆诡辩之后再哭着说能不能坦白从宽。

“也就是说，陈润康和田灵敏都是你计划杀掉的？”刘畅确认般地问道，眼神在蒲宏志的身上扫过。

蒲宏志目光上扬，瞟了一眼桌对面的二人，然后点了点头。

“动机呢？”

蒲宏志又低下头，小声地嘟囔道：“他们都是该死的人渣，我只是替天行道。”

“为什么陈润康的案发现场会有龚峰的自拍？”

“龚峰，我见到他了。”蒲宏志缓缓抬起头来。

刘畅和陶子航听到此话，神色变得严肃起来。

“见到龚峰了？”刘畅皱了皱眉，身子不自觉地向前靠了些。

“给我一根这个。”蒲宏志伸出两根手指晃了晃，好像是在谈条件一般。

“你现在是说这个的立场吗？”陶子航呵斥道。

蒲宏志闭上眼睛，笑了笑，“我已经把我的所作所为都说清楚了。”

刘畅啧了下嘴，的确如他所说，他已经承认了自己的罪行，如果和案件无关，他自然可以选择沉默。

“陶子航，带了没？”刘畅瞥了一眼陶子航。

“前辈，你真要给他？”

陶子航忍住心中想要暴打对方的冲动，从口袋里拿出烟和打火机，丢在桌上。

不过蒲宏志并没有拿起打火机，只是嘴上叼着烟上下摆动。

“小谭，这个房间是不是监控有些故障啊，去找技术科的人修修，去个半个小时就行了。”刘畅对着角落的记录员微笑着说道。

记录员点了点头，用有些怜悯的眼神看了蒲宏志一眼，准备起身。

蒲宏志看情况不妙，赶紧把打火机拿了起来，点燃烟，做出一副享受的样子，连忙说道：“谢谢刘警官，我马上说。”

“哦。”刘畅点了点头，记录员坐回了位置，陶子航也冷哼一声。

酝酿几秒，蒲宏志靠在椅子上说道：“杀陈润康那天，我准备离开的时候，正好撞上了他。”

审问室内所有人都仔细地听着，静静地看着他，蒲宏志看没人发表意见便继续说道：“就在陈润康家门口，我才一走出门，便发现有个人在门前不远处站着，当时没仔细看，还没认出来是龚峰。我立马把门关上，站在门前，我们两个就僵持住了，我陷入混乱，不知道怎么办的时候，对方先开口了。”

“龚峰说什么了？”刘畅问道。

刘畅现在大概明白了经过，龚峰可能也想对陈润康下手，不过蒲宏志抢先一步。

“他问我：‘你是不是杀人了？’我一听就慌了，他很有可能是看到了些什么，不过他虽然戴着口罩，但是我仍然能感觉到，他当时还是一副游刃有余的样子，他有些戏谑地对我说：‘别怕，我不会告发你的，因为我也是个杀人犯。’”

“也就是说你在陈润康家门口撞见了龚峰，那个自拍又是怎么回事？”陶子航有些疑惑地问道。

“你先别急，我还没说完呢。我们二人沉默了一会儿，看着对方都不说话。我冷静地想了想，无论如何我都已经算是被他抓住了把柄，虽然他说不会告发我，但是口说无凭，很有可能之后就会来威胁我。”

蒲宏志说着说着，越来越起劲，手开始比划着。

“你们猜，我想了个什么办法？”

“你让他在现场自拍。”刘畅回答道。

“是的，是不是很聪明？”蒲宏志有些兴奋地打了个响指。

蒲宏志一改最开始那副颓废的样子，开始有些莫名地活跃、兴奋。

刘畅和陶子航对视一眼，像是在确认对方的意见一般，二人缓缓点了点头。

“那台笔记本电脑是你拿走的吗？”刘畅问道。

“没有。”蒲宏志摇了摇头，“是龚峰拿走的，他开始好像是想打开电脑，不过发现有密码之后就拿走了。”

之前刘畅推断出的结论也是龚峰为林慧珍裸照的事情而找陈润康，看样子应该是没错了。

“之后呢？”刘畅问道，“如果是想要栽赃给龚峰，你的目的应该已经达到了，第二次为什么不继续栽赃给龚峰，而是找了个毫不相干的人，还要弄个夸张的网站？”

“最开始我只是想要栽赃得更加真实一点，也是想让你们早点把龚峰给抓住，我也是怕他报复，天天担惊受怕的。”

“他被抓住，你的罪行也会败露。”

“我不承认就行了啊，他可是铁证如山，而且他有前科，这种情况下，他的话，你们会信吗？”蒲宏志好像在说一件稀疏平常的事情一般，“网站的开设，最初是为了更好地证明龚峰是凶手。结果天天都有成千上万的投稿。很多人是对社会和身边的人不满，他们希望有人能为他们伸张正义。他们把龚峰捧上了天，觉得他是正义的化身，可其实我才是啊！这些荣誉都是我的！”

刘畅现在不得不重新审视起眼前这个疯癫的男人，他不是个用正常思维能够理解的人，他之前到底经历了什么？

“不过刘警官，你太聪明了，我的正义只能到此为止，我到底是哪里没做好呢？”蒲宏志有些幽怨地看向刘畅。

“人物画像，进行得太顺利了。”

“哦，原来如此。”蒲宏志露出豁然开朗的表情，有些赞许地说道，“然后你就开始怀疑我，给我挖了个坑等着我跳？”

刘畅没有回答他，反问道：“你杀陈润康和田灵敏的动机是什么？我们查到你之前是做软件开发的，生活也过得比较富足，有贤惠的妻子和可爱的儿子。”

蒲宏志一下子沉默了，好像陷入了回忆和悔恨，不再说话。

审讯无法继续下去，刘畅只能叫人将他带下去。临出门前，刘畅补充道：“如果有什么想说的，可以找我。”

第七章　游荡在城市里的幽灵

经过对蒲宏志的过往进行调查和他自己的供述发现，蒲宏志原本有个幸福的家庭和稳定的工作，在一次应酬中，他认识了田灵敏。起初他觉得新鲜刺激，可新鲜劲儿过了，他就开始疏远田灵敏。田灵敏觉得蒲宏志经济实力不错，想在他身上敲一笔，因此拍下他们在宾馆的视频，扬言如果不给她 50 万元，就把视频发给他老婆。无奈之下，蒲宏志找到陈润康借了高利贷，可是没想到，打发了田灵敏，却招来了陈润康在他家、单位无休止的催债。最终老婆知道了他的事，要跟他离婚，工作也没保住。为了躲避债主上门，他跟老婆离了婚，跑到小区做保安，想避一避，可陈润康哪里能善罢甘休，又派人找到小区。蒲宏志感觉自己已经走投无路了，动了杀死陈润康的念头。最后一不做二不休，他觉得田灵敏是一切罪恶的根源，反正有了龚峰给他做垫背，他就又导演了田灵敏的悲剧。

刘畅放下了蒲宏志的案卷，深深地叹了口气，感慨着人生的转折可能就在一瞬间的选择，真是差之毫厘，谬以千里啊。

“畅姐！”小张突然在位置上指着自己桌上的电脑屏幕大喊起来。

“怎么了？”刘畅被吓了一跳。

“龚峰！”

“龚峰？”

所有人立刻围了过来。

小张的电脑显示器显示着一个静止的监控画面，画面上是那个黑衣少年，龚峰。

“录像还是直播？”刘畅立刻问道。

“不是直播。”

“刚才九龙坡派出所给我发的监控录像，十几分钟前，他们发现有一个监控摄像头坏了，然后他们调了一下坏掉之前的录像。”说着，小张拖动了一下监控录像的进度条，画面开始动了起来。

画面上，一个黑衣男子戴着黑口罩、黑帽子，但是有一点值得注意的是，裤子不是黑色的而是白色的，刘畅和陶子航都情不自禁地咽下一口唾沫，因为画面上的那个人毫无疑问就是他们之前见到的龚峰。

龚峰在画面上显得有些惶恐。监控画面有些模糊，他手上似乎拿着一张 A4 大小的纸，纸上写了些什么，看不清楚，他朝着监控摄像头的方向一手拿着纸，另一只手指着纸，似乎是想对着监控摄像头传达些什么。他时不时地左顾右盼，看起来像是在提防着什么，过了几秒，他转过头去，像是发现了什么一样，愣了一秒，监控画面便戛然而止。

“这个时候监控摄像头就坏掉了。”

“叫技术科的把纸上的字清晰化。通知九龙坡派出所，加紧搜查。”刘畅虽然不明白龚峰到底遭遇了什么，不过看样子肯定是遇到了麻烦，看他的动作好像是看到了谁，想要逃离。

有人发现了龚峰，龚峰很害怕那个人，摄像头是那个人破坏的，但是他为什么要破坏摄像头？说明他接下来要做的事不想被别人发现，龚峰现在很危险，极有可能正在被某个人追杀，否则不可能做出这种像是在向警方求助的动作。刘畅脑子飞快地运转，心里立刻得出结论。

“龚峰有危险，走，去现场。”刘畅皱了皱眉头，无论如何，她所期望的是将龚峰缉拿归案，而不是得到一具尸体。

会是林虎彪吗？“追杀”二字在脑海中浮现出来的瞬间，刘畅立刻联想到那个手段恐怖的前黑道老大，不过对方又是如何找到龚峰的？

陶子航此时也在想相同的事情，林虎彪给他留下的印象太深刻了，那种气势让他不由得相信，如果对方真的找到了龚峰，杀人报复肯定是说到做到，但是黑道的手段真的有这么强吗？连警方都束手无策毫无线索的龚峰，对方都能够找出来？

小张加足马力，车上警鸣响起，三人用最短的时间赶到现场。

几栋废弃建筑之间，一个僻静的小街死角，路灯微微泛黄，附近没有警务人员，应该都在进行封锁工作。

刘畅走到摄像头前，一根高高的铁杆上，摄像头已经被损坏，铁杆旁还散落着碎片，摄像头上方是一栋建筑的三楼窗口，刘畅特别留意了一下二者的距离，这段距离完全可以在三楼窗口把摄像头破坏。

“我去指挥现场了，畅姐，有什么发现电台联系。”小张拿出无线对讲机，小跑离开。

月黑风高，一丝不安的感觉涌上心头，刘畅站在监控摄像头下，朝着龚峰在监控画面中望去的方向看去，那是死角的入口，也就是刚才刘畅他们来的位置，再朝着反方向看去，一条细窄的小道，小道入口的垃圾桶倒在地上，垃圾散落一地，看样子就像刚才有人慌慌张张逃跑时不小心把它撞倒了一般。

“去看看。”刘畅打开手机的手电筒，向小道方向走去。

陶子航点点头，跟在刘畅身后。

细长小道里散发着难闻的味道，可能是那堆散落的垃圾的原因，不过小道墙体上各色字迹难辨的小广告都长着青苔，还有些莫名的黏稠液体，这些似乎才是难闻气味的真正来源。

刘畅屏着呼吸，仔细观察着小道上的痕迹。

走出小道，空气瞬间清新许多，小道外是一条稍微宽敞些的通道，夹在几栋建筑之间，依旧是一副破败样子。沿着通道向前，一个分岔路口摆在二人面前，分岔路口前一副凌乱的景色，各种杂物散落一地。

“可能在这里发生过打斗。”刘畅看着地上的痕迹说道，她拿着手机，照亮地面四处观察着，“不过最终他们去哪儿了？是原路返回，还是往前面走了？陶子航，看有没有什么线索。”

一个崭新的纸团在手电筒的照亮下格外显眼，陶子航找到了之前龚峰手中的纸。

“前辈，这个！”陶子航指着纸团朝着刘畅喊道。

“嗯？”刘畅马上凑过来，看到陶子航指着的纸团立刻会意，将纸团从地上拿起，把已经被揉成一团的纸展开。

皱皱巴巴的纸上印着：救命，有人想杀我！

纸被丢弃在这里，很有可能人已经被带走了，再加上纸上印着的这几个字，刘畅只觉得龚峰现在很有可能已经遭遇不测。

不过让她感到无法理解的是，纸上的字不是写的，而是打印出来的，难道龚峰之前所在的环境，只能打印却不能自己写字？

“和小张说一下，沿着这几条路附近找目击者，重点是出入口。”刘畅站起身来对陶子航说道。

龚峰应该已经被带走了，虽然这里人迹罕至，但是一个人拖着另一个人，肯定十分显眼，不过还有一种可能，那便是龚峰已经在这里被杀害了，对方弃尸而逃，这种情况是刘畅不愿意看到的。

刘畅拿出手机开始观看起地图。这是一条叫新建支路旁的小巷子，本以为能够知道眼前这两条路通往哪里，不过看了地图才发现这个地方小道蜿蜒复杂，长短不一，分岔之后又分岔，谁也不知道对方会走哪一条，宛如一座迷宫一般。

“你走这条，我走这条，分别看看有没有什么痕迹。”刘畅指着面前的分岔路对陶子航说道。

两条小路光线昏暗不已，刘畅凭借着手机的亮光一步一步向前走着，眼睛不停地四处观察着，在寻找痕迹的同时她也时刻保持着警惕，以防对方发动突然袭击。

明明不远处就是闹市区，这条小巷却安静得出奇，唯一的声响便是野猫时不时的叫声。

小道时窄时宽，但样子却又差不多，加上光线昏暗，在里面绕上几分钟立刻就会浮现出一丝迷路的不安感觉。

刘畅正在观察着一处脚印，看样子还很新，她立刻沿着这个脚印快速向前。脚印很有可能就是龚峰或者追他的人留下的，她想到这里，脚步再次加快了些。

沿着脚印，走过一段土渍略微有点多的小路，又是一个分岔路口，脚印延伸到向左的路口，刘畅向那里看去，发现不远处有微弱的光源在移动，看着身影有些鬼鬼祟祟，不过看不清楚对方的长相和身材。刘畅将手机电筒关闭，缓缓向目标走去。

"谁？！"漆黑中对方喝道，光源打在刘畅的脸上，一只手已经摆好架势准备出击。

听到这个声音刘畅松了口气，那是她熟悉的声音，站在她面前的便是刚才和她分离的陶子航。

"我。"刘畅指着自己的脸说道，然后把手机电筒打开，踮着脚，把手机贴近陶子航的脸，"看清楚，是我。"

"你这样我什么都看不清楚。"陶子航捂着眼睛说道。

"你这架势是要揍我一顿吗？"刘畅把手机收了回去，有些不满地说道。

"我哪里敢啊，但是前辈，你要是在我后面就吱一声啊，干吗悄悄地跟着我啊，我还以为是谁呢。"陶子航揉着眼睛说道，刚才他听到背后有些响声，也是提心吊胆的，不过他没有立刻出手，而是等待着机会。

“啊？你的意思就是说怪我咯。”

陶子航挠挠头，一时间不知道该怎么回答刘畅。

“不过也算是进步了，能察觉出来有人在跟踪你，就原谅你了。”刘畅拍了拍陶子航的肩，向前走去。

二人走了一会儿，把这条小巷大概走了一遍，不知不觉便从这条宛如迷宫的小巷里绕了出来，外面是无人的街面。

“小张，情况如何？”刘畅拿出对讲机说道。

“畅姐，封锁倒是做好了，不过现在还没找到目击者。”

“哦，现场没有发现龚峰的尸体，对方很有可能是把龚峰带走了。带着一个人应该走不快，但是坐车就另当别论了，让局里调路面监控。”

第二天早晨，陈宇气喘吁吁地扶着科室的门框，他昨天晚上正在执行一个外勤任务，看样子是执行完了立刻赶了回来。

“如何？”陈宇对着科室内的人问道，大概发生了什么他已经通过手机了解了。

“没有目击者，其他的监控摄像头也没发现什么线索。”小张摇摇头，拿起桌上的水杯，喝了一口里面的速溶咖啡。

“啧。”陈宇撇了撇嘴，捋了一下略微杂乱的头发，也凑到众人旁边。好不容易又有了线索，竟然又是这种状况，难免会有些失落。

“龚峰现在应该情况不妙。”刘畅说道。

“嗯？”

“我们昨天发现的纸团上写着‘救命，有人想杀我’，刚才已经和录像上的对比过了，应该就是龚峰当时拿着的纸，结合昨天那种状况，他应该已经被那个人带走了，纸团上的指纹也确认过了，的确是龚峰的。”

“如果龚峰真的死了，即使找到了尸体，龚峰所犯下的案子也只能以他的死不了了之，根本算不上什么侦破了案件，倒不如说被别人抢先找到龚峰而且把他给杀死。这完全是在砸警局的招牌。如果对方有心藏尸，想要找到就比找一个活人难上百倍，这件案了就很有可能永远结不了。”刘畅说完叹了口气。

“前辈，别这么悲观，说不定这就是龚峰耍的把戏呢？自导自演一出戏，让我们觉得他已经死了，扰乱我们的视线。”陶子航分析道。

“这对他没什么好处。”刘畅摇摇头。

“如果龚峰是求助，那么他之前的藏匿点很有可能就在那个监控摄像头附近，而且也不排除现在他还在附近的可能性，小张，再加点人手查。”陈宇说道。

“嗯，之前畅姐也说过了，已经把闲着的人手都派出去了。”

到了中午，对于龚峰的去向还是没有一点头绪。

“前辈，出去吃午饭吧。”陶子航走到刘畅的桌前说道。

刘畅低着头，双眉微皱，闭着眼睛正在沉思，似乎没有听见陶子航的声音一般。

“前辈。”陶子航凑近了些又说了一次。

“陶子航，你觉得这次是不是林虎彪做的？”

陶子航愣了一下，的确，这件事刚发生的时候他就已经怀疑林虎彪了。

“要去查他的不在场证明吗？”然后陶子航又立刻摇摇头，“这种事情他不可能亲自动手，等会儿去他家一趟？”

“但是我们现在无凭无据，怀疑他，也是变相在怀疑我们自己的工作能力。”刘畅露出为难的神色，即使真的是林虎彪做的，自己又能多说什么呢？对方反问一句，连你们警察都抓不住的人，我又怎么知道在哪里？自己又能作何反驳呢？

“前辈，没你说得这么严重吧，刑侦是有偶然性的，他们可能碰巧就找到了呢？”

“如果刑侦有偶然性，那么把这个偶然的概率变大，接近必然，就是我们刑警的工作。”

自己一直苦苦追寻的目标被另一个人抢走，身处危险，而且对方很有可能就是林虎彪，这是让刘畅最无法接受的，她一直在反思着，自己到底错过了什么细节？

突然手机震动了一下，刘畅拿出手机，是一条短信，发件人未知。

看了内容，刘畅一惊。

屏幕上显示着一行简单的话：我抓到龚峰了，把他杀了，这是视频。后面附着网页链接地址。

“这个网址，先发给技术科，看看是不是什么恶意网站。”刘畅立刻把网址复制下来，发给技术科的老杜，然后向技术科走去。

二人快步来到技术科，老杜坐在转椅上操作着电脑，看到二人后说道：“不是恶意网站，是一个下载地址，东西我已经下载下来了，是个视频，要看看吗？”

“你已经看了吗？”刘畅问道。

“没有。”老杜摇摇头。

“点开吧。”

视频里出现一个房间，像是一间客厅，不过拉着窗帘，灯光昏暗，摆设之类的完全看不清楚。房间中间坐着一个少年，他旁边有盏小台灯，也是唯一的光源，它照亮了那个少年。三人一看那少年的样子便惊住了，那是没有戴口罩的龚峰，他被绑在一把椅子上，闭着眼睛，好像已经失去了意识。

画面就这样保持了几分钟，唯一能够证明这不是静止画面的就是台灯的光芒时不时有些颤动。

不过并没有看到拍摄者的样子，镜头有些摇晃，应该是拍摄的工具被他拿在手里。

镜头摇摇晃晃地围着龚峰缓缓地转了好几圈，再次来到龚峰面前的时候，镜头下端出现一条大拇指粗细的麻绳，一只戴着厚厚手套的手拿着绳子绕了龚峰的脖子一圈，然后单手打了个结。

拍摄者一手拿着拍摄工具，一手拿着绳子一端用力向后拉扯。可能是由于突如其来的窒息感，龚峰一下子便睁开了双眼，挣扎了起来，不过没有任何作用，他的双手双脚都被绑在椅子上，根本无法反抗，嘴巴大张着，却发不出一点声音，但他显然不甘心就此放弃，仍不停挣扎着，用残存的力气晃动着椅子。接着镜头剧烈摇晃起来，好像是龚峰晃倒了椅子，让拍摄出现了意外，等镜头再次稳定下来，回到龚峰身上，只见他已双眼突出，舌头伸长，真正地没了一点动静。

可能是觉得龚峰已经死透了，拍摄者拿绳的手松开，把倒在地上的椅子连同龚峰一起扶正。龚峰的脑袋毫无生机地偏向一旁，好像是刚才太过用力把他的脖子都弄断了一般，绳子从龚峰脖子上缓缓落下，留下一圈发紫的印记，整个视频便结束了。

视频结束后众人一片寂静，龚峰已经死了。

这个让警方束手无策的逃犯，被其他人找到，对方还把杀他的视频发给警方。羞愧，愤怒，一时间各种情感充斥在他们心中，一言难尽。

刘畅不自觉地攥紧了双拳。不行，必须保持冷静，她立刻提醒自己。刚才视频里面出现了意外情况，有意外说不定就有线索，只要仔细研究视频，一定能找出来。

她努力地保持冷静，不过双拳却越握越紧。

众人围在科室中心的大圆桌旁，神色都有些难看。

“也就是说，龚峰已经死了？”陈宇不停地挠着头，“那又是谁杀了龚峰？而且活要见人死要见尸，否则肯定是结不了案的，要追查杀龚峰的人，没有尸体，也是立不了案的。小张，你那边的搜查工作有收获没？”

“没有，没目击者，监控也没拍到有关的东西。”

“也就是说连对方是在搜查范围内还是在范围外做的都不知道？”

“差不多。从昨天到现在，封锁和搜查都没有解除，已经给附近的居民造成了麻烦，但是依旧一点收获都没有。”

“继续搜，龚峰既然在那里求助，说明他之前藏匿的地方很可能就在附近。”

“如果之前他躲在别人家里，我们也不能挨家挨户地搜吧。”小张有些为难地说道。

众人陷入沉默，刘畅突然站起身，向门口走去。

“刘畅，你去哪儿？”陈宇叫住她。

刘畅停下脚步回答道：“我想去一趟林虎彪家。”

“现在？”

“嗯，我觉得他很可能和这次事件有关系。”说完刘畅便走出了科室。

“畅姐是不是有点不对劲？”小张对陈宇说道。

“龚峰死了，她心里肯定不好受，自尊心吧，陶子航你去跟着看看。”陈宇说道。

陶子航点点头，立刻追了出去，他明白龚峰的死带给刘畅的打击有多大。

“前辈，等等我。”

刘畅并没有理睬他，自顾自地朝着门口走去。

“前辈，我们一起。”

“走吧。”

十几分钟后，林虎彪家中，宽敞的客厅里，刘畅和陶子航正在沙发上等待着林虎彪。

“老爷应该很快就会回来了，二位稍等。”管家对二人说道，将两杯茶放在二人身前的茶几上。

刘畅此时没有心情喝茶，她只想快点得到答案，龚峰到底是不是林虎彪杀的？

“也不用每一次都来我家里吧，警察老是登门拜访，对我的影响可不好啊。”门外传来林虎彪的声音，一个魁梧的身影推门进入，走到二人对面坐下。

“林虎彪，龚峰死了。”刘畅的声音有些冰冷。

林虎彪愣了一下，拍着大腿，大笑着说道：“好事，好事，就是说抓到他了？怎么死的？在抓他的时候，不小心给杀了？”

“没抓着，但是死了。”

“嗯？找到他的尸体了？”林虎彪有些疑惑。

“也不是。”刘畅观察着林虎彪的双眼说道，她当然不可能把真相告诉他，警察局连尸体都没找到，就只收到了一个记录着被杀过程的视频，这实在有些羞于启齿，更重要的是，她想要确认此事到底是不是林虎彪干的。

“那是什么意思？”

“不是你干的？”刘畅一字一句地说道。

林虎彪听后眉头紧皱，表情严肃起来。

气氛凝固了一秒，陶子航也有些猝不及防的感觉，他没想到刘畅会如此直接，他咽了口唾沫，观察着林虎彪的反应，余光瞟着屋子的出口，思考着如果对方突然暴起，自己和刘畅该如何逃离这里。

“哈哈哈，怎么可能。”林虎彪再次大笑起来，“哎，刘警官，你别用那种眼神看着我，我可没说谎。”

“我不是说过的吗，我要是真的找到了龚峰，至少是要把尸体给你的，这点信用我还是有的，而且……”林虎彪的声音稍微放小了些，“我手底下肯去顶这个罪的人，一个两个还是有的。”

“不过到底是怎么回事？又说龚峰死了，又说没找到尸体。”林虎彪问道。

“打扰了。”刘畅起身准备离开。

“哎哎，别走啊，到底怎么回事？”林虎彪立刻站起身追问道。

“龚峰死了。”刘畅只重复了一遍这一事实便走向出口，陶子航立刻跟上。

“刘警官还是那么我行我素啊，话说一半就走了？”

“有意见？”刘畅停下脚步瞥了林虎彪一眼。

“不敢不敢，龚峰死了，这对我来说可是天大的好消息，也算是对彤彤有个交代了。”林虎彪靠在沙发上，长出了口气。

“再见。”

“谢谢，虽然没有在一个星期里找到这个家伙，不过刘警官的办案能力果然还是值得信赖。”

这句感谢的话在刘畅听起来却格外刺耳。

“别说了。”陶子航打断道，“林先生，我们走了。”

从林虎彪家中走出，二人坐在车上。

“前辈，真的不再查查这个林虎彪？”陶子航有些不甘心，他对林虎彪的印象一直不好。

刘畅摆了摆手，“没必要，要查让别人去查吧。”

“为什么？”

“如果是他，龚峰就不会死得这么轻松了，而且是他的话他也不会做得这么麻烦。”

“前辈，那我们这次来是……”

“有点侥幸吧，想着如果是他就简单了，不过既然不是他，看样子又有得忙了。这次必须抓到犯人。”

“嗯。”陶子航点了点头，抓住这个杀死龚峰的人，是一雪前耻的最好机会。

最有杀害龚峰动机的就是林虎彪，刘畅想不出其他人了，这也是刘畅为什么对林虎彪还抱有侥幸的原因，但如果不是他，那会是谁？

要知道，自己杀了龚峰，不如把龚峰交给警方，这样子龚峰八成也是死刑，自己还会受到表彰，何必要不惜揽上杀人的罪名下这个杀手呢？而且还要拍下视频，难道是对龚峰有极大的杀意？

龚峰的反应也很奇怪，如果要跑，为什么要跑到那种人迹稀少的小巷里？即使里面有监控摄像头，也不是 24 小时都有人看着的，这次只是因为摄像头被毁掉了才发现了他，如果是真的求助，难道不是跑到人多的地方更好吗？

越想就越觉得不对劲的地方太多，但是隐隐约约有一条线在刘畅脑海里成型，不过这条线还不足以把所有的疑点全部串联起来。

回到警局，刘畅打开电脑继续看那段龚峰遇害的视频，希望能找出一点线索。不过对她来说还有一点很新奇，那便是没有戴口罩和帽子的龚峰，因为一直看见的都是那个一身黑的少年，现在这副模样她总觉得有些奇怪的违和感。

“对了，这个视频技术科的人查过了，龚峰挣扎时镜头扫过了一扇窗户，放大看的话能从窗帘的缝隙中看到窗外，不过窗外一片漆黑，一点儿有用的线索都没有。而且视频没有加后期，也没有经过什么特殊处理。还有那个脖子，法医说了，应该是必死，而且没有演戏的可能。”陈宇看着刘畅的电脑屏幕说道。

也就是说，龚峰的死亡时间，就在他求救的那个晚上。

这时陈宇的手机响了，小张告诉了他一个振奋人心的消息，找到了目击者！

“怎么是你？”刘畅一进到询问室里便发出这样的疑问。

坐在询问室里的是一张熟悉的面孔，戴着圆框眼镜的斯文少年。

面对这样的情况，李志强看起来倒是没什么反应，一副冷静的样子，或者说看不出到底是怎样的表情。

“刘警官。”李志强点了点头。

“你是目击者？说说经过吧。”

刘畅看了他一眼，一旁的记录人员也开始准备动笔。

“昨天晚上，才考完试，我想逛街放松一下，然后逛着逛着就在街角看到了一个人影，乍一看像是龚峰，我就追上去了。”李志强推了推眼镜说道。

“具体位置？”

“具体位置？我想想。”说着李志强眨了眨眼睛，像是在回忆一般，过了几秒他突然说道，“有个冰激凌店，当时我在那里买冰激凌，不过名字忘记了。”

“那等会儿再去确认吧，你继续说。”

“嗯，然后我就追了上去，因为不是很确定是不是他，也没有出声叫住他，只是跑着跑着，他就跑到了一条小巷子里去了，左拐右拐的，最终我就放弃了。”

“小巷子？”

“嗯，那条小巷子我倒是知道是哪里，当时因为差点儿迷路，我特地看了地图，好像是在新建支路旁边。”

听到新建支路，刘畅想起昨天自己也做了相同的事情，因为路太复杂了，就用手机查了地图，当时看到的的确就是在新建支路旁边。

“新建支路是吗？”

“应该是。”说着李志强拿出手机确认，“嗯，就是这里。”

刘畅和陈宇大致看了一眼，的确就是最后拍到龚峰的那个小巷子。

看样子对方的确是看到了龚峰，或者……刘畅脑海中突然浮现出了一个大胆的猜测：李志强该不会就是杀害龚峰的凶手？

“怎么了？”见刘畅表情有些不对，陈宇用胳膊肘顶了一下刘畅。

“没什么，继续说吧。”刘畅收住自己的思绪，不过她眼角的余光不小心扫到李志强的时候，就像第一次遇见他时一样，如同看见了深渊的入口一般，不过依旧是转瞬即逝，但刘畅确信了，那绝不是眼花看错了。

李志强点了点头接着说道：“之后我就听到另一个人的脚步声，我有点害怕，然后就立刻躲起来了，等那个人走了之后，我就立刻跑出了那条小巷子。”

“后面还有个人影？”陈宇立刻提起了兴趣，后面的人影，很有可能就是现在他们想要找到的人。

“嗯。”李志强摸了摸鼻子说道，“是个高大的身影，看起来就有种很可怕的感觉。”

“脸，脸有看见吗？”陈宇急切地问道。

“没有，灯光太昏暗了。”

“那体态特征？”

“应该比我高，可能有一米八的样子吧。”李志强挠了挠头。

谈话顺利地进行着，但刘畅心中的猜想也在不停地蔓延着。

“你之后去了哪里？”刘畅突然问道。

陈宇用怪异的眼神瞥了一眼刘畅，像是在说不要这么明显地去怀疑一个高中生。

不过李志强似乎并没有怎么在意，“跑出去之后，就感觉迷路了，走了一段路，然后叫了辆出租车。”

既然李志强坐上了出租车，只要和司机确认一下，就能知道对方到底有没有时间作案了。

“但是开到一半就被拦下来了，好像是说封锁什么的，然后就在路上堵了很长时间。回家后我就想是不是封锁跟龚峰有关呀？所以就赶紧过来提供信息了。”李志强说道。

“感谢你能够这么热心。”刘畅微笑地说道，不过她的心中却在盘算着如何去验证他的不在场证明，如果真如他所说坐上了出租车，而且通过了封锁的搜查，那么可能作案的时间也就只有在监控摄像头被毁到他坐上出租车之间了。

“没什么。”李志强摇了摇头，“我只希望他能早日面对自己的问题，无论如何，不能再继续逃避下去了。”

“我先出去一下，你们继续。”刘畅站起身，她心中的那份怀疑已经到了不可抑制的程度。

“哦。”陈宇点了点头，又继续向李志强提问。

“前辈，你是在怀疑他吗？”站在门外的陶子航认真地问道。

刘畅看了一眼陶子航，并没有回答。

“我也觉得他有些可疑，他太镇定了。”陶子航说道。

“别在这里说这些。”刘畅看了一眼询问室的门，向走廊一端走去。

陶子航赶紧追了上去，刘畅在拐角的一扇窗子前停住脚步。

“李志强我们见过好几次了，他好像一直这样，也算不上不正常。”

“哦，这样吗，反正每次一见到李志强，总觉得怪怪的，红光高中那一个班的学生都怪怪的。”陶子航摸了摸头，也朝着窗外看去，又掏出手机下意识地搜索起红光高中来。

“前辈呢？他哪里让你觉得可疑了吗？”

刘畅扫了一眼陶子航的手机，沉吟道：“有一点吧，通常看见嫌犯被某个人追，应该会想到是警察才对吧，而他却说一看就觉得不像是好人。”

“这个理由也有些牵强吧。”

“等等！”刘畅一把夺过陶子航的手机。

“前辈，怎么了？发现什么线索了吗？”

“你用的是九键输入法？”刘畅严肃地问道。

“啊？那个，我手指粗，全键盘用着不顺手，一直都是用九键的啊，有什么问题吗？”陶子航彻底懵了，刚刚还在讨论李志强的疑点，怎么话题突然跳转到手机输入法上了？

刘畅没有回答他，拿着他的手机按了好一会儿，才木然道：“我有一个猜想。”

“什么猜想？”

“林彤在遥控器上按下的那三个数字，5、7、9，如果顺序变成5、9、7，在九键输入法里，不就是李志强的姓名首字母吗？”

陶子航呆住了，他从刘畅手里抽回手机仔细看了看，这种猜想……似乎也能说得通。“但是前辈，杀林彤的是龚峰啊，证据确凿，林彤又为什么留下李志强的名字呢？”

“是啊，为什么呢……”刘畅紧皱眉头，感觉眼前的迷雾越发浓郁了。

“现在把他的不在场证明查清楚才是最关键的，上出租车和摄像头毁坏之间的空隙到底有多长？”

“这个嘛……”二人背后传来了小张的声音，不知道什么时候他已经站在了二人的背后，“其实我也觉得这个男生有点问题，所以他一来我就开始着手调查他的不在场证明了。”

“然后呢？”

“完美的不在场证明。”小张叹了口气，“他在摄像头毁坏之后10分钟左右出现在了另一个摄像头的范围内，然后坐上出租车走了。并且他是独自离开的，我们对那片区域的封锁非常及时，他不可能把人带出去杀掉。那个杀人视频我也看过了，全程超过10分钟了，再极限也不可能完成，而且那两个摄像头之间用脚走的话，差不多也就是 10 分钟，监控里也出现了那辆出租车的车牌号，司机那里我们也已经联系过了，和他说的一样。”

“完美得不能再完美的不在场证明？”

“没错，结论就是他根本没有时间去作案。”小张摊了摊手。

回到刑警科室里，刘畅在自己的位置继续一次又一次地看着那段录像。录像已经被技术科清晰化过了，但是仍然是一点问题都找不出来，死亡的特征、各种反应，或者是面部确认，完全没有一点问题。

“一闪一闪亮晶晶。”不知是谁在刘畅身旁唱起了童谣。

“嗯？”刘畅习惯性地按了一下空格暂停视频，抬起头，看见赵子煜正凑在她旁边。

“你这也太专注了一点吧，我进来这么长时间都没发现我？”

“你吓我一跳，在旁边倒是吭一声啊。”

“我刚才不是吭声了吗，我也想看看这个。”

“看人家是怎么死的？你什么时候变得这么变态了？”

“不是，我这次可是正正经经地来帮忙的，经过我爸的委派，不对，是经我们局长的委派来协助你们的，应该是要成立专案组。”赵子煜找了张椅子坐在旁边。

“你不是队长吗，怎么把你给委派过来了？”

“现在省里很重视这件事。”

重罪逃犯被其他人杀了，而且还把杀害经过发到了警方手里，这种挑衅般的做法，上面也不可能不重视，毕竟事关警方的颜面问题。

随口应付了几句，刘畅便继续观看起视频来，接着她似乎突然想起了什么，猛地抬起头看着赵子煜问道："等等，你刚才说什么？"

"我刚才说什么？我刚才说我是被委派来协助你们的，要成立专案组。"

"不对，你最开始，说的什么？"

"一闪一闪亮晶晶？"赵子煜指着屏幕说道，视频里，窗帘的缝隙之间那片夜空中，有一个微弱的亮点，如果不仔细看根本注意不到，他理所当然地把亮点当作了星星。

"陶子航！"刘畅站起身喊道。

"嗯？"

"去查查昨天机场的航班，案发那段时间有没有起航或者降落的，快点！所有航班，包括私人飞机。还有问问观测台，有没有什么不明闪光物。"

"知道了。"陶子航立刻拿起手机，准备好纸笔，联系机场开始确认。

"这个不是星星而是飞机？"赵子煜似乎明白了刘畅的意思。

"对，A 市的海拔低，空气污染和光污染又严重，别说一闪一闪亮晶晶了，就是颗正常星星都看不见，如果能够确认那是架飞机，就能大概确定案发地点的位置和大概时间了。一来就给了这么好一个助攻，可以啊赵子煜。"刘畅拍了拍赵子煜的肩膀，终于有了点线索，她开心不已。

"原来如此。"赵子煜点了点头，他没想到自己的无心之言居然成为一条重要线索。

不过一旁才放下电话的陶子航却朝着二人摇摇头。

“昨天因为航空管制，那段时间里，没有一架飞机起航或者降落，附近几个市都是，一直到今天早上。还有前辈你说的不明闪光物，观测台刚才也说了，没有。”

“不可能。”

不可能，不可能，不可能！刘畅心中不断地重复着这三个字，一阵眩晕的感觉涌上头来。

那个视频有问题？不，那是技术科再三确认过的，那是怎么回事？！

龚峰昨天晚上在监控摄像头前的画面也不可能有假，那个是确认过无数次的，难道是有人模仿他而且模仿得很像？对，只有这个可能了。

想到这里，刘畅立刻回到位置上，调出那段监控录像，将脸部放大到极限，然后和之前在旅馆，还有其他街角拍到的龚峰开始对比。

“不可能。”刘畅靠在椅子上。

完全一样，她也不是没见过龚峰，再加上几个画面的对比，她彻底死心了。

对了，难道不是航班，也不是星星？是什么，那个闪光的点到底是什么？是不是对方故弄玄虚准备的？其实就是一个灯之类的，其实离得很近。刘畅立刻又调出视频，把那个闪光点放大，再放大，那团淡淡的云，该死，该死的云偏偏挡在了闪光点之前！而且闪动的频率，还有那个被清晰化之后模糊的飞机轮廓，彻底让刘畅没有了任何质疑的机会。

“龚峰不是昨天晚上死的，那是什么时候？今天晚上？”

“冷静，前辈，今天晚上还没到，龚峰肯定是昨天晚上死的啊，否则我们昨天见到的是什么？”陶子航不明白刘畅为什么要说出这么没有逻辑的话。

“是吗？那是怎么回事？”刘畅靠在椅子上，脸朝着天花板。

“冷静啊，陶子航说得对啊，肯定是昨天晚上死的啊，否则你们昨天见到的是什么？”赵子煜也一脸诧异，不过说完后他也愣住了，昨天晚上死的，但视频里却出现了不存在的航班否定了是在昨天晚上死的这个事实，也就是说不是在昨天晚上死的？那监控里见到的又是什么？

幽灵，龚峰难道是幽灵吗？我们看到的难道是幽灵？

“前辈，到底是怎么一回事？”

“刚才我在视频里看到了这个。”刘畅有气无力地指了指屏幕上被放大的闪光点。

“飞机？”说完陶子航也呆住了。

幽灵，龚峰难道是幽灵吗？我们看到的难道是幽灵？陶子航的脑海里也不自觉地浮现出这句话来。

刘畅突然站起身来，向科室外跑去，赵子煜和陶子航也立刻跟上。

询问室里，李志强已经离去，只剩下陈宇一个人还在翻看着笔录。

“怎么了？”陈宇看着刘畅和她身后的二人问道，“哦，赵子煜啊，他是来协助侦查的。”

刘畅并没有理睬，把笔录夺了过来。

刘畅翻看着笔录，终于找到了她想看的那一部分。

> 李：我看到的龚峰的具体特征吗？我觉得应该就是他了，还是黑帽子、黑口罩、黑衬衫，不过不是一身黑，裤子好像是白色的。

“这段是你走了之后他说的，我觉得他见到的就是我们昨天看到的那个龚峰，裤子是白色的，如果不是亲眼见到肯定是不知道的。”陈宇看了一眼刘畅正在看的部分，“对了，刚才小张好像又找到个目击者，正在确认。”

这时候陈宇的手机响了，他接起手机，“小张？嗯。那个人也看到了？白色裤子？哦哦。”

“一个司机好像也看到了龚峰，他之前不太确定，不过看到寻找目击者的告示之后就来确认了，就在那个摄像头附近的街道，他好像是走错了路才走到那里去的。”

这位目击者，你看见的又是什么？！龚峰在那之前已经死了啊！刘畅呆呆地站在原地，心里大喊着。

第八章　自认为完美的结局

龚峰死亡的消息不知为何不胫而走，各家媒体都开始争相报道，不过龚峰死亡时间成谜的事情他们似乎还并不知道，虽然如此，在媒体的添油加醋之下，这个消息也立刻掀起了一阵讨论的热潮。

网友A：搞什么？龚峰怎么死了？

网友B：好像是被人给勒死了，视频发到警局了。

网友A：不是被抓住处死的？

网友B：不是，你没看新闻吗？

网友A：我去，我还以为他会一直活着然后把那些该死的人都杀掉。

网友B：那个龚峰的小站是一个叫蒲宏志的人搞的，你这都不知道？那个蒲宏志早就被抓了。

网友A：啊，真的？

网友 B：所以说龚峰就是个普通的逃犯而已。

网友 A：哪里普通了？逍遥法外这么久，到最后都没被抓到。

网友 B：也是，不知道警方在搞些什么。

网友 A：我都有点好奇接下来的事情了，杀龚峰的到底是什么人？

网友 B：这个你就得看警察什么时候抓到人了，不过抓龚峰都这么费劲，估计这次也没戏。

网友 A：谁知道呢？简直是出年度大戏，名字就叫，"被杀害的杀人犯"。

网友 B：不错不错，如果蹭着这个热度写成小说肯定会大卖。

李志强家中，张红正在客厅里看着电视，她把音量调到微不可闻的大小，生怕影响到房间里的李志强。

上周的模拟考李志强又是年级前几名，特别是数学，得到了满分的成绩，这让她十分欣慰。不过另一方面，她觉得李志强好像有什么心事一般，有时候会莫名地发呆，虽然有点怕孩子学习学到走火入魔的地步，但是在刚升上高三的这个时间点上，她觉得这种状况应该也算正常，不如说她希望李志强能够保持这种状态一直到考试结束。

屋内，李志强将手机锁屏放在一旁，把眼镜摘下，用纸巾擦拭几下然后又戴上。

也该做个最后的了断了吧，他心里想道。

屋子里的摆设依旧，窗外已经是一片漆黑，他靠在椅子上，将桌上摞成一堆的卷子推向一端，一手托着腮帮子，一手揉着山根，闭上眼睛陷入了沉思之中。

滴滴，手机传来响动，李志强睁开眼睛，拿起手机，上面显示着一个可爱小狗的头像，是林慧珍发来的消息。

屏幕上显示的话让李志强的眉头紧皱，他立刻给对方拨去，几秒后电话接通。

电话接通后二人都不知道该说些什么，沉默几秒后二人几乎同时说道："明天！"

二人都顿了顿，林慧珍刚想接着说下去，李志强便抢先说道："我会把最后一步做完的。"

"但是……"

"没有但是，以后也不要再说出那两个字了。"李志强语气强硬地打断了林慧珍的话。

"知道了。"林慧珍缓缓地说道。

"相信我。"

"怎么了？刚才听到你好像在和谁说话。"张红推开门朝里看了看，她手上端着一碗饺子，像是要给李志强当夜宵。

"没有人，我在和同学通电话。"说着李志强随手拿起一张草稿纸，在上面写起解题步骤来。

"什么最后一步什么的，是在和同学讨论题目吗？"张红靠近了些，将饺子放在桌的一角。

"对，一道数学题。"李志强点点头。

“饿了就吃点饺子，你喜欢的猪肉白菜馅。”张红关切地看了一眼李志强，转身离开了房间。

见母亲离开，李志强拿起手机正想再说些什么，不过对方已经挂断了，他叹了口气，觉得是自己的犹豫才会让对方感到不安。

必须这么做，他在心里大声地提醒自己。

次日，红光高中高三（十）班。

本身是早读时间，教室内却是一片骚动。

“这是什么？！”一名男学生惊讶地喊道。

在他眼前的是一张木制课桌，桌洞里装着一个塑料袋，那张课桌是班上已故学生何卯生的，早已被当作摆杂物的地方了。

听见他的声音，课桌旁立刻围起了三五个人。

“摄像机？手套？绳子？”男学生将塑料袋中的东西一个一个取出。

“摄像机？是谁的？打开看看？”

A 市公安局，第二会议室里，门口写着龚峰案件专案组。

五六个人围坐在一张长方形的桌旁，桌子一端，一个皮肤黝黑的男子站在投影幕布前面，便是之前那个叫钱建国的男人，他如今是龚峰案件专案组的负责人。

“刘畅，情况属实？”钱建国的表情有些诧异，刚才刘畅向他说明了龚峰的情况，在座的人，除了赵子煜之外都是一脸诧异。

刘畅点了点头，“已经确定了，那段视频录制的时间不可能是 18 日到 19 日之间的凌晨，我们已经从多方求证过了，监控摄像头里的那个人我们也已经比对过多次了，和最开始宾馆里的监控还有之后出现过的确实是一个人，指纹也可以证实。”

18 日便是龚峰在监控摄像头下求救的那一天，在刘畅发现龚峰被勒死的视频之后已经过了几天，带着复杂的心情，刘畅进行了各种假设，得出的结论便是：视频没有问题，监控也没有问题。但是这两个东西都没有问题就有问题了，在 18 日晚上出现在监控录像中，19 日的早上收到死亡视频的情况下，却被确认不可能是在 18 日晚上到 19 日凌晨的时间段死亡。

“这样说起来，那他是在什么时候死的？”方桌旁一个中年男子问道。他也是其他市的骨干，因为龚峰的案子被调来专案组的。

“这一点现在还不能确定，我有个大胆的假设，有人在假装龚峰。”刘畅说道，她把桌上的资料推到一旁。

“有人在假装龚峰？”中年男子皱了皱眉头，放下手头的案情报告，“虽然最近的确有很多人在假冒龚峰的名号，但是你们不是已经确认过了吗？和最开始宾馆的和之后出现过的监控都对比过了吧，更关键的是，指纹不是都比对过了，是龚峰的无误。”

“对。”刘畅毫不迟疑地回答道。

“那你的意思是……”中年男子接着问道，其余所有人也都看着刘畅，等待着她的解释。

“从一开始，就有人在假装龚峰。”

此话一出，会议室里立刻一片哗然。一开始就在假装龚峰，从监控的对比结果来看，也就是说最开始在宾馆里行凶的人，也是假装的龚峰。

“刘畅，你不是说你见过龚峰吗？”赵子煜问道，“你该不是想说，你那个时候看到的人，就已经是其他人在假冒的了？”

“嗯。”刘畅点点头。

“你是在什么时候见到那个人的？”钱建国在一番思索之后问道，他一时间找不出其中的漏洞，但是对刘畅的说法他还是保持半信半疑的态度，因为这已经超出了正常人的理解范围。

“宾馆案发前几天。”

“也是这副装扮？一身黑，戴着口罩？”

“对。”

也就是那天在兴达网咖的时候，龚峰那副一身黑的装扮给她留下了十分深刻的印象。

“那就没意义了吧，没看到脸，那种装扮很容易混淆吧，记错了也很正常。”对方反驳道。

“那身装扮正好能说明这个猜想的可能。”刘畅说道，想要假冒另一个人，把自己和假冒对象都变成戴着口罩看不清楚脸的方法是最简单的。

“你这样说的话，的确不是不可能，不过对方未免也太大胆了一点吧？是不是你记错了？”钱建国挠了挠头。

“对啊，宾馆行凶是其他人假冒的我还能接受，但是你说从案发之前就开始假冒了，是不是有点太玄乎了，你这假设我感觉是不是有点……”专案组的其他成员也附和道。

是不是自己记错了？这个问题刘畅也想了很久，但是得不出答案，此时她也不知道该怎么回答。

“讨论这个也没有意义，就先把这个当作一种可能性吧，现在最主要的是找到杀死龚峰的凶手和龚峰的尸体。”钱建国说道。

“那个视频的上传源头，还是查不出来？”

“对，国外 IP。”

“难道就没有其他线索了吗？”钱建国皱了皱眉头。

正在众人一脸愁容的时候，会议室的门被打开了。来者是陶子航，他有些气喘吁吁地说道：“有线索了！”

“什么线索？”众人立刻问道。

“作案工具找到了！”

刘畅立刻站起身，朝门外走去。

“在哪儿找到的？”

“情况有点复杂。”陶子航回答道。

钱建国对刘畅喊道：“刘畅，你先去看看情况吧，我们这边继续开会。”

“好。”刘畅点点头，跟着陶子航离开会议室。刚才刘畅正在思考着有人从一开始就在假冒龚峰的可能性，不过现在突然出现的线索让她只能先把思绪掐断，立刻着手眼前的事情。

路上陶子航扼要地向刘畅讲明情况，刚才从红光高中接到消息，在龚峰的原教室中发现了一个塑料袋，袋子中有绳子、摄影机和手套，摄影机的 SD 卡中存有龚峰被绞杀的视频，绳子上的血迹和皮肤纤维正在和从龚峰家中所采集的毛发 DNA 做比对。

“绳子上的 DNA 鉴定出来了吗？”

“应该出来了，我们一起去看看吧。”

“畅姐，来得正好。”老杜看见二人到来，连忙说道。

“怎么了？”

“你这徒弟是想累死我吧？”

“嗯？”刘畅看了陶子航一眼，陶子航一脸无辜。

“绳子上的DNA已经检测出来了，和龚峰的一样，不过这手套，你不可能还想让我测试指纹吧。”老杜拿起那副厚手套的一指说道。

“这个测出来不就能确定犯罪嫌疑人了吗？”陶子航挠了挠头。

“这个玩意儿很难采集指纹，不，是根本采集不了指纹，刚才我就想给你说的，但是你丢下手套就走了，根本就不听人说话。”

“老杜，这小子缺根筋。”刘畅略带歉意地说道。

“对了，还有别老听那个小张忽悠，检测指纹可是很累的。”

“小张？他又怎么了？”

“上次你不是拿了盒撬锁工具让陶子航拿来测指纹吗？结果不知道为什么混了支笔进来。”

“原来你听到了啊。”陶子航有些不好意思，他想起了那件事，那次本身是为了不打扰刘畅，听从了小张的建议，直接把刘畅所说的外套口袋中的全部东西都拿给了技术科，包括那套开锁工具还有那支笔。

“不过结果差不多。”

“结果差不多？我当时只问了开锁工具的情况吧？”刘畅说道，当时询问时她根本就没意识到陶子航居然把她随手塞到衣服里的笔也拿去鉴定指纹了。

“是啊，那两个东西都是龚峰的吧，上面测出来的指纹都和龚峰家里采到的一模一样。”

听到这里，刘畅脑袋一阵眩晕，一股寒气爬上脊背。

“怎么了？”二人看刘畅的神情有些奇怪。

“那支笔上面还有谁的指纹？”刘畅缓缓开口问道。

“你的，陶子航的，然后就是龚峰的了，虽然只有三个，但是要从这三个里把你们两个的指纹排除掉还要把另一个指纹清楚地挪出来比对，这工作量可不小。”

“这支笔是李志强的，是我上次去他家了解情况时，不小心带走的。”刘畅说道。

“可上面怎么没有他的指纹？前辈，莫非……”

李志强正坐在自己的房间里，一只手托着脑袋，一只手快速地转着一支圆珠笔。

警方现在应该打算对学校的学生开始一个一个地展开调查吧，不过自己的不在场证明很完美，而其他人，再怎么查也查不出什么确切的证据，不过这也不至于让警方陷入僵局。

比起完全不给线索，给出一条错误而暧昧的线索可能才是最好的，这是李志强在某本畅销的推理小说上学到的。

特别是自己班上的那群人，有些还传着何卯生的鬼魂复仇之类的话，搞得大家人心惶惶，也算是报应了，明显是自己心里有鬼罢了。

高考临近的时候，出了这样一件事，那些家伙估计都没法安心复习了吧。

该做的都做完了，李志强正这样想着，手上旋转的笔突然脱手而出，飞到了桌子的一角，碰到一本书的书脊，向桌下滚去，才掉到半空中，李志强立刻伸手抓住。

他看着手上的笔，似乎想起了些什么，心中生出一丝不安，突然手机震动了一下，屏幕上显示着一条信息，是林慧珍发来的。

“真的结束了吗？”

看到这行字，李志强在心中也不禁想道，真的结束了吗？他想起那个叫刘畅的刑警，她那非同常人的敏锐。

李志强本想多写些什么回复过去，但是写了一长串之后又删除掉，最后只回复了一个“嗯”字。

他放下手机，拿出一张模拟卷，开始快速地书写起来，似乎是想转移自己的注意力，不再对这件事情继续思考下去了。

“咚咚。”

门外传来敲门声，随即又传来张红的声音，“吃夜宵吗？”

张红端着碗走入房间，这时她的手机突然响起，她将碗筷放在桌上，拿起手机。

“喂？”

“你好，张红女士，我是刘畅。”

“刘畅？哦哦，刘警官吗？有什么事儿吗？”

刘畅？那个女刑警？李志强皱了皱眉头，这个时间为什么要给自己的母亲打电话？

“你儿子在家吗？”

张红用疑惑的眼神看了一眼李志强，然后回答道：“嗯。”

“现在他有空吗？能来一趟兴达网咖吗？”

“兴达网咖？又是龚峰的事情吗？”

听到张红说出龚峰二字，李志强愣了一下。

“对，这次是最后一次了，他有空吗？”

“那个姓刘的警察好像有事找你，让你去一趟兴达网咖。”张红捂着手机音筒对李志强说道。

“哦，现在吗？”李志强平静地说道，不过心里却浮现出一丝不安，那个女刑警为什么要来找他？又为什么要去兴达网咖？

“嗯。”

“知道了。”李志强点点头，自己的计划应该是没有出现什么纰漏，至少在他看来是这样的。他把笔放在一旁，起身从衣柜中拿出一件不常穿的外套穿上，摸了摸内口袋，转身准备离开。

“龚峰不是已经死了吗？怎么还找你？”张红有些许不悦，高考临近，她不想任何事情影响到自己的儿子。

“没事，应该是还有什么东西要确认吧。”李志强离开房间，走到玄关开始穿鞋。

“要不把夜宵吃了再走？”张红朝着李志强喊道。

“不了，我马上回来。”

走出居民楼，李志强下意识地朝着左边走去，左侧的道路是通往小区后门的，比之前给刘畅他们指的路近了不少。

天色暗淡，李志强走在小路上，思考着刘畅找他到底有什么事情，他隐隐约约地感到一丝不安。

五分钟不到，李志强已经出现在了兴达网咖的门口，他在门口张望了一会儿，并没有发现刘畅的身影。

他迟疑几秒，踏入了兴达网咖，网咖依旧热闹，前台的年轻女子在低头看着手机，李志强进入网咖之后，她象征性地抬了下头。

李志强的视线在整个网咖里扫过，角落里一个女子朝他招手，那女子便是刘畅，李志强朝她走去。

“刘警官，有什么事吗？而且还是在网咖。”李志强朝着周围看了一圈，发现那个一直跟在刘畅身后的强壮男子并不在。

“有事，你先坐吧。”说着刘畅将身旁一张椅子拉开，李志强顺势坐下。

李志强看了一眼刘畅的屏幕，上面正在播放着一部电影，他似乎看过，好像是部犯罪题材的，但是想不起来是什么名字了，刘畅现在的注意力似乎还在电影上，李志强已经坐了半分钟，刘畅并没有开口对他说些什么。

“有什么事吗？我妈还等着我回去呢。”

刘畅看了看时间，朝网咖门口望去，似乎是在等什么人。

“马上，还有个人没来。”

“哦。”李志强还是不明白对方打的什么主意。

过了几分钟，刘畅又看了看时间，“应该要到了。”

话音刚落，网咖外便进来一个人，朝二人径直走来，来者便是陶子航。

“前辈。”陶子航看了一眼李志强说道。

“你怎么比他慢这么久？你不是和他同时出发的吗？”

“我就在他楼下，我看他下楼，我就出发了。”

你看我下楼你就出发了？什么意思，在监视我？李志强心中想道，他皱了皱眉头，不明白对方到底作何打算。

“他只是碰巧在你家楼下，别多想。”刘畅似乎看出了李志强的心思，然后又转向陶子航问道，“你是走的大门吧？”

刘畅把屏幕上的电影暂停，正好是手铐铐在一个人手腕上的镜头，像是在预示着什么一般。

“上次那条路啊。”陶子航回答道，随即坐到李志强另外一边。“李志强应该走的另外一条路吧，后门来这里应该近得多吧。”

“那个，能说事了吗？”李志强有些坐不住了。

“当然能，人都来齐了。”刘畅说道，她顿了顿，然后又若无其事地说，“是你杀了龚峰吧。”

听到这句话，李志强心中如同有万匹野马跑过，脑子里闪过百种可能，但是他的表情却没有丝毫变化，“我杀了龚峰？”

“对。”刘畅点点头，盯着李志强的脸说道，像是在观察他听到这句话之后的反应。

“他什么时候死的？我想我应该有不在场证明吧。”李志强问道。

果然是个聪明的家伙，刘畅心里想道，这个时候如果不经脑子直接说自己有不在场证明就显得很可疑了，因为媒体并没有提到龚峰确切的死亡时间。

“你觉得他是什么时候死的呢？”刘畅反问道。

“我觉得？18 日到 19 日之间吧，18 日的时候我看到过龚峰，19 日晚上的时候就已经有消息说龚峰死了，我想应该就是这两天之间吧。”

“不对。”刘畅意味深长地看了李志强一眼，李志强平静地对视了过去，二人对视了接近一分钟，似乎都在等着对方说出下一句话。

这一分钟里，刘畅好好地再次审视了对方的脸，她看出了那副圆框眼镜下的眼眸中想极力隐藏的狡黠。

而李志强心中一阵绞痛，感觉对方的目光像是要把他洞穿一般。

“你还记得我们第一次见面的时候吗？”

“嗯。”

“无面男尸，你还记得吧？”

李志强心里已经大概明白对方想要说什么了，他脑子飞速地运转着，到底是哪里出了纰漏？

“那个人其实我们已经知道是谁了。”

抱着最后一丝侥幸，李志强问道：“知道是谁了？现在才有人去认领吗？”

“差不多吧，严格地说应该是我们帮他找到了身份。”

“哦，找我来就是这件事吗？果然刚才说龚峰是我杀的，是在开玩笑吧？”李志强竭力控制着自己的面部表情，无论心中如何翻江倒海，也绝不让它出现任何浮动。

“这两件事情有什么联系，就不用我说了吧。”

“什么联系？龚峰是杀了那个无面男的凶手？”

“那个无面男就是龚峰，谁也不会想到我们费尽心思想要找到的人，其实一直静静地躺在局子里。”

刘畅盯着对方的脸，不过那张脸并没有什么变化，仍然是一副事不关己的平静样子。

“又在开玩笑？”

“不。”

“你们不是还因为无面男的事情找过龚峰吗？”

“对。”

“那两个怎么可能是一个人？而且那之后在宾馆里杀死林彤的又是谁？”李志强歪了歪头问道。

“你。”

李志强看着刘畅许久，缓缓地露出一个笑容。

“刘警官这是累了吗？如果没有其他事情的话我就先走了。”李志强将椅子向后撤去，准备起身，陶子航一手按在了他的肩膀上，他一时间动弹不得。

“不得不承认，你的计划很不错，如果不出意外，我也不会发现。”刘畅说道。

“什么计划？”

“你在杀掉龚峰的时候就把之后的事情全部想好了。那个时候就把绞杀他的现场拍了下来，然后把他毁容。”

“你在说什么，我完全听不懂。”李志强露出诧异的表情。

“龚峰在你家楼下死了，你推断肯定会有警察来找你询问情况。”

“哦，刘警官看样子真的是累了，已经不知道在说些什么了，你们现在应该着手抓捕杀死龚峰的凶手才对吧，在我这里浪费时间应该不好吧。”李志强摆了摆手。

“然后你就告诉我们龚峰可能是重要的目击者，还告诉我们他的位置，知道我们必定会去找他。”刘畅自顾自地继续说了下去。

“然后呢？”

“然后你告诉我们一条远路，自己立刻换上另一套装扮，也就是那一身黑的装扮，沿着近道提前来到目的地，也就是这家网咖。”

“充满想象力。”

“你用龚峰的身份证在这里上机，这样我们自然不会想到那个无面男就是龚峰。你戴着口罩，还在口罩里贴上两块大纱布，准备得十分充分，再加上……”说到这里，刘畅停下，伸手将李志强脸上的圆框眼镜取了下来，“再加上之前我们见到的你，戴着这个，你假装龚峰的时候把眼镜取下来了，仅仅露出眼睛部分，我们也没办法一下子就想到是你。”

李志强并没有说话，只是伸出手把眼镜拿了回来，刘畅也没有阻止，继续说道：“这样在我们脑子里的第一印象就达成了，我们已经下意识地相信，龚峰还活着。然后过了几天，便发生了第二起案件，林彤被杀害了，而且凶手十分嚣张，杀人现场是在充满监控的宾馆里，而且还留下了指纹。”

“你是想说这杀害林彤的龚峰也是我扮演的？”

“对，你这一招简直一石二鸟，一来杀掉了林彤，二来把罪名加到了龚峰头上，还加强了我们对龚峰还活着这件事的认识。加上后面你时不时地出现在某些街道的监控摄像头下，我们简直完全被你迷惑住了。”

“那真是厉害了。”

“的确厉害，不过后面那件事情应该是意外吧。”

“什么事情？”

“陈润康的事情，你没想到会遇到蒲宏志吧，这巧合真是给我们添了不少麻烦。”

“蒲宏志？那个龚峰小站的创立者？”

“嗯，在他嘴里又出现了龚峰，这个时候我们已经完全把矛头对准了龚峰，抓捕龚峰成了我们的首要任务。有点渴了，陶子航，帮我去买瓶水。”

陶子航迟疑地看了看李志强，起身朝前台走去，走的时候还时不时地向二人的方向看去。

“不过这样下去也不是长久之计，如果龚峰一直抓不到，总有一天会有人想到这种可能性，你必须把这件事情解决。当然，你在最开始的时候就已经想到了解决方法，也就是最开始你拍下的绞杀视频，用它来告诉我们龚峰已经死了。”

“前辈，水。”陶子航一回到位置上便又立刻一只手放在李志强肩膀上，生怕对方跑掉。

刘畅接过水喝了一口，继续说道：“而且这又是一个一石二鸟的方法，不仅仅在没有尸体的情况下把龚峰死亡的消息告诉了我们，还给你制造了巧妙的不在场证明，一个不可能再对你有所怀疑的不在场证明。”

“厉害，又是一石二鸟。”李志强笑了笑，不过他肯定不知道自己现在的笑容在刘畅眼中完全就是苦笑。

“嗯，但是这样我们又会出现新的目标，也就是杀死龚峰的凶手，但是真正的凶手已经有了绝对的不在场证明，我们的行动肯定又会陷入僵局，而且事件已经到了这种程度，引起了这么多人的关注，不了了之也是不可能了，所以最后你就想了个方法。”

“想了个方法？”

“把作案工具放到教室的课桌里。”

“今天早上的确是有这样一件事，不过我这样做有什么好处吗？”

“好处倒是算不上，警方如果按照这条线索去调查的话，工作量会巨大，除了学校内，还要考虑外部的人，要调查的人不知道会有多少，而且全是无用功。”

听完刘畅的讲述，李志强默不作声。

“不想说点什么吗？”刘畅饶有兴趣地看着李志强，看他将作何反应。

“证据？”李志强觉得喉咙有些干燥。他实在是想不明白，眼前这位女性，为何能有如此的洞察能力，能够将自己苦心计划的一切，看出个八九不离十。

“龚峰房间里的指纹，早已经被你擦拭干净了，然后你留下了你自己的指纹，这样你的指纹在我们看来就是龚峰的指纹，就算我们联想到无面男就是龚峰的时候第一时间比对二者的指纹，也会发现二者不同，从而得出二者并非一人的结论。最关键的是你的指纹也会一直引导着警方。”

刘畅说完之后静静地看着李志强。不得不说李志强的计划大胆无比，唯一的漏洞就是指纹，那既是这个计划里关键的一部分，也是这计划里唯一不完美的地方，但是如果不出意外，根本不会有人怀疑到他的头上，也不可能会有人想到要去采集他的指纹，更别说用他的指纹和龚峰的指纹做比对了，但是一旦暴露，也是最致命的铁证。

“这样啊。”李志强低下头长叹了口气，然后猛地抬起头来，“为什么还能被你给发现？邪门啊，刘警官，为什么啊，千算万算也没能算到你。”

“意外而已，你那段视频里有点问题。”

“不能证明龚峰死了？”

“不，你最后不小心拍到窗帘缝隙外的夜空，那一段你没有剪掉，是觉得刚好能让我们认为死亡时间是在晚上，这样你就会有完美的不在场证明是吧，但是有一架飞机出镜了，很不巧，18 日到 19 日之间的晚上，由于航空管制，没有飞机，从那个时候起我就感觉不对劲了。”

“然后你就想到我了？”李志强一副懊悔不已的表情。

“不，你还记得那支笔吗？”

“笔？”

“从你家拿的。”

“哦，你把那个拿去采集指纹了？”李志强难以理解，只是不经意从自己家拿走的一支笔，怎么会想到去采集指纹呢？

“不是我，而是他，他误打误撞。”刘畅指了指陶子航。

正是那天陶子航听取了小张不负责任的建议，胡乱将圆珠笔也给拿去鉴定了指纹，才会有今天的故事。否则警方可能还在无尽地排查着学生的不在场证明，要知道那些都是即将高考的高三学生，其中会有多大的阻力。

“看来是天意。”李志强瘫坐在椅子上，自己完美的计划，却被一个人误打误撞给破坏了，这让他不知道该说什么好了。

“天意？”刘畅说道，“你知道吗？林彤死前留下了关于你的线索。”

李志强一愣，诧异地看向刘畅。

“她在电视遥控器上按下了5、9、7三个数字。”

李志强只稍加思索便明白了，“这三个数字不足以锁定我，但是……”他摇头苦笑，没再说下去。

“动机是什么？”刘畅问道。

“动机？本身我只是想把陈润康那畜生杀掉的，他做了不可饶恕的事情，但是单单把他杀了，很快就会查到我，因为龚峰和林彤很清楚，我有十足的动机。”

陈润康做下了不可饶恕的事情？刘畅心中大概是有数的，那次林彤找陈润康教训林慧珍，很有可能拍下了什么不好的照片，而且事后进行了威胁。

“自首吧。”

“自首有什么用，反正我已经杀了两个人了，算了，带我去警局吧。”李志强站起身来，不过还没等二人回应，他立刻朝着网咖门口跑去。

陶子航立刻三步化作两步追上他，如同上一次在网咖里那样，一把将他摁在地上。

“跑什么跑，上次也是这样，不知道长记性？”陶子航有些嘲讽地说道。

刘畅也走到李志强面前，她刚想开口，却发现了异常，李志强身下流淌出鲜红的血液。

“快让开，陶子航。”

陶子航似乎也发现了不对劲，身下的李志强一动不动，丝毫没有反抗的样子，他立刻挪开身子，只见李志强身下的血泊越来越大。

二人立刻将李志强翻过身来，李志强仰面朝天，胸口上插着一把尖头菜刀，血不住地从伤口流出。

“啊！”网咖里的其他人也发现了异常，立刻引起了一阵骚动，“快报警，杀人了！”

“别惊慌，我们就是警察。”陶子航掏出证件朝着周围的人大喊道。

“你还管这些干吗，快止血！”刘畅立刻对李志强进行简单的急救处理。

“前辈。”陶子航摇了摇头。

“快打 120！”

“已经没气了。”陶子航皱着眉头，狠狠地捶了一下地板。

此时的李志强嘴角却微微露出一丝笑容。

A 市公安局，局长办公室。

“没事，网咖的监控录像我们已经看过了，的确不是你们的错。”唐局长坐在椅子上说道，“你们这次算是立了大功，现在证据确凿，即使他死了，也足够定他的罪了。”

刘畅和陶子航二人站在桌前，但是脸上却没有该有的喜悦神情。

“你们出去吧，等会儿还有庆功宴。”

二人点点头，走出了办公室。

“他应该是故意的吧？”刘畅站在办公室旁的走廊上望着窗外说道。

“故意的？你说他不是想拿刀对付我们两个，而是一开始就想好要自杀了？”

“唉，算了，案子已经结束了，走，去大吃一顿！”刘畅拍了拍陶子航的肩膀向前走去。

回到科室，每个人的脸上都挂着喜悦，见到刘畅，小张和陈宇几人立刻围了过来。

“畅姐牛 B。”众人起哄道。

“运气，运气。”刘畅摆摆手，离开人群坐回自己的位置。

“还有我呢？”陶子航指了指自己。

“你那个纯粹是运气。”小张摇了摇头，“而且你那个运气也算我一半好不好？”

“陈队，打算请我们吃啥？”刘畅一边整理着桌面的文件一边说道，那些长久摆在桌上的关于龚峰案子的文件终于可以拿走了。

“这次不是我请，这次是唐局请客。”

“这次我请客。”唐局长走进了科室中，“虽然还有专案组的那些人，不过这次功劳全在刘畅身上。”

“对对对，这次最大的功臣，刘畅，畅姐牛 B。”赵子煜的声音从门外传来，不知什么时候他也来了。

“你怎么也来了？”

“蹭饭啊，等会儿庆功宴我们顺路一起啊。”

“你有什么功劳啊？”

某日，市里公墓里，龚峰的坟前。

这座墓是A市公安局出钱修的，墓主人并不知道自己死后会有这么多的是是非非，现在他的骨灰静静地安放在墓里。

在重新采集样本，进行过指纹和DNA鉴定之后，最终确认，那具无脸男尸就是龚峰的尸体，早在他的名字传遍A市之前，他就已经死亡了。

而之前被当作龚峰指纹的指纹，便是已经畏罪自杀的李志强的。

当案子的真相公之于世之时，全市震惊，一个高中生竟然能设计出如此缜密的计划，竟能如此冷酷无情地连续杀死两人。

而这里时不时会有些市民在墓碑前摆上几朵鲜花，不过现在已经几乎没有了。

刘畅在墓前伫立了一会儿，转身离开。

图书在版编目（CIP）数据

面目全非 / 大熊座著 . -- 北京 : 法律出版社，
2018
ISBN 978-7-5197-2758-1

Ⅰ . ①面… Ⅱ . ①大… Ⅲ . ①长篇小说－中国－当代
Ⅳ . ① I247.5

中国版本图书馆 CIP 数据核字（2018）第 228762 号

面目全非
MIANMU QUANFEI

大熊座 著

策划编辑 张发靖
责任编辑 王 晗
特约编辑 黄梦梦
装帧设计 汪奇峰

出版 法律出版社
总发行 中国法律图书有限公司
经销 新华书店
印刷 固安华明印业有限公司
责任校对 杨锦华
责任印制 张建伟
编辑统筹 中国法律图书有限公司
开本 A5
印张 9
字数 174 千
版本 2019 年 1 月第 1 版
印次 2019 年 1 月第 1 次印刷

法律出版社 / 北京市丰台区莲花池西里 7 号（100073）
网址 / www.lawpress.com.cn
投稿邮箱 / wanghan@chinalawbook.com
举报维权邮箱 / jbwq@lawpress.com.cn
销售热线 / 010-83938347
咨询电话 / 010-63939796

中国法律图书有限公司 / 北京市丰台区莲花池西里 7 号（100073）
全国各地中法图分、子公司销售电话：
统一销售客服 / 400-660-6393
第一法律书店 / 010-83938334/8335　西安分公司 / 029-85330678　重庆分公司 / 023-67453036
上海分公司 / 021-62071639/1636　深圳分公司 / 0755-83072995

书号： ISBN 978-7-5197-2758-1　**定价：** 39.80 元
（如有缺页或倒装，中国法律图书有限公司负责退换）